万葉の紫と榛の発想

——恋衣の系譜——

アーツアンドクラフツ

目次

第一章　紫の発想

一　はじめに　8
1　紫の恋情発想の解明　8
2　用例　8
二　大衆的な恋情表現　15
1　恋情を伴う紫　15
2　原初的物象的な紫　16
3　大衆的国民的な歌　18
三　外来文化　19
1　文献上の紫　19
2　外来文化・貴族文化への憧憬　22
四　恋衣　23
1　在来文化　23
2　垣津幡摺り　24
3　月草摺り　27
4　小水葱摺り　31
5　萩の花摺り　33
6　土針摺り　35
7　摺り衣・斑の衣　36
8　恋衣　38
9　韓（唐）衣　40
五　妻訪いの紫衣　44
1　八種類の恋衣　44
2　竹取の翁の青春　45
3　衣服令との重複　49
4　嘆老歌　50
5　紫の帯を解く　52
6　紫の「根」と「寝」　53
六　紫の修辞　54
1　紫の色に出づ　54
2　譬喩としての紫衣を「染む」・「着る」　56
七　源氏物語の紫　57
1　紫の「根」と「寝」　57
2　色好み　60
八　妻訪いの習俗からの発想　63
九　歌垣の紫衣と山藍摺り　64
1　歌垣の紫衣　64
2　歌垣の紐・帯　66

3 歌垣の山藍摺り 68
4 筑波山の歌垣 70
5 歼し人の面・家 73
6 頭の遊び・小集楽 74
7 頭の遊びの山藍摺り 77

一〇 薬狩りの紫衣 81
1 薬狩りの紫衣 81
2 男組の鳥獣狩りと女組の薬草狩り 83
3 神衣から恋衣へ 87
4 出雲の薬狩りと成人戒 90
5 伊勢物語の初冠 91
6 薬狩りの成人戒の記憶 93
7 薬の交換＝婚約の印し 94
8 薬狩りの祭祀世界 96
9 紫の糸を搓って貫く 98

一一 成女戒の紫の斑の縵 101
1 成女戒の縵 101
2 葉根縵今する妹 102
3 薬狩りの成女戒 104

一二 年中行事からの発想 106

一三 周縁に放つ紫の光芒 107
1 紫野の鹿 107
2 紫野の鶩 110
3 紫の海の玉 112
4 謡い物としての海の玉の歌 115
5 紫の名高の浦の産物 119
6 周縁に放つ紫の光芒 124

一四 在来文化と外来文化の融合 124
1 服色令と恋衣の発想 124
2 恋衣の恋情表現の転用 126

一五 結び 129

第二章 榛の発想

一 はじめに 132
1 榛の恋情発想の解明 132
2 用例 133

二 恋衣と旅の記念 137

三 島の榛 140

四 伊香保の榛 143

五　真野の榛　145
1　恋衣の榛　145
2　旅の記念　146
3　恋衣の古歌の転用　147
4　住吉の岸の黄土の摺り衣　150
六　引馬野の榛　153
七　住吉の榛　154
1　旅の記念　154
2　萩摺りへの誤解　155
3　〈竹取の翁の歌〉の恋衣　156
八　綜麻条の榛　158
1　恋衣による恋人賛美　158
2　苧環型三輪山神婚譚　159
九　結び　171
3　紡織・染色叙事　162
4　神衣の生産叙事　166
5　神衣に発する恋衣　168
6　恋の謡い物の展開　170
一〇　琴歌譜歌謡の榛（付論）　172
1　はじめに　172
2　榛と櫟　173
3　橡染めの女人　174
4　珍妙な組み合わせ　177
5　川榛と根扳　178
6　ほどほどの恋　180
7　結び　182

第三章　〈綜麻条の榛摺りの歌〉の位相――近江遷都歌の唱和

一　はじめに　183
1　本文　183
2　古歌転用の解明　184
二　行旅・遠征を守護する国魂　186
1　四つの事例　186
2　守護を希う歌と守護を誓う歌　188
三　神山と里　189
1　古代の神山と里　189
2　北東北地方の神山と里　190
四　〈国見歌〉と〈山見歌〉　192
1　理想を描く歌　192
2　荒れも描く歌　194

3　山の神への機嫌取り　196
五　山を隠す雲　198
1　秀麗を見放く　198
2　大物主の加護　199
六　古歌謡と〈三輪山への惜別の歌〉　200
1　二つの系統　200
2　〈三輪山への惜別の歌〉の祖形　202
七　三輪氏の祝福　203
1　三輪氏の祝福　203
2　吉備・常陸の祝福　204
3　寿歌の奏上　206
4　井戸の王の立ち位置　207
八　赤猪子伝承　209
1　近江遷都歌の構想のモデル　209
2　本文　210
3　赤猪子伝承の骨子　212
九　赤猪子伝承の生成　214
1　三輪山神婚説話の構想　214
2　大神神社の神女の生涯　214
3　歌垣の嘆老歌　217
一〇　赤猪子伝承と近江遷都歌　218
一一　琴を伴う静歌の効用　220
1　琴と静歌　220
2　三輪山の神女と静歌　222
3　残りの六つの伝承と静歌　224
4　静かな弾琴を伴う近江遷都歌　225
一二　結び　227
テキスト・引用文献・参照文献　230
あとがき　235
和歌・歌謡索引　242

万葉の紫と榛の発想

——恋衣の系譜——

第一章　紫の発想

一　はじめに

1　紫の恋情発想の解明

本章のねらい　『万葉集』には、「紫」を詠み込む歌が一七首ある。そしてその「紫」の歌は、すべて恋情発想をとっている。

本章では、この紫の歌がなぜ恋情発想をとっているかを考える。すなわち、紫の歌に恋情発想が伴うべき社会的な約束・基盤として、恋する男女が相逢うときに紫の「恋衣《こひごろも》」を身に纏う習俗があったことを解き明かし、その基盤から紫の歌にみられるような恋情表現が獲得された経緯を解き明かす。

対象にする作品　なお、論題は『万葉集』に限定しているものの、事と次第によっては同時代の歌謡（古事記歌謡・日本書紀歌謡・風土記歌謡など）や、平安時代初期・中期の作品（古今集・後撰集・拾遺集・古今六帖・催馬楽《さいばら》・神楽歌《かぐらうた》・風俗歌《ふぞくうた》・雑歌《ぞうか》・琴歌譜《きんかふ》・伊勢物語・源氏物語・枕草子など）にも及ぶ。

2　用例

万葉歌の一七首　『万葉集』の一七首の紫の歌は、次のとおりである。

天皇（天智《てんち》天皇《てんわう》）、蒲生野《かまふの》に遊猟《みかり》する時に、額田《ぬかた》の王《おほきみ》の作る歌

①茜指《あかねさ》す　紫野《むらさきの》行き、標野《しめの》行き、　（茜指す）紫野を行き、標野を行って、
野守《のもり》は見ずや。君が袖振る。　野守は見ていないというのか。あなたが袖を振るのを。（一—20・雑歌《ぎふか》）

皇太子《ひつぎのみこ》の答《こた》ふる御歌　明日香《あすか》の宮《みや》に天の下治めたまふ天皇、謚《おくりな》を天武天皇《てんむてんわう》といふ

②紫の　丹穂《にほ》へる妹《いも》を。憎くあらば、　紫のように色あでやかなあなたよ。あなたを憎いと思ったら、
人妻《ひとづま》ゆゑに　我《あれ》恋ひめやも。　人妻と知りながら　わたしは恋しようか。（一—21・雑歌）

紀に曰《いは》く、「天皇の七年丁卯《ていばう》の夏五月五日、蒲生野《かまふの》に縦猟《みかり》す。時に、大皇弟《ひつぎのみこ》・諸王《おほきみたち》・内臣《うちのまへつきみ》また群臣《まへつきみたち》、皆悉《ことごと》従ふ」といふ。

笠《かさ》の女郎《いらつめ》、大伴《おほとも》の宿禰家持《すくねやかもち》に贈《おく》る歌三首（うち一首）

③託馬野《つくまの》に　生《お》ふる紫草《むらさき》　衣《きぬ》に染《し》め、　託馬野に　生えた紫草を　服に染め付け、
いまだ着ずして、色に出《い》でにけり。　まだ着もしないうちに、色に現れたよ。（三—395・譬喩歌）

太宰《だざい》の帥《そち》大伴の卿《まへつきみ》、大納言《だいなごん》に任ぜられ、京に入らむとする時に、府の官人ら、卿《まへつきみ》を筑前《つくしのみちのくち》の国《くに》の蘆城《あしき》の駅家《はゆまうまや》に餞《せん》する歌四首（うち一首）大典麻田《だいてんあさだ》の連陽春《むらじやす》

④韓人《からひと》の　衣染《ころもそ》むといふ　紫《むらさき》の、　韓人が　衣を染めるという　紫の色のように、
心に染《し》みて　思ほゆるかも。　こころに染みて　君が懐かしく思われる。（四—569・相聞）

⑤紫《むらさき》の　糸をそ我《あ》が搓《よ》る。あしひきの　紫の　糸を搓り合わせる。（あしひきの）

山橘《やまたちばな》を　貫《ぬ》かむと思《おも》ひて。

山橘を　通そうと思って。

（七—１３４０・譬喩歌）

⑥紫《むらさき》の　名高《なたか》の浦《うら》の　砂地《まなごつち》、
袖のみ触れて　寝ずかなりなむ。

（紫の）　名高の浦の　砂地に、
袖だけ触れて　寝ずじまいになるのではなかろうか。

（七—１３９２・譬喩歌）

⑦紫《むらさき》の　名高《なたか》の浦《うら》の　名告藻《なのりそ》の、
磯に靡《なび》かむ　時待つ我《われ》を。

（紫の）　名高の浦の　名告藻が、
磯に靡いて来る　時を待つわたしだ。

（七—１３９６・譬喩歌）

⑧紫草《むらさき》の　根延《ねば》ふ横野《よこの》の　春野《はるの》には、
君をかけつつ　鶯《うぐひす》鳴くも。

紫草の　根を張る横野の　春野では、
あなたを思って　鶯が鳴いているよ。

（十—１８２５・春の雑歌）

⑨紫《むらさき》の　名高《なたか》の浦《うら》の　靡《なび》き藻《も》の、
心は妹《いも》に　寄りにしものを。

（紫の）　名高の浦の　靡き藻のように、
心はあの娘《こ》に　寄りついてしまったよ。

（十一—２７８０・寄物陳思）

⑩紫《むらさき》の　帯《おび》の結びも　解きも見ず、
もとなや妹《いも》に　恋ひ渡りなむ。

紫の　帯の結びも　解きもせずに、
やたらにあの娘《こ》に　恋しつづけることか。

（十二—２９７４・寄物陳思）

⑪紫《むらさき》の　我《わ》が下紐《したびも》の　色に出でず
恋ひかも痩《や》せむ。逢《あ》ふよしをなみ。

紫の　わたしの下紐のように　色に出さず
恋に痩せるのではなかろうか。逢うすべがなくて。

（十二—２９７６・寄物陳思）

⑫紫《むらさき》の　斑《まだら》の縵《かづら》。花やかに
今日《けふ》見し人に　後恋《のち》ひむかも。

紫の　斑の縵《かづら》。そのように華やかに
今日見た人を　後で恋い慕うだろうよ。
（十二―２９９３・寄物陳思）

⑬紫草《むらさき》を　草と別《わ》く別《わ》く　伏《ふ》す鹿《しか》の、
野は異《こと》にして　心は同《おな》じ。

紫草を　他の草と区別して　寝る鹿のように、
わたしたちは住む所は別々でも　心は同じだ。
（十二―３０９９・寄物陳思）

⑭紫《むらさき》は　灰指《はひさ》すものそ。海石榴市《つばきち》の
八十《やそ》の衢《ちまた》に　逢《あ》へる児《こ》や誰《たれ》。

紫染めには　海石榴《つばき》の灰を指すものです。その海石榴市《つばきち》の
八十の街路で　今逢っているあなたは誰。
（十二―３１０１・問答歌）

⑮紫草《むらさき》は　根《ね》をかも終《を》ふる。人の児《こ》の
心愛《うらがな》しけを　寝《ね》を終《を》へなくに。

紫草は　その根《ね》を染料として使い終《お》える。人の娘の
愛しい娘とは　寝《ね》ることは終《お》えていないのに。
（十四―３５００・相聞）

昔老翁《おきな》あり、号《よびな》を竹取《たけとり》の翁《おきな》といふ。
この翁季春の月に、丘に登り遠く望《みはるか》す。
忽《たちま》ちに羹《あつもの》を煮る九箇《ここのたり》の女子《をみな》に値《あ》ひぬ。
百の嬌《こび》は儔《たぐひ》なく、花の容《かほ》は匹《ならび》なし。
ここに娘子《をとめ》等、老翁を呼び嗤《わら》ひて曰《いは》く、
「叔父《をぢ》来《きた》れ、この燭火《ともしび》を吹け」といふ。
ここに翁「唯々《をを》」といひて、漸《やくや》くに趨《おもぶ》き
徐《おもふる》に行き、座《むしろ》の上に着接《つ》きぬ。

昔老翁がいて、通称を竹取の翁といった。
この老翁が春も末の三月に、丘に登って遥々と見晴らした。
たまたま羹を煮ている九人の女の子に出逢った。
とりどりの艶めかしさは並びなく、花のような美しい顔は無類である。
さて娘子たちは老翁を呼び、からかい気分で言うには、
「おじさんおいで、この火を吹いておこしてくださいな」という。
そこで老翁は、「はいはい」と言い、
のこのこ行って、その席に着いた。

良久《ややひさ》にして、娘子等皆共に笑みを含《ふふ》み、
相推譲《あひゆづ》りて曰く、「阿誰《たれ》かこの翁を
呼びつる」といふ。
すなはち、竹取の翁謝《かしこ》まりて曰く、
非慮《おもはざ》る外《ほか》に、偶《たまさか》に神仙《しんせん》に逢《あ》ひぬ。
迷惑《まと》ふ心、敢《あ》へて禁《とど》むる所なし。
近づき狎《な》れぬる罪は、希《こひねが》はくは
贖《あか》ふに歌を以《もち》てせむ」といふ。
即《すなは》ち作る歌一首　并《あは》せて短歌

⑯みどり子の　若子髪《わきごがみ》には、
たらちし　母に懐《むだ》かえ、
褨襁《ひむつき》の　平生髪《はふこがみ》には、
木綿《ゆふ》肩衣《かたぎぬ》　純裏《ひつら》に縫ひ着、
頸付《うなつき》の　童髪《わらはがみ》には、
結《ゆ》ひ幡《はた》の　袖付《そでつ》け衣《ごろも》
着《き》し我《われ》を。
丹穂《にほ》ひよる　児《こ》らがよちには、
蜷《みな》の腸《わた》　か黒《ぐろ》し髪を、
ま櫛《くし》もち　ここにかき垂《た》れ、
取り束《つか》ね　上《あ》げても巻きみ、

しばらくたって、娘子たちはみんな一緒ににこにこしながら、
互いにつつき合って言うには、「誰なの、このおじいさんを
呼んだのは」と言った。
そこで、竹取の翁は恐縮して言うことには、
「思いもかけず、偶然に仙女さまがたにお目にかかりました。
とまどっている私の心は、どうすることもできません。
なれなれしく近づいた罪は、できましたら
歌で償わせていただきましょう」と言った。
そこで即座に作った歌と短歌

赤ん坊の　赤子髪の頃は、
（たらちし）　母に抱かれ、
紐付き衣《ごろも》をまとう　幼児髪の頃は、
木綿《ゆう》の肩衣《かたぎぬ》を　一裏《ひとうら》に縫って着、
丸襟《まるえり》の　少年髪の頃は、
絞り染めの　袖付け衣《ごろも》を
着ていたわたしだよ。
赤く輝くばかりに美しい　皆さまがたと同じ年頃には、
（蜷の腸）　真っ黒な髪を、
櫛で解いて　ここらまで垂らし、
取り束ね　挙げて髷《まげ》を結ってみたり、

解《と》き乱《みだ》り　童《わらは》になしみ、
さ丹《に》付《つ》かふ　色懐《なつ》かしき
紫《むらさき》の　大綾《おほあや》の衣《きぬ》、
住吉《すみのえ》の　遠里小野《とほさとをの》の
ま榛《はり》もち　丹穂《にほ》しし衣《きぬ》に、
高麗錦《こまにしき》　紐《ひも》に縫ひ付け、
刺部《さしへ》重部《かさねへ》　なみ重ね着て、
打麻《うちそ》やし　麻続《をみ》の子ら、
あり衣《きぬ》の　宝《たから》の子らが、
打《う》ちし栲《たへ》　延《は》へて織る布、
日晒《ざら》しの　麻手作《あさてづく》りを、
信巾裳《ひらみ》なす　脛裳《はばき》に取らし、
若やぶる　稲置娘子《いなきをとめ》が、
妻問《つまど》ふと　我《われ》におこせし、
彼方《をちかた》の　二綾裏沓《ふたあやしたぐつ》、
飛ぶ鳥の　明日香壮士《あすかをとこ》が、
長雨禁《ながめさ》へ　縫《ぬ》ひし黒沓《くろぐつ》、
刺《さ》し履《は》きて　庭に佇《たた》ずめ、
罷《まか》りな立ちと　禁《いさ》め娘子《をとめ》が、
ほの聞きて　我《われ》におこせし、

解き乱して　少年姿にしてみたりし、
色美しく染める　粋な色合いの
紫の　派手な模様の衣《きぬ》と、
住吉の　遠里小野の
榛で　染め上げた衣に、
高麗錦を　紐に縫い付け、
その上、刺部《さしへ》（羽織の類）や重部《かさねへ》（襲衣の類）を　合わせて重ね着て、
（打麻やし）麻続《おみ》の者たちや、
（あり衣の）財《たから》の者たちが、
打った栲や　延ばしては織った布、
日に乾した　手織りの麻布を、
信巾裳《ひらみ》（ひだのない前垂れ風の衣）のように　脛裳《はばき》（袴の類）にし、
若さ溢れる　稲置娘子《いなきおとめ》が、
求婚しようとして　わたしにくれた
彼方《おちかた》（現富田林市の集落）産の　二色の裏沓《したぐつ》（靴下の類）と、
（飛ぶ鳥の）明日香の工男《たくみおとこ》が、
長雨に濡れないように　縫った黒沓を、
履いて　庭に佇んでいると、
帰らないでくださいと　留める娘子が、
薄々聞いて　わたしにくれた、

水縹《みはなだ》の　絹《きぬ》の帯《おび》を、
引き帯《おび》なす　韓帯《からおび》に取らせ、
海神《わたつみ》の　殿《との》の甍《いらか》に、
飛び翔《かけ》る　すがるのごとき、
腰細《こしぼそ》に　取り飾らひ、
まそ鏡　取り並《な》め掛けて、
己《おの》が顔　かへらひ見つつ、
春さりて　野辺《のへ》を巡《めぐ》れば、
面白《おもしろ》み　我《われ》を思へか、
さ野《の》つ鳥《とり》　来鳴き翔《かけ》らふ。
秋さりて　山辺《やまへ》を行けば、
懐《なつ》かしと　我《われ》を思へか、
天雲《あまくも》も　行きたなびく。
かへり立ち　道を来《く》れば、
打《う》ち日《ひ》さす　宮女《みやをみな》、
さす竹《たけ》の　舎人壮士《とねりをとこ》も、
忍《しの》ぶらひ　かへらひ見つつ、
「誰《た》が子そ」とや　思《おも》はえてある。
かくのごと　せらゆる故《ゆゑ》し、
古《いにしへ》　ささきし我《われ》や、

淡藍色の　絹の帯を、
引き帯みたいにして　韓帯に取り付け、
海神の　宮殿の屋根に、
飛び翔る　すがるのような、
細い腰に　付けて飾り、
鏡を　並べて掛けては、
自分の顔を　ためつすがめつ見、
春になって　野辺をさまよえば、
風流だと　わたしを思ってか、
雉までも　来鳴き飛びまわる。
秋になって　山辺を行けば、
好ましいと　わたしを思ってか、
雲までも　ゆったりと遊んで行く。
引返し　戻って来ると、
（打ち日さす）　宮仕えする女や、
（さす竹の）　舎人男《とねりおとこ》も、
こっそりと　振り返って見て、
「どこの御曹司かしら」と　思われていたのではないかな。
このように　もてもてだったので、
その昔　青春を謳歌したわたしが、

はしきやし　今日《けふ》やも児《こ》らに、
いさにとや　思はえてある。
かくのごと　せらゆる故《ゆゑ》し、
古《いにしへ》の　賢《さか》しき人も、
後《のち》の世の　鑑《かがみ》にせむと、
老人《おいひと》を　送りし車、
持ち帰りけり。持ち帰りけり。

何ということだ　今日は皆さんに、
本当かしらと　思われているのではないか。
このように　年寄り扱いされたので、
古の　賢人も、
後の世の　鑑にしようと、
老人を　棄てに行った車を、
持ち帰ったとさ。持ち帰ったとさ。
（十六―3791）

⑰紫《むらさき》の　粉潟《こがた》の海に　潜《かづ》く鳥、
玉潜き出《で》ば、我《わ》が玉にせむ。

（紫の）粉潟《こがた》の海に　潜る鳥が、
玉を探し出したら、わたしの玉にしよう。
（十六―3870）

右の歌一首

二　大衆的な恋情表現

1　恋情を伴う紫

恋情発想　紫の歌は、すべて恋情を伴っている。

紫の歌で、部立《ぶたて》や詞書《ことばがき》、あるいは歌の内容から見て、一見して恋歌と知られる用例は、①〈茜指《あかねさ》す紫野《むらさきの》の歌〉・②〈紫《むらさき》の丹穂《にほ》へる妹《いも》の歌〉・③〈託馬野《つくまの》の紫草《むらさき》の歌〉・⑤〈紫《むらさき》の糸の歌〉・⑥〈紫《むらさき》の名高《なたか》の砂地《まなごつち》の歌〉・⑦〈紫《むらさき》の名高《なたか》の名告《なのり》藻《そ》の歌〉・⑨〈紫《むらさき》の名高《なたか》の靡《なび》き藻《も》の歌〉・⑩〈紫《むらさき》の帯《おび》の歌〉・⑪〈紫《むらさき》の下紐《したびも》の歌〉・⑫〈紫《むらさき》の斑《まだら》の縵《かづら》の歌〉・⑬〈紫草《むらさき》を草と別《わ》く鹿《しか》の歌〉・⑭〈灰指《はひさ》す紫の歌〉・⑮〈紫草《むらさき》の根《ね》と寝《ね》の歌〉の一三例である。

そして残り四首を見るに、これらも恋と分かちがたい繫がりがある。④〈韓人《からひと》の衣《ころも》に染《そ》むる紫の歌〉は麻田《あさだ》の連陽春《むらじやす》の作で、上司の大伴《おほとも》の旅人《たびと》に対する惜別の歌である。この歌は男性間の相聞ながら、互いの思いを交わす相聞の部立に入っている。この歌の詠まれた事情を伏せて読むと、この歌は紛う方なく恋の歌である。この歌は、染衣に託して恋を述べる在来の恋歌の伝統に負っている。

⑧〈紫草《むらさき》の根《ね》延《ば》ふ春野《はるの》の鶯の歌〉は春の雑歌に分類されているものの、第四句の「君を懸けつつ」には恋情が籠められている。

⑯〈竹取の翁の長歌〉は、国見における野遊び＝歌垣《うたがき》の行事を下地にした竹取《たけとり》の翁《おきな》の古伝説が、中国風に翻案されて仙女に逢う話に化したものである。この長歌は、翁の恋する青年期を描写する時に服飾を詳述している。すなわち、青年期の竹取の翁は、「紫《むらさき》の大綾《おほあや》の衣《きぬ》」をはじめにした八種類の服飾を纏い、「娘子《をとめ》」たちに妻訪《つまど》いしている。このように、この妻訪いの段は恋の現場を活写している。

⑰〈紫の粉潟《こがた》の海の鳥と玉の歌〉は作因が編者にも知られていなかったらしく、「右の歌一首」とだけ注されている。この歌には、属目《しよくもく》の自然を詠んだにすぎないとする説と、相聞の譬喩歌とみる説がある。筆者は相聞の譬喩歌とみる説が適切だ、と考える。なぜなら、作因の未詳な歌はこの歌に続いて五首あって、それらはすべて恋歌であり、また「玉」を女性に譬える類例が多数あるからである。

以上、紫を詠み込んだ一七首すべてには、恋情を伴っている。

2　原初的物象的な紫

伊原昭説　次に、紫の歌における紫のあり方をみる。このことについては、既に「万葉集の紫とその背景」［伊原昭］が次のように指摘している。「紫が植物の生態のままで、あるいは、色彩以前の、紫色がうまれるに至る過程の姿で、万葉に表現されている場合が多く、まだ色名としても、染色の段階を出ず、普遍的に一般の物象の色彩を示すために使われる概念的な色名にも、さらに、色彩そのものでなく、それから生ずる他の意味内容を象徴する抽象的な色名にも至っていない。すなわち、色彩の世界からみれば原初的な姿をもっていた」。

紫草　この伊原説をもう少し詳しく述べる。⑴「紫草《むらさき》」として詠まれている例が、①〈茜指《あかねさ》す紫《むらさきの》野の歌〉・②〈紫の丹《に》穂《ほ》へる妹《いも》の歌〉の蒲生野《かまふの》の紫草《むらさき》、③〈託馬野《つくまの》の紫草《むらさき》の歌〉の託馬野の紫草《むらさき》、⑧〈紫草《むらさき》の根延《ねば》ふ春野の鴬の歌〉の横野《よこの》の紫草《むらさき》、⑬〈紫草《むらさき》を草と別《わ》く鹿の歌〉の紫草《むらさき》、⑮〈紫草《むらさき》の根《ね》と寝《ね》の歌〉の東国の紫草《むらさき》の六例ある。また、⑤〈紫の糸の歌〉の紫が「草に寄する」に分類され、また用字が②〈紫の丹穂《にほ》へる妹《いも》の歌〉と⑬〈紫草《むらさき》を草と別《わ》く鹿の歌〉では「紫草《むらさき》」とあるように、紫草という植物との関連が意識されている。

染め　⑵染めに関する事柄については⑫〈紫の斑《まだら》の縵《かづら》の歌〉の「紫《むらさき》の斑《まだら》の縵《かづら》」、染色の材料となる生地については⑯〈竹取の翁の長歌〉の「紫の大綾《おほあや》の衣《きぬ》」の例があるだけである。

色相の種類　⑶色相の種類を示す例については、⑰〈紫の粉潟《こがた》の海の鳥と玉の歌〉の「紫の粉潟《こがた》の海」が一例あり、「紫《むらさき》」と「濃《こ》」の関係を予想させるものの、古代においては色に直接結びついた「濃《こ》」の用例が他にないので、色相の種類を示す例がないというべきである。

しかし一三で後述するように、古代の歌には色相の濃淡を認識している例があるので、「紫《むらさき》の」は色相の「濃《こ》」から「粉潟《こがた》の海」を導いている、と考えられる。

紫で表現された物象　⑷紫で表現された物象については、③〈託馬野《つくまの》の紫草《むらさき》の歌〉・④〈韓人《からひと》の衣《ころも》に染《そ》むる紫の歌〉・⑯〈竹取の翁の長歌〉の「衣」、⑤〈紫の糸の歌〉の「糸」、⑩〈紫の帯の歌〉の「帯」・⑪〈紫の下紐の歌〉の「下紐」、⑫〈紫の斑《まだら》の縵《かづら》の歌〉の「縵《かづら》」の七例がある。そして、その他の植物や鉱物などの色を形容する紫の例は一切ない。

原初的物象的な紫　このように、紫のあり方が原初的物象的であるのは、紫が生活に密着していることを示していよう。そしてとくに注目されるのは、紫草から生産された紫色を衣類＝衣・帯・紐・縵に染める過程、あるいは植物の生態のままの「紫草《むらさき》」が詠まれていることである。

3　大衆的国民的な歌

類歌性に富む大衆的な歌　次に、作者名の有無、収載されている巻の傾向をみる。紫の歌で作者の分明する歌は、第一期の額田《ぬかた》の王《おほきみ》の①〈茜指《あかねさ》す紫《むらさきの》野の歌〉と大海人《おほあま》の皇子《みこ》の②〈紫の丹穂《にほ》へる妹《いも》の歌〉、第三期の麻田《あさだ》の陽春《やす》の④〈韓人《からひと》の衣《ころも》に染《そ》むる紫の歌〉、第四期の笠《かさ》の女郎《いらつめ》の③〈託馬野《つくまの》の紫草《むらさき》の歌〉の四例だけで、他の一三例は作者未詳歌である。作者ならびに作歌年代の不明な歌は、巻七に三例、巻十・巻十一に各一例、巻十二に五例、巻十四に一例、巻十六に二例あって、いずれも本来作者名を記さないことを建前にした巻だけに収載されている。

これら作者不明歌集というべき巻々には類歌性に富む大衆的な歌が多く、等質性が高くて共感を呼ぶ謡い物・地方歌謡ないしは民謡を収めている。これらの巻には年代的に新しい作もあろうけれども、歌の詠み方が非個性的で古い。こうしてみると、紫は多く無名の大衆によって愛好され、恋の歌に用いられているとわかる。

譬喩歌と寄物陳思歌　次に、紫の歌を部立《ぶたて》ないしはそのうたわれ方からもう少し詳しく見る。それは、大体譬喩ないしは寄物陳思＝「物に寄せて思ひを陳《の》ぶる」でうたわれる傾向を持っている。明らかに譬喩歌に分類されているのは③〈託馬野《つくまの》の紫草《むらさき》の歌〉・⑤〈紫の糸の歌〉・⑥〈紫の名高《なたか》の砂地《まなごつち》の歌〉・⑦〈紫の名高《なたか》の名告藻《なのりそ》の歌〉の四例、寄物陳思歌＝「物に寄せて思ひを陳《の》ぶる歌」が⑨〈紫の名高《なたか》の靡《なび》き藻《も》の歌〉・⑩〈紫の帯の歌〉・⑪〈紫の下紐の歌〉・⑫〈紫の斑《まだら》の縵《かづら》の歌〉・⑬〈紫草《むらさき》を草と別《わ》く鹿の歌〉の五例である。

次に、これ以外の六例を見る。⑧〈紫草《むらさき》の根延《ねば》ふ春野の鶯の歌〉と⑰〈紫の粉潟《こがた》の海の鳥と玉の歌〉は、譬喩歌とみられる。②〈紫の丹穂《にほ》へる妹《いも》の歌〉の「紫《むらさき》の」は「丹穂《にほ》へる」に懸かる枕詞で、寄物陳思的である。④〈韓人《からひと》の衣《ころも》に染《そ》むる紫の歌〉の上三句「韓人の衣《ころも》染《そ》むといふ紫《むらさき》の」は、「染みて」に懸かる序詞《じよことば》で、やはり寄物陳思的である。⑮〈紫草《むらさき》の根《ね》と寝《ね》の歌〉の上二句「紫草《むらさき》は根《ね》をかも終《を》ふる」は、結句「寝《ね》を終《を》へなくに」と対応していて、これも寄物陳思的である。⑭〈灰指《はひさ》す紫の歌〉の上二句「紫《むらさき》は灰指《はひさ》すものそ」は、「海石榴《つばき》＝椿」に懸かる序詞で、寄物陳思的であると同時に、「女は男に逢うものぞ」という譬喩にもなっている（九で後述）。このように紫の歌の一七例中一五例が、譬喩ないしは寄物陳思＝「物に寄せて思ひを陳《の》ぶる」の手法を用いている。

残りの二例にしても、①〈茜指《あかねさ》す紫野《むらさきの》の歌〉の「紫野《むらさきの》」は薬草狩りの場であり、⑯〈竹取の翁の長歌〉の「紫《むらさき》の大綾《おほあや》の衣《きぬ》」は妻訪いする時の衣であり、具体的な地名、あるいは具体的な物象である。

大衆的国民的な基盤　以上、紫の歌に纏綿する恋情、紫の原初的物象的あり方、作者未詳の類型的な歌の多さ、収載されている巻、部立・うたわれ方の傾向をみると、生活に密着した染め衣の紫を仲立ちにして、多くは譬喩ないしは寄物陳思＝「物に寄せて思ひを陳《の》ぶる」の手法で恋をうたい、その歌は大衆的国民的な基盤から生まれている。

三　外来文化

1　文献上の紫

上代の文献　次に、どうして紫に恋情が伴ったかという、発想上の問題を明らかにする。

この紫の歌の発想の基盤を考察するにあたり、まず当時の文献における紫のあり方を知り、『万葉集』の紫のあり方と比較してみなければならない。これについては、前述の「万葉集の紫とその背景」［伊原昭］があるので、それをここに要約する。氏は当時の諸文献＝上宮太子系譜・上宮記逸文・法隆寺三尊仏光背銘・天寿国曼荼羅繍帳銘・法隆寺金堂釈迦仏光背銘・元興寺丈六光背銘・法隆寺金堂薬師光背銘・大和元興寺路盤銘・伊予道後温湯碑文・法華経義疏・勝鬘経義疏・維摩経義疏・古事記・日本書紀・仏足石歌・懐風藻・風土記・東大寺金堂碑文・歌経標式・高橋氏文《たかはしうぢぶみ》・続日本紀・宣命・祝詞・大日本古文書（天平六年―天平宝字七年）・上宮聖徳法王帝説などにみえる紫を、次のように整理している。

概念的抽象的貴族的な紫　(1)紫色の染料となる植物としての紫草については、風土記と大日本古文書のなかの正税帳・

計会帳に多数記録されている。

⑵染めに関する事柄については、いずれも大日本古文書にある記録で、斑《まだら》・臈纈《ろうけち》・合纈・紋など、種々の細かい技法を伴った染め方が記録されている。また、紫を染める生地の種類も、綾・羅《うすもの》・綟・綺《かんはた》・錦・絁《きぬ》・紬《つむぎ》などがある。いずれも高度の技術を必要とする品々である。

⑶紫という色相のなかの種類の名称については、赤紫・黒紫・滅紫《けしむらさき》・浅紫《あさむらさき》・深紫《ふかむらさき》があって、色相に対する非常に高度にして微妙な識別がなされている。これらの色名は服色令に見られる例である。

⑷紫で表現された物象については、紫菜《のり》・紫苔菜・紫檀・紫雪・紫鉱のように色を示す概念的な色名もあり、また袴・帯・袈裟・紙・袋などが紫によって表現されている。また、服色令に基づいて紫が位階を示し、紫宸・紫門・紫宮のように、王宮・禁中に関することにも紫を抽象的に用いている。

すなわち、古代の文献に表われた紫は、染料植物としての紫草を含みつつも高度な色相の識別にまで至っており、かつ染色という段階から色を示す概念的な色名、さらには抽象的な色名にまでなっている。

そして、このような紫がみられる古代の文献は、貴族社会における公の服色などに関する記録だったり、正倉院の御物に関する記事だったりで、多くは貴族社会の公的な存在である。その実際の紫の品々に接しられるのは、主として特定の貴族たちで、朝廷の儀式や仏教上の事柄に関する時に限られていたようである。

服色令　右の事例の典型として、「服色令」を『日本書紀』から挙げる。

推古十一年（六〇三）に公布された「冠位十二階《としなあまりふたしな》」は冠位制の嚆矢で、次第に律令位階制につながっていく。この冠位制に服色令が伴っている。「冠位十二階」は大徳《だいとく》から小智《せうち》まで十二階の序列を整え、「当《あた》れる色《いろ》の絁《きぬ》を以《も》て縫《ぬ》へり」とある。ここでの各位階の服色は不詳である。

推古天皇十九年（六一一）・二十年（六一二）・二十二年（六一四）の五月五日の条には、菟田《うだ》の野《の》と羽田《はた》などで薬狩《くすりが》りが行われ、参加する「諸《もろもろ》の臣《おみ》の服《きもの》の色《いろ》、皆冠《みなかうぶり》の色《いろ》に随《したが》ふ」とある。

孝徳天皇の大化三年（六四三）に、次の「七《ななつ》の色《いろ》の一十三階《とをあまりみしな》の冠《かうぶり》」が公布された。

一《はじめ》に曰《い》はく、織冠《おりもののかうぶり》。大小二階《おほきちひさきふたしな》有り。織《おりもの》を以《も》て為《つく》れり。繡《ぬひもの》を以て冠《かうぶり》の縁《もとほり》に裁《たち》れたり。服《きぬ》の色《いろ》は並《ならび》に深紫《ふかむらさき》を用《もち》ゐる。

二《つぎ》に曰《い》はく、繡冠《ぬひもののかうぶり》。大小二階《おほきちひさきふたしな》有り。繡《ぬひもの》を以《も》て為《つく》れり。其《そ》の冠の縁《もとほり》・服《きぬ》の色は、並《ならび》に織《おりもの》の冠《かうぶり》に同じ。

三《つぎ》に曰《い》はく、紫冠《むらさきのかうぶり》。大小二階《おほきちひさきふたしな》有り。繡《ぬひもの》を以《も》て為《つく》れり。織《おりもの》を以て冠《かうぶり》の縁《もとほり》に裁《たち》れたり。服《きぬ》の色《いろ》は浅紫《あさむらさき》を用《もち》ゐる。

四《つぎ》に曰《い》はく、錦冠《にしきのかうぶり》。大小二階《おほきちひさきふたしな》有り。其《そ》の大錦冠《だいきむのかうぶり》は、大伯仙《だいはくせん》の錦《にしき》を以て為《つく》れり。織《おりもの》を以て冠《かうぶり》の縁《もとほり》に裁《たち》れたり。其《そ》の小錦冠《せうきむのかうぶり》は、小伯仙《せうはくせん》の錦《にしき》を以て為《つく》れり。大伯仙の錦《にしき》を以て、冠《かうぶり》の縁《もとほり》に裁《たち》れたり。服《きぬ》の色は並《ならび》に真緋《あけ》を用ゐる。

五《つぎ》に曰はく、青冠《あをきかうぶり》。青絹《あをきぬ》を以て為《つく》れり。大小二階《おほきちひさきふたしな》有り。其の大青冠《だいしやうのかうぶり》には、大伯仙の錦を以て、冠《かうぶり》の縁《もとほり》に裁《たち》れたり。其の小青冠《せうしやうのかうぶり》には、小伯仙の錦《にしき》を以て、冠《かうぶり》の縁《もとほり》に裁《たち》れたり。服《きぬ》の色は並に紺《ふかきはなだ》を用ゐる。

六《つぎ》に曰はく、黒冠《くろきかうぶり》。大小二階《おほきちひさきふたしな》有り。其の大黒冠《だいこくのかうぶり》には、車形《くるまかた》の錦《にしき》を以《も》て、冠《かうぶり》の縁《もとほり》に裁《たち》れたり。其の小黒冠《せいこくのかうぶり》には、菱形《ひしかた》の錦を以て、冠《かうぶり》の縁《もとほり》に裁《たち》れたり。服《きぬ》の色《いろ》は並《ならび》に緑《みどり》を用《もち》ゐる。

七《つぎ》に曰はく、建武《けんむ》。（初《はじめ》の位《くらゐ》なり。又《また》は立身《りふしむ》と名《い》ふ。）黒絹《くろきぬ》を以《も》て為《つく》れり。紺《ふかきはなだ》を以て冠の縁《もとほりたちい》に裁れたり。別《こと》に鐙冠《つぼかうぶり》有り。黒絹《くろきぬ》を以《も》て為《つく》れり。

（孝徳紀大化三年の条）

これを見ると、位階の順に深紫《ふかむらさき》、浅紫《あさむらさき》、真緋《あけ》=朱・紅、紺《ふかきはなだ》、緑《みどり》、黒《くろ》が並ぶ。ここから、紫が特定の高位高官の服色だとわかる。

この後、孝徳天皇の大化五年（六四九）に、「七の色の十三階の冠《かうぶり》」を改定して「冠十九階《かうぶりとをあまりここのしな》」を定め、また天智天皇三年（六六四）にも改定して冠《かうぶり》を二十六階にしている。こうして改定を重ね、養老の衣服令《いふくりよう》として完成している。

なお、①〈茜指《あかねさ》す紫野《むらさきの》の歌〉と②〈紫の丹穂《にほ》へる妹《いも》の歌〉がうたわれた時の蒲生野《かまふの》の薬狩りは、天智天皇七年（六六八）

五月五日のことである。また、その翌年の天智天皇八年（六六九）五月五日にも、山科《やましな》の野《の》で薬狩りを催している。したがって、この時代は天智朝の服色令が適用されている。

2　外来文化・貴族文化への憧憬

紫の対照的なあり方　このように染料植物としての紫草《むらさき》を含みつつも概念的抽象的である貴族的な紫《むらさき》のあり方は、原初的物象的な段階にあり、歌自体も大衆的で類歌性に富む万葉の紫のあり方と、極めて対照的である。

外来文化・貴族文化への憧憬　そこで伊原氏は、この古代の紫のあり方を背景として、万葉の紫の歌が恋歌に結集した経緯についておよそ次のように説く。

寄物陳思や譬喩の歌の媒材は、なるべく新鮮なものがよく、相手の恋人をそれとなく象徴し、相手に印象的な情感を与えるのが理想的である。この点、紫はこれに相応《ふさわ》しいものである。そこで、上流階級の華麗で巧緻な紫と直接関係のない無名の人々が、これに⑯〈竹取の翁の長歌〉の「色懐《いろなつ》かしき」愛好の情・憧憬の念を抱き、紫を恋歌に詠み込もうとする。

しかし、何分にも彼らは華麗で巧緻な紫には縁が薄かった。そこで、彼らの実際に接しうる植物としての紫草の生態や、また恐らく紫の染色作業に携わる彼ら自身の、あるいは彼らの周囲の人々から聞いただろう染色に関する知識、そしてまたその染色によって完成した数種類の品物という、彼らの生活内で知りうる範囲における紫のあり方を、歌に表現したのではないか。

以上、公の服色の制度・正倉院の御物・仏教関係のものは、いずれも外来文化の強い影響下にあり、この外来文化の影響下にある貴族文化の紫が万葉の紫の歌を生み出した重要な基盤になっている、と伊原氏は説く。

四　恋衣

1　在来文化

大陸渡来の貴族文化の服飾　確かに、太宰府《だざいふ》の官人が詠む④〈韓人《からひと》の衣《ころも》に染《そ》むる紫の歌〉に述べる「韓人《からひと》の衣染《ころもそ》むとい ふ紫《むらさき》」は大陸渡来の高度な紫染めであり、⑯〈竹取の翁の長歌〉によると権門出自の青春時代の竹取《たけとり》の翁《おきな》が妻訪《つまど》う時に着た「紫《むらさき》の大綾《おほあや》の衣《きぬ》」、ならびに③〈託馬野《つくまの》の紫草《むらさき》の歌〉によると笠《かさ》の女郎《いらつめ》が着ようとした託馬野《つくまの》の特産品の「託馬野《つくまの》に生《お》ふる紫草《むらさき》」で染めた紫衣なども、高度な貴族文化の服飾である。このように外来文化の影響下にある貴族的な紫衣などが、恋愛生活で着る衣として、あるいは高位高官の着る衣として、それなりに歌に表現されている。

庶民生活の染色　しかし、無名の人々が外来文化の恩恵を蒙る貴族文化の紫に憧れて、これを私的な恋の歌や公的な薬狩りなどの年中行事の場の歌にまで真っ先に取り入れたかというと、そうではないだろう。譬喩歌あるいは寄物陳思歌に用いられる物象のほとんどは、人々にとって最も身近な品ばかりである。万葉の紫染めをはじめとした色衣のあり方は原初的物象的な段階にあり、極めて大衆的である。

恋の染め衣　これら原初的物象的大衆的な紫を歌に詠み込んだ基盤を発生的に見ると、紫と恋が連携していたことがわかるはずである。紫の恋の歌が詠まれた最大の基盤は、公私にわたる恋の場に紫草《むらさき》の根を用いた紫染めが恋の染め衣として付随していたことにある、と考えられる。そしてこの恋の紫根染めの縁から、紫を恋の譬喩などに用いる恋詞《れんし》が生まれたろう。

確かに紫を詠み込む恋歌は、紫といえば直ちに恋を連想するほどに両者は直結していない。しかし前述したように紫の歌は、恋を譬喩ないしは寄物陳思＝「物に寄せて思ひを陳《の》ぶる」という間接的な手法を用いてうたわれている。このことは万葉の紫が原初的物象的であることの表れであり、これを言い換えれば紫が恋の色として鮮明に概念化・普遍化されていないことを示している。恋愛生活におけるこのような恋の染め衣という原初的物象的な紫のあり方にこそ、紫が恋の色になる基因がある、と考えられる。

こうしてみると、無名の人々に根差した在来文化として紫根染めなどの染め衣が恋の場にまずあり、そこから発想された恋歌が主流だ、と考えるべきだろう。そして、外来文化の影響下にある貴族的な紫の恋歌は、この在来の発想の延長線上にあるのではなかろうか。

そこで、次に文字に記されることが極めて少ない庶民の愛情生活における染色に注目し、紫の歌に恋情が伴う発想の基盤を探ってみる。

２　垣津幡摺り

花・葉摺りと恋情発想　万葉歌の先行形態だといわれる前代または当代の歌謡＝記紀歌謡・古代歌謡に、紫がうたい込まれていない。

しかし、染法としては紫根染めの前段階にあたる、紫・薄い藍色を呈する縹《はなだ》＝水縹《みはなだ》・緑などの色を呈するきわめて庶民的原始的な花摺り・葉摺りがあり、これらを詠み込んだ歌が『万葉集』にある。「垣津幡《かきつはた》」・「月草《つきくさ》」・「小水葱《こなぎ》」・「萩《はぎ》」・「土針《つちはり》」の花摺り・葉摺りを詠む歌が、それである。万葉歌をはじめとする古典の「垣津幡」は、決まって紫の花を咲かせている。「月草」は今日の露草《つゆくさ》で、別に藍花《あゐばな》・縹花《はなだばな》・移し花・帽子花ともいう。「小水葱《こなぎ》」はミズアオイで、紫・縹《はなだ》色を摺り出す。「土針《つちはり》」は「萬葉植物新考」〔松田修〕によると今日のメハジキで一名ヤクモソウともいい、その葉摺りによって緑色を染め出す。そして、これら花摺り・葉摺りの歌にも恋情が伴っている。

垣津幡　「垣津幡《かきつはた》」を詠む歌は、七例（七―１３４５・１３６１、十―１９８６、十一―２５２１・２８１８、十二―３０５２、十七―３９２１）ある。これらは、夏の薬狩《くすりが》りの狩衣《かりぎぬ》を詠む〈薬狩りの垣津幡摺《かきつはたす》りの歌〉（十七―３９２１）を除いて、すべて恋歌である。

摺《す》り衣《ころも》を明確に述べる例と摺り衣を下地にする例は、五首である。

譬喩としての「摺る」・「着る」　次の〈住吉《すみのえ》の垣津《かきつ》幡《はた》摺《す》りの歌〉（七―1361・譬喩歌）では、垣津幡の花を衣に「摺り」・「着る」ことを、恋の成就に譬えている。

住吉《すみのえ》の　浅沢小《あささはを》野《の》の　垣津《かきつ》幡《はた》
衣《きぬ》に摺《す》り付け、着む日知らずも。

住吉の 浅沢小野の　垣津幡を
衣に摺り付け、着る日はいつのことやら。　（七―1361）

すなわちこの歌は、恋する男女が垣津幡の花摺りの紫衣を着て相逢う習俗を下地にしており、その衣を摺って着ることが恋の成就を意味している。

薬狩りの狩衣　次の〈薬狩りの垣津《かきつ》幡《はた》摺《す》りの歌〉（十七―3921）では、垣津《かきつ》幡《はた》摺《す》りの狩衣《かりぎぬ》が用いられている。

（天平）十六年四月五日に、独り平城《なら》の故宅《もとついへ》に居《を》りて作る歌六首（うち一首）
垣津《かきつ》幡《はた》　衣《きぬ》に摺《す》り付け、丈夫《ますらを》の
着襲《きそ》ひ狩《かり》する　月は来にけり。

垣津幡を　衣に摺り付け、丈夫《ますらお》が
着重ねて狩りをする　月が来た。　（十七―3921）

右の六首の歌、天平十六年四月五日に、独り平城《なら》故郷《こきやう》の旧宅《きうたく》に居《を》りて、大伴の宿禰家持作る。

夏四月の年中行事・薬狩りで丈夫《ますらを》が垣津《かきつ》幡《はた》摺りの狩衣《かりぎぬ》を着ている。この例は垣津幡の歌でのただ一つ恋情を伴っていないものの、この薬狩りの紫の狩衣にも恋情が伴いやすいことは、同じ薬狩りにおける額田の王と大海人の皇子の贈答歌①〈茜指《あかねさ》す紫《むらさきの》 野の歌〉（一―20）と②〈紫の丹穂《にほ》へる妹《いも》の歌〉（一―21）に示されている（二〇で後述）。

垣津幡丹付らふ妹・君　垣津《かきつ》幡《はた》摺りから、〈垣津《かきつ》幡《はた》丹《に》付《つ》らふ妹《いも》の歌〉（十―1986・夏の相聞）と〈垣津《かきつ》幡《はた》丹《に》付《つ》らふ君の歌〉

（十一―２５２１）のように、恋人を賛美する「垣津《かきつ》幡《はた》丹《に》付《つ》らふ妹《いも》・君」が生まれている。

我《あれ》のみや　かく恋すらむ。垣津《かきつ》幡《はた》
丹《に》付《つ》らふ妹は　いかにかあるらむ。

わたしだけ　こうも恋をするのだろうか。垣津幡摺りのように
美しいあの娘《こ》は　どうなんだろう。

（十―１９８６）

垣津《かきつ》幡《はた》　丹《に》付《つ》らふ君を　ゆくりなく
思《おも》ひ出でつつ、嘆きつるかも。

垣津幡摺りのように　美しいあなたを　ふと
思い出しては、嘆いたことだよ。

（十一―２５２１）

「垣津《かきつ》幡《はた》丹《に》付《つ》らふ妹《いも》・君」は、恋する男女が垣津幡の花摺りの紫衣を着て相逢う習俗から発想された恋人賛美の恋詞《れんし》である。すなわち、垣津幡の花を摺り付けることが「丹《に》付《つ》らふ」ことであり、そうしてできた衣の美しい色相が愛する恋人の美麗さを形容している。

なお、この二首は薬狩りの歌とも解せる（一〇で後述）。

「丹付かふ」と「丹穂ふ」　色を染める義の「丹《に》付《つ》らふ」と同義の動詞が、「丹《に》付《つ》かふ」・「丹《に》穂《ほ》ふ」である。それを示す用例は、例えば次の⑯〈竹取の翁の長歌〉（十六―３７９１）と〈引馬野《ひくまの》の榛摺《はりず》りの歌〉（一―57・雑歌）である。

⑯さ丹《につ》付かふ　色懐《いろなつ》かしき
紫の　大綾《おほあや》の衣《きぬ》、

色美しく染める　粋な色合いの
紫の　派手な模様の衣《きぬ》、

（十六―３７９１）

（大宝）二年 壬寅《みずのえとら》、太上天皇《おほきすめらみこと》（持統天皇）、参河《みかは》の国《くに》に幸《いでま》す時の歌　長《なが》の忌寸《いみき》奥麻呂《おきまろ》の歌

引馬野《ひくまの》に　丹穂《にほ》ふ榛原《はりはら》　入り乱れ

引馬野に　色づいている榛《はんのき》の原に　入り交じり

衣《ころも》丹《に》穂《ほ》はせ。旅の記念《しるし》に。
衣を摺って染めよ。旅の記念《しるし》として。　（一―57）

一首目の「さ丹付かふ」＝色美しく染める「色懐かしき紫の大綾の衣」は、青春時代の翁が妻訪いする時に着た衣である。二首目は、榛《はり》によって旅衣を「丹穂《にほ》はせ」＝摺って染めよという。榛《はん》の実による榛摺《はりず》りは、黒色を呈する。

女人の譬喩　恋する男女が垣津幡の花摺りの紫衣を着て相逢う習俗が定着してくると、次の〈人国山《ひとくにやま》の垣津幡《かきつはた》の歌〉（七―1345・譬喩歌）のように染料の垣津幡が女人の譬喩になる。

常ならぬ　人国山《ひとくにやま》の　秋津野《あきづの》の
垣津幡《かきつはた》をし、夢《いめ》に見しかも。
（常ならぬ）人国山の　秋津野の
垣津幡を、夢に見たことだ。　（七―1345）

全注七［渡瀬昌忠］によると、「人国山《ひとくにやま》の秋津野《あきづの》」は和歌山県田辺《たなべ》市秋津野で、そこの垣津幡《かきつはた》は遠くの他人のものを暗示している。この恋歌は垣津幡の花摺りを妻訪いの衣と明示していないものの、垣津幡摺りを着て妻訪いした習俗を下地にし、他国の美しい人妻を、恋するときに着る衣の染料の垣津幡《かきつはた》に譬え、恋慕している。

このように妻訪いの衣の染料としての原料を愛しい女人に譬える例は、以下、〈春日《かすが》の里の植《う》ゑ小水葱《こなぎ》の歌〉（三―407）の小水葱《こなぎ》、〈旅衣を丹穂《にほ》はす萩の歌〉（八―1532）の萩《はぎ》、〈土針《つちはり》摺りの歌〉（七―1338）の土針《つちはり》、⑬〈紫草《むらさき》を草と別《わ》く鹿の歌〉（十二―3099）の紫草《むらさき》、⑥〈紫の名高《なたか》の砂地《まなごつち》の歌〉（七―1392）と〈真若《まわか》の砂地《まなごつち》の歌〉（十二―3168）の砂地《まなごつち》として登場する。

3　月草摺り

月草　「月草」を詠む歌は九例（四―583、七―1255・1339・1351、十―2281・2291、十一―2756、十

二―3058・3059）で、そのすべてが恋歌である。

月草による摺り衣を明確に述べる例と摺り衣を下地にする例は、万葉歌では六例ある。

斑の衣　月草で染めた文様が斑《まだら》になるので、次の〈月草《つきくさ》の斑《まだら》の衣《ころも》の歌〉（七―1255・雑歌）のように「斑《まだら》の衣《ころも》」ともいっている。

月草《つきくさ》に　衣《ころも》そ染《そ》むる。君がため
斑《まだら》の衣《ころも》　摺《す》らむと思《おも》ひて。

月草で　衣を染める。あなたのために
斑の衣を　摺ろうと思って。（七―1255）

月草の斑の衣を恋人のための摺り染めにする、と述べている。これは妻訪いの現場を述べたもので、女は恋人のために色美しい衣類を整えている。

水縹の帯を贈る女　この月草で摺り染めにした色を、「縹《はなだ》」あるいは「水縹《みはなだ》」という。⑯〈竹取の翁の長歌〉（十六―3791）で青春時代の竹取の翁が妻訪いした「娘子《をとめ》がほの聞きて我《われ》におこせし水縹《みはなだ》の絹《きぬ》の帯《おび》を引《ひ》き帯《おび》なす韓帯《からおび》に取らせ」とあるように、ここでも「娘子《をとめ》」が「水縹《みはなだ》の絹の帯」を青春時代の翁に贈っている。女がこのような色美しい衣類を作って男に贈ることは、女の愛の証しである。

縹の帯を取られる女　次の平安時代の〈石川《いしかは》〉（催馬楽《さいばら》58）は、女が月草で染めた「縹《はなだ》の帯」を身に纏《まと》って男を迎えていることを示している。

石川《いしかは》の　高麗人《こまうど》に　帯を取られて　辛き悔《くい》する。
いかなる　いかなる帯《おび》ぞ。縹《はなだ》の帯《おび》の　中《なか》はたいれるか。
かやるか　あやるか　中《なか》はいれたるか。

石川の　高麗の人に　帯をとられて　大困りだわよ。
どんな　どんな帯か。淡藍色の帯の　中はたいれるか（？）。
先方にやる　つもりか。中はいれたるか（？）

異説「なかはたいれたるか」（催馬楽58）

河内の国の石川郡の高麗人《こまうど》と情交関係にあった女が、共寝の翌朝に「縹《はなだ》の帯」を持ってゆかれて大困りしている、と述べている。「中《なか》はたいれるか」とその類語はよく分からない。

このように逢い引きの翌朝、愛の形見として断りもなく女の「縹《はなだ》の帯」を持ち帰る「石川の高麗人」がいた。高麗人はこれを女の愛の証しとして女にもてることを誇ったろう。その一方で、⑯〈竹取の翁の長歌〉（十六―３７９１）のように「娘子《をとめ》」から「水縹《みはなだ》の絹の帯」を贈られる青春時代の竹取の翁もいた。

恋心の変わりやすさの譬喩　月草摺りは色が「移《うつ》ろひ」やすい＝褪せやすいことから、恋心の変わりやすさを導いている。以下の五首はそれを下地にしている。

月草《つきくさ》に　衣《ころも》色どり　摺らめども、
移《うつ》ろふ色と　言ふが苦しさ。

月草で　衣を染めて　摺りたいけれども、
変わりやすい色だと　聞くのが辛い。
（七―１３３９・譬喩歌）

右の〈月草《つきくさ》に衣《ころも》色どり摺る歌〉（七―１３３９）は、「月草《つきくさ》に衣《ころも》色どり摺」ろう＝恋を成就しようとするものの、心変わりしやすい恋を心配している。

月草《つきくさ》に　衣《ころも》は摺《す》らむ。朝露に
濡《ぬ》れての後《のち》は　移《うつ》ろひぬとも。

月草で　衣は摺り染めにしよう。朝露に
濡れたその後は　色が褪《あ》せても。
（七―１３５１・譬喩歌、古今四―２４７）

右の〈月草《つきくさ》を衣《ころも》に摺る歌〉（七―１３５１）は、やがて恋心が変わってもいいから「月草に衣は摺らむ」＝恋を成就させよう、と述べている。この歌は、『古今和歌集』（四―247・読み人知らず）にも重出している。すなわち、月草染めの恋の衣を着て妻訪いしたり、あるいは夫・恋人を迎えたりする習俗から生まれた万葉歌が、平安初期にもそのまま愛唱されていた。

大伴《おほとも》の坂上《さかのうへ》の家《いへ》の大娘《おほをとめ》、大伴の宿禰家持に報《こた》へ贈る歌四首（うち一首）

月草《つきくさ》の　移ろひやすく　思へかも、（月草の）すぐに変わりやすい気持ちで　思っているからなのか、
我《あ》が思《おも》ふ人の　言《こと》も告《つ》げ来《こ》ぬ。恋しい人からの　言伝ても来ない。（四―583）

右の〈月草《つきくさ》の移ろひやすく思ふ歌〉（四―583・相聞）は、月草摺りのように恋人が心変わりしたらしい、と述べている。

打ち日《ひ》さす　宮にはあれど、月草《つきくさ》の（打ち日さす）宮中には伺候しているけれども、（月草の）
移《うつ》ろふ心　我《わ》が思はなくに。変わりやすい心を　わたしは持っていない。（十二―3058）

百《もも》に千《ち》に　人は言ふとも、月草の　さまざまに　人は言っても、（月草の）
移《うつ》ろふ心　我《われ》持ためやも。変わりやすい心を　わたしは持とうか。（十二―3059）

右の〈宮にはあれど月草《つきくさ》の移《うつ》ろはぬ心の歌〉（十二―3058）と〈人は言ふとも月草の移《うつ》ろはぬ心の歌〉（十二―3059）の二首は、月草摺りのように心変わりしない、という愛の誓い歌である。

古今集の月草　〈月草を衣に摺る歌〉（七―1351）がそのまま平安初期に〈月草を衣に摺る歌〉（古今四―247・読み

人知らず）として愛唱されたように、万葉歌の「月草の移《うつ》ろふ心」も『古今和歌集』に次の〈月草の移《うつ》し心は色ことにの歌〉（古今十四―711・読み人知らず）のようにうたわれている。

いで人は　言《こと》のみぞよき。月草の
移《うつ》し心は　色ことにして。

いやもう人は　言葉だけ調子がいいよ。月草で染めたように
心は移り変わりやすく　表面の色が本心と違っている。

（古今十四―711）

4　小水葱摺り

小水葱　「小水葱《こなぎ》」ないしは「水葱《なぎ》」を詠む歌は、四例（三―407、十四―3415・3576、十六―3829）ある。このうち食べ物をうたう〈酢醤《ひしほす》・蒜《ひる》・鯛《たひ》・水葱《なぎ》の歌〉（十六―3829）を除く三例が、摺り衣を下地にした恋歌である。

水葱の羹　食べ物の水葱をうたう〈酢醤《ひしほす》・蒜《ひる》・鯛《たひ》・水葱《なぎ》の歌〉（十六―3829）は、次のとおりである。

醤酢《ひしほす》に　蒜《ひる》搗《つ》き合《か》てて　鯛《たひ》願ふ
我《われ》にな見えそ。水葱《なぎ》の羹《あつもの》。

酢醤《ひしほす》に　にんにくを搗《つ》き混《ま》ぜて　鯛が食べたい
私の目の前から失せろ。水葱《なぎ》の羹《あつもの》よ。

（十六―3829）

「醤酢《ひしほす》に蒜《ひる》搗《つ》き合《か》てて鯛《たひ》願ふ」とは、醤《ひしほ》＝干塩《ひしほ》（もろみのようなもの）と酢《す》を混ぜた調味料に搗《つ》き砕いたにんにくを混ぜた高級な和え物で、これを高級魚の鯛とともに豪華に食べたい、ということである。これに対して「水葱《なぎ》の羹《あつもの》」＝水葱のお吸い物は庶民的で水っぽいので、見たくないといっている。

譬喩としての「摺る」　次の〈小水葱《こなぎ》を衣《きぬ》に摺《す》り馴《な》る歌〉（十四―3576・相聞）の「摺る」は、月草摺りと同じく恋の成就の譬喩になっている。

苗代《なはしろ》の　小水葱《こなぎ》が花を　衣《きぬ》に摺《す》り
馴《な》るるまにまに、あぜか愛《かな》しけ。

苗代の　小水葱の花を　衣に摺り付け
馴染むにつれて、なんでこんなに愛《いと》しいのか。
（十四―３５７６）

この歌は小水葱《こなぎ》の花摺りの衣を着て妻訪いすることを下地にして、小水葱《こなぎ》を衣に「摺る」ことを恋の成就に譬え、恋が成就した後も小水葱《こなぎ》の花摺りの衣が「馴《な》るる」ほど通う＝足繁く通って相手に「馴《な》るる」につれて一層愛しくなる、と述べている。

恋の染料　次の〈伊香保《いかほ》の沼《ぬま》に植《う》ゑ小水葱《こなぎ》の歌〉（十四―３４１５・相聞）の小水葱《こなぎ》は、恋の染料になっている。

上野《かみつけの》　伊香保《いかほ》の沼《ぬま》に　植《う》ゑ小水葱《こなぎ》。
かく恋ひむとや　種求めけむ。

上野の　伊香保の沼に　植えた小水葱。
こう恋い慕おうと思って　その種を求めたのだろうか。
（十四―３４１５）

小水葱《こなぎ》・水葱《なぎ》の用途は、食料ないしは染料しかないだろう。とするとこの歌意は、〈酢醤《ひしほす》・蒜《ひる》・鯛《たひ》・水葱《なぎ》の歌〉（十六―３８２９）のように「小水葱」を羹《あつもの》・食料にするつもりで「上野《かみつけの》伊香保《いかほ》の沼《ぬま》に」「種」を「求め」て「植《う》ゑ」たはずなのに、結果的には恋人に逢うときに着る衣を摺るために「小水葱」の「種」を「求め」た格好になった、ということだろう。この恋歌は小水葱の花摺りを妻訪いしたり、夫・恋人を迎えたりするための衣とは明示していないだけで、小水葱の用途が食料＝食い気から恋の染料＝色気に変わった、と意外な成り行きの恋を面白おかしく述べている。

女人の譬喩　次の〈春日《かすが》の里の植《う》ゑ小水葱の歌〉（三―４０７）の小水葱《こなぎ》は、女人の譬喩になっている。

大伴《おほとも》の宿禰《すくね》駿河麻呂《するがまろ》、同じ坂上《さかのうへ》の家《いへ》の二嬢《おとをとめ》を娉《つまど》ふ歌一首
春霞《はるかすみ》　春日《かすが》の里の　植《う》ゑ小水葱《こなぎ》、

（春霞）　春日の里の　植えてある小水葱は、

苗《なへ》なりと言ひし　柄《え》は差《さ》しにけむ。　まだ苗だといっていたが、もう大きくなったことだろう。（三―４０７）

大伴の駿河麻呂が坂上《さかのうへ》の二嬢《おとをとめ》を妻訪いした恋歌である。「小水葱」は「苗」から「柄《え》は差《さ》し」＝柄《え》が生《は》え、花を咲かせて恋の花摺りに用いられる。そこで、小水葱を二嬢の譬喩にし、小水葱が恋の花摺りにできるだろう＝恋の対象にできる妙齢になったろう、と述べている。この恋歌も小水葱の花摺りを妻訪いの衣と明示していないものの、小水葱の花摺りを着て妻訪いした習俗を下地にしている。

5　萩の花摺り

萩　「萩」の用例は一四二例あるものの、摺り衣を詠む例は少ない。その代表的な用例として、次の五首を挙げる。

牽牛・織女の花摺り　次の〈秋萩《あきはぎ》に丹穂《にほ》ふ歌〉（十―２０１４・秋の雑歌・七夕）と〈秋萩《あきはぎ》に丹穂《にほ》へる裳《も》の歌〉（十五―３６５６）が詠む萩の花摺りは、牽牛と織女の恋の衣になっている。

我《あ》が待ちし　秋萩《あきはぎ》咲きぬ。今だにも　　わたしが待っていた　秋萩が咲いた。今すぐにでも
丹穂《にほ》ひに行《ゆ》かな。彼方人《をちかたひと》に。　　その色に染まりに行きたい。向こう岸の人に。　（十―２０１４）

七夕《たなばた》に天漢《あまのがは》を仰ぎ観《み》て、各《おのもおのも》所思《おもひ》を陳《の》べて作る歌三首（うち一首）遣新羅使の大使
秋萩《あきはぎ》に　丹穂《にほ》へる我《わ》が裳《も》　濡《ぬ》れぬとも、　　秋萩で　染まったわたしの裳が　濡れようとも、
君がみ舟の　綱《つな》し取りてば。　　あなたのお舟の　綱さえ手に取れたら。　（十五―３６５６）

この二首は、七夕の牽牛《けんぎゅう》・織女《しょくじょ》の恋を述べている。この恋人たちは萩の花摺りの衣を着て、相逢おうとしている。こ

この「丹穂《にほ》ひ」・「丹穂へる」は萩の花摺りで衣を紫に染めることである。すなわち、一首目は牽牛が妻訪いする衣を織女に萩摺りにしてもらおうとし、二首目は織女が裳を萩摺りにして牽牛を迎えようとしている。中国の七夕伝説には摺り衣・染め衣の要素はないものの、日本の在来の恋愛習俗が七夕伝説に反映している。こうして、秋をいち早く告げる萩の花摺りは、七夕でしか逢えない牽牛・織女にとって待ち遠しい恋の衣になっている。

恋の花摺り　次の〈佐紀野《さきの》の萩に丹穂《にほ》ふ歌〉（十―２１０７・秋の雑歌）の萩の花摺りも、恋の衣になっている。

殊更《ことさら》に　衣《ころも》は摺《す》らじ。女郎花《をみなへし》
佐紀野《さきの》の萩に　丹穂《にほ》ひて居《を》らむ。

殊更に　衣は摺り染めにしまい。（女郎花）
佐紀野《さきの》の萩に　染まっていよう。（十―２１０７）

特に恋のために摺り衣を用意しなくても、佐紀野《さきの》にいれば萩の花摺りができる、と述べている。

次の〈萩の摺れる衣《ころも》の歌〉（十―２１０１・秋の雑歌）は、萩の花摺りが他の誰かを妻訪うたり、恋人を迎えたりするための衣でなく、野辺を行ったら自然と染まったものだ、と恋人に弁解している。

我《あ》が衣《ころも》　摺《す》れるにはあらず。高松《たかまつ》の
野辺《のへ》行きしかば　萩の摺れるぞ。

わたしの衣は　摺り染めにしたのではない。高松の
野辺を行ったところ　萩が摺り付いたのだ。（十―２１０１）

女人の譬喩　次の〈旅衣《たびごろも》を丹穂《にほ》はす萩の歌〉（八―１５３２・秋の雑歌・笠の金村）の萩は、女人の譬喩になっている。

笠《かさ》の朝臣《あそみ》金村《かなむら》の、伊香山《いかごやま》にして作る歌二首（うち一首）

草枕《くさまくら》　旅行く人も、行き触れば
（草枕）　旅行く人が、通りすがりに触れでもしたら

丹穂《にほ》ひぬべくも、咲ける萩《はぎ》かも。　色が移り染まるばかりに、咲いている萩だよ。
（八―1532）

一見すると、伊香山《いかごやま》の萩の叙景歌である。しかし、恋する者が萩の花摺りを着ることから、「丹穂《にほ》ふ」＝染めることが恋の成就の譬喩になる。そこで、旅先で咲き誇る萩を見て旅人が旅衣《たびごろも》を萩の花摺りにできそうだ、すなわち染料の萩を地元の愛しい女人の譬喩にし、その女人との恋が成就しそうだ、と恋情を漂わせている。

以上、いずれの萩摺りにも恋情が伴っている。

萩の花摺りの交換　次の〈更衣《ころもがへ》〉（催馬楽《さいばら》21・衣更《ころもがへ》）は、『催馬楽考』［賀茂真淵］が説くように恋人同士が愛の証しとして萩の花摺りの衣を交換することを述べている。

更衣《ころもがへ》せむや。さきむだちや。我《わ》が衣《きぬ》は、　衣がえをしようよ。さきむだちや（囃子詞）。わたしの衣は、
野原篠原《のはらしのはら》　萩《はぎ》の花摺《はなずり》や。さきむだちや。　野原・篠原を通って　自然に萩の花摺りになった衣です。さきむだちや。
（催馬楽21）

6　土針摺り

土針　次の「土針《つちはり》」を詠む歌は〈土針《つちはり》摺りの歌〉（七―1338・譬喩歌）の一例だけで、やはり摺り衣を詠み、土針は女人の譬喩になっている。

我《わ》が宿《やど》に　生《お》ふる土針《つちはり》。心ゆも　思はぬ人の　衣《きぬ》に摺《す》らゆな。

わたしの家の庭に　生える土針よ。まるっきり　思わぬ人の　衣に摺られるな。
（七―1338）

恋する者が緑色を呈する土針の葉摺りを着ることから、衣を摺ることが恋の成就の譬喩になる。そこで、土針＝娘よ、心底思わない男の妻訪いの衣に摺られるな＝愛を成就させるな、と家の娘などに言い聞かせている。このようにこの歌の土針は、女人の譬喩になっている。

７　摺り衣・斑の衣

摺り衣　これら紫色や緑色を呈する原始的な花摺り・葉摺りを含めて、草木の花や実の類や黄土《はに》の類で摺った衣（一三で後述）は、「摺《す》り衣《ころも》」といわれ、またその文様が斑《まだら》になるので「斑《まだら》の衣《ころも》」ともいわれる。摺り衣を詠む例は、次の〈摺《す》り衣《ころも》を着る夢の歌〉（十一―２６２１）一首だけである。

摺《す》り衣《ころも》　着《け》りと夢《いめ》に見つ。現《うつつ》には
いづれの人の　言《こと》か繁けむ。

摺り衣を　着た夢を見た。実際には
どの人との　噂がひどくなるのだろうか。
（十一―２６２１）

恋する者が摺り衣を着るという習俗を踏まえ、摺り衣を着たという夢によって来るべき恋を知り、恋の相手が誰か、と推量している。

斑の衣　「斑《まだら》の衣《ころも》」を詠む例は、前述した〈月草《つきくさ》の斑《まだら》の衣《ころも》の歌〉（七―１２５５）を含めて三例ある。その二例目は、次の〈島の榛《はり》摺りの歌〉（七―１２６０）である。

時ならぬ　斑《まだら》の衣《ころも》　着欲《きほ》しきか。
島《しま》の榛原《はりはら》　時にあらねども。

時季はずれの　斑の衣を　着たいものだ。
島の榛原は　その時季ではないけれども。
（七―１２６０）

時季前の榛摺《はりず》りの「斑《まだら》の衣《ころも》」を着たい＝うら若い女との恋をしたい、と述べている。榛《はん》の実が熟するのは秋で、その実を衣に摺ると黒色を呈する。この榛摺《はりず》りの斑の衣も、恋する者の着る衣である。

その三例目は、次の〈今作る斑《まだら》の衣《ころも》の歌〉（七―１２９６・譬喩歌）である。

今作る　斑《まだら》の衣《ころも》　面影《おもかげ》に
我《われ》に思ほゆ。いまだ着ねども。

今製作中の　斑の衣が　幻となって
わたしには懐かしく思われる。いまだ着てはいないけれども。　（七―１２９６）

恋する者が着る「斑《まだら》の衣《ころも》」を作りながら、「いまだ着ねども」＝恋人と逢っていないものの、「斑《まだら》の衣《ころも》」を着て逢っている恋人の「面影」が自然と目に浮かぶ、と述べている。

斑衾

また、次の〈寸戸人《きへひと》の斑衾《まだらぶすま》の歌〉（十四―３３５４・相聞）の「斑衾《まだらぶすま》」も、この「斑《まだら》の衣《ころも》」の一類だろう。

寸戸人《きへひと》の　斑衾《まだらぶすま》に、綿《わた》さはだ
入りなましもの。妹《いも》が小床《をどこ》に。

寸戸人の　斑布団に、入れた綿のようにたっぷり
入ってくればよかった。あの娘《こ》の床に。　（十四―３３５４）

「寸戸人《きへひと》」＝遠江《とほつあふみ》の国麁玉《あらたま》郡の伎倍《きへ》地方の人の作る「斑衾《まだらぶすま》」は繭から採る真綿がたくさん入った掛け布団で、誰もこれに入って寝たい特産品だろう。そしてこの「斑衾」は同時に「妹《いも》が小床《をどこ》」でもあり、愛の寝床だった。男はこの斑衾に入って恋人とともにたっぷりと寝たいという。こうしてみると、この斑衾は恋する者が着る摺り衣の巨大化した姿と見られよう。

以上の「摺り衣」・「斑《まだら》の衣《ころも》」・「斑《まだら》衾」は恋する者の纏うもので、すべて恋歌に用いられている。

これらの斑《まだら》は、⑫〈紫の斑《まだら》の縵《かづら》の歌〉（十二―２９９３）の「紫の斑《まだら》の縵《かづら》」に連なっている（一一で後述）。

信夫捩摺り　平安時代に下ると、「斑《まだら》の衣《ころも》」の恋歌として次の河原の左の大臣・源《みなもと》の融《とほる》の〈信夫《しのぶ》捩摺《もぢず》りの歌〉（古今十四—724）がある。

陸奥《みちのく》の　信夫《しのぶ》捩摺《もぢず》り、誰故《たれゆゑ》に
乱れむと思ふ。我《われ》ならなくに。

陸奥の　信夫《しのぶ》の郡の捩摺りの乱れ模様ではないが、いったい誰のせいで
乱れようと思うのか。わたしのせいではないのだが。（古今十四—724）

『伊勢物語』初段では下の句は、「乱れそめにし我《われ》ならなくに」とあり、この形で百人一首にも採られている。「信夫《しのぶ》捩《もち》摺《ず》り」は「乱れ染め」で有名な特産品で、万葉人の恋の習俗を継承して恋する者が愛用した染め衣だったろう。それで、この恋人の愛用した斑《まだら》の衣《ころも》・「捩摺り」の「乱れ染め」から恋心の「乱れ初《そ》め」へ転化する恋詞《れんし》が生まれたろう。

譬喩としての「摺る」・「着る」と恋人賛美　以上、恋する者が紫などの摺り衣を着る習俗を基盤にして、「摺る」・「着る」という行為の多くが、「恋心を抱く」、あるいは「男女の仲が成立する」ことを意味している。また摺った色の褪せやすいことから、恋心の変わりやすさをも導いている。ここでは、主題である恋と摺り衣が融合してきている。その作者未詳歌を中心としたあり方は、殊更な趣向や修辞に擬らないもので、標準的類型的な謡い物あるいは謡い物風の歌になっている。また「摺る・染む」と同義の「丹《に》付《つ》らふ」から、愛する恋人の美麗さを賛美する「垣津《かきつ》幡《はた》丹《に》付《つ》らふ妹《いも》・君」が生まれている。そして、恋する男女が着る色衣の染料になる垣津《かきつ》幡《はた》・小水葱《こなぎ》・萩《はぎ》・土針《つちはり》などの植物を、愛しい恋人の譬喩にしている。

　このように花摺り・葉摺り・摺り衣・斑の衣などの歌のほとんどは類型的な作者未詳歌で、紫の歌のあり方とほぼ同じなので、これらの歌は紫の歌の発想基盤を考察するときに有力な手懸かりを与える。

8　恋衣

恋衣　このように見てくると、紫色や緑色を呈する原始的な花摺り・葉摺りによる衣や、その他の染料で染められた「摺り衣」・「斑の衣」が、恋人の着る衣類、すなわち「恋衣《こひごろも》」であることに思い至る。「恋衣」の用例は、万葉歌に次の〈恋衣《こひごろも》 著《き》奈良《なら》の山の鳥の歌〉（十二―３０８８）の一例だけある。

恋衣《こひごろも》　著《き》奈良《なら》の山に　鳴く鳥の、　　恋衣を　着馴《きな》らす―奈良《なら》の山に　鳴く鳥のように
間《ま》なく時なし。我《あ》が恋ふらくは。　　絶え間もない。わたしの恋は。　（十二―３０８８）

恋の「間なく時なし」　この歌も類型的な恋歌で、この歌の主旨は下二句「間《ま》なく時なし。我《あ》が恋ふらくは」にある。この平易な恋詞《れんし》は、次のように〈竹田《たけた》の原に鳴く鶴《たづ》の歌〉（四―７６０）や〈真若《まわか》の砂地《まなごつち》の歌〉（十二―３１６８）にもあり、類句になっている。

大伴《おほとも》の坂上《さかのうへ》の郎女《いらつめ》、竹田《たけた》の庄《しやう》より女子大嬢《むすめおほをとめ》に贈る歌二首（うち一首）
うち渡す　竹田《たけた》の原に　鳴く鶴《たづ》の、　　眺めやる　竹田の原に　絶えず鳴いている鶴のように、
間《ま》なく時なし。我《あ》が恋ふらくは。　　絶え間もない。わたしの恋は。　（四―７６０）

衣手《ころもで》の　真若《まわか》の浦《うら》の　砂地《まなごつち》、　　（衣手の）真若の浦の　砂地《まなごつち》、
間《ま》なく時なし。我《あ》が恋ふらくは。　　絶え間もない。わたしの恋は。　（十二―３１６８）

着馴らす恋衣　また、編者は〈恋衣《こひごろも》 著《き》奈良《なら》の山の鳥の歌〉の寄物を「鳥」に求めているものの、上の句の「恋衣《こひごろも》 著《き》奈《な》良《ら》＝馴《な》ら」もまた寄物陳思＝物に寄せて思ひを陳《の》ぶるになっている。そして、「恋衣《こひごろも》」が次の「著《き》」と繋がって「馴《な》ら」

に懸かるのも類型的である。

次の〈小水葱《こなぎ》を衣《きぬ》に摺《す》り馴《な》る歌〉（十四―３５７６・譬喩歌）と〈紅《くれなゐ》の八入《やしほ》の衣馴《ころもな》る歌〉（十一―２６２３）は、その類例である。

苗代《なはしろ》の　小水葱《こなぎ》が花を　衣《きぬ》に摺《す》り
馴《な》るるまにまに、あぜか愛《かな》しけ。
苗代の　小水葱の花を　衣に摺り付け
馴染むにつれて　なんでこんなに愛《いと》しいのか。（十四―３５７６）

紅《くれなゐ》の　八入《やしほ》の衣《ころも》　朝《あさ》な朝《さ》な
馴《な》れはすれども、いやめづらしも。
紅の　八しおに染めた衣のように　朝ごとに
馴れてはゆくけれども、ますます心魅かれるよ。（十一―２６２３）

この二首は、小水葱摺り・紅染めの衣を着馴らしてしまうほど足繁く恋人の許に通って恋人に馴染んでも、いよいよ魅力を感じる、という意である。

〈恋衣《こひごろもき》　著奈良《なら》の山の鳥の歌〉（十二―３０８８）は、「著《き》馴《な》ら」がこれと同音の「奈良《なら》」を導く修辞になり、「奈良の山に鳴く鳥の」ように恋人を思う気持ちが頻りだ、と述べる。すなわち、恋衣を着馴らしてしまうほど足繁く恋人の許に通って馴染んでも、いよいよ魅力を感じて恋人を頻りに思っている、という意で、結局〈小水葱《こなぎ》を衣《きぬ》に摺《す》り馴《な》る歌〉（十四―３５７６）・〈紅《くれなゐ》の八入《やしほ》の衣馴る歌〉（十一―２６２３）と同一趣旨・趣向を取っている。

こうしてみると「恋衣《こひごろも》」は、小水葱《こなぎ》摺りの衣・紅の衣・斑の衣などの総合的な別称で、恋人が恋の場で着る用途に注目した名称だといえる。

9　韓（唐）衣

着馴らす韓衣　またこの〈恋衣《こひごろも》 著奈良《きなら》の山の鳥の歌〉（十二―3088）と酷似する例として、次の〈韓衣《からころも》 著奈良《きなら》の里の松の歌〉（六―952）がある。この歌は直前の〈岩隠《いはがく》りかがよふ玉の歌〉（六―951）に答えた形になっているので、この二首を挙げる。

（神亀）五年戊辰《ぼしん》、難波《なには》の宮《みや》に幸《いでま》す時に作る歌四首（うち二首）

見渡せば　近きものから、岩隠《いはがく》り　　見渡せば　真近いけれども、岩に隠れて
かがよふ玉を　取らずは止まじ。　　きらめく玉を　取らずにはおかぬ。　（六―951）

韓衣《からころも》　著奈良《きなら》の里の　夫《つま》まつに、　　韓衣を　着馴《きな》らす―奈良《なら》の里の　夫待《つまま》つ―松《まつ》の木に、
玉をし付けむ　よき人もがも。　　玉を付けてくれる　よい人がいればよい。　（六―952）

一首目の作者の立場は男で、「かがよふ玉」は得がたい女性の譬喩になっている。「玉」を理想の女性に譬える類例は、巻七の譬喩歌の「玉に寄する」一一首（1317〜1327）をはじめ多数ある。その歌意は、見渡すと近くにありながら岩に隠れて輝く玉＝理想的な女性を取らずにはおかない、というものである。

これに答えた二首目の作者の立場は、女である。この歌の「玉」は難波の産物・土産としての玉であり、「韓衣《からころも》」は大陸風の衣＝朝鮮半島や唐から渡来した技術による高級な衣である。その歌意は、「韓衣」を着馴《きな》らすほど足繁く「奈《な》良《ら》の里」の女の許に通った「夫《つま》」＝一首目の作者を「待《ま》つ」＝「松《まつ》」＝愛妻にその「玉」をつけてくれる良い人＝夫《つま》がいればいい、ということである。

ここでの〈韓衣《からころも》 著奈良《きなら》の里の松の歌〉は、〈恋衣《こひごろも》 著奈良《きなら》の山の鳥の歌〉と同位相にある。したがって、「韓衣」も恋衣の一類だとわかる。とすると〈韓衣《からころも》 著奈良《きなら》の里の松の歌〉は、あなたには恋衣を着馴らしてしまうほど馴染みを重

ねた最愛の妻が都にいて、あなたの帰りを待っているので、その方へのお土産として玉を贈る人＝あなたがいればいい、というくらいの歌意である。こう述べて、女は自分に迫る男の恋心をはぐらかしている（一三で再説）。

恋衣としての韓衣　また、「韓衣」が「恋衣」であることは、次の〈韓衣《からころも》を君に着せる歌〉（十一―2682）からもわかる。

韓衣《からころも》　君に打ち着せ　見まく欲《ほ》り
恋ひそ暮らしし。雨の降る日を。

韓衣を　あなたに着せてあげ　それを見ようと
あなたに恋して暮らした。雨の降る一日中を。
（十一―2682）

雨の降る一日中、韓衣をあなたに着せてそれを見たいと恋い暮らした、と述べている。すなわち作者の女は、自分の作りあげた恋衣の韓衣を恋人に着せて相逢っている場面を想像している。この歌は、「斑《まだら》の衣《ころも》」を着て恋人に逢うことを想像している〈今作る斑の衣の歌〉（七―1296）と同類である。

以上のように、「恋衣」には染めたり摺ったりした衣類の他に、大陸風の衣もあった。

平安初期の唐（韓）衣　『古今和歌集』と『伊勢物語』では、東下りした昔男・在原の業平が、旅先で都の馴染んだ妻を恋慕して次の〈唐衣《からころも》着《き》つつ馴《な》れにし妻《つま》の歌〉（古今九―410、勢語九段）を詠んでいる。

唐衣《からころも》　着《き》つつ馴《な》れにし　妻《つま》しあれば、
はるばる来《き》ぬる　旅をしぞ思ふ。

都には唐衣を　着馴らしながら馴れ親しんだ　妻がいるので、
遥々とやって来た　旅の愁いで一杯になるよ。
（古今九―410、勢語九段）

恋衣の「唐《から》（韓）衣《ころも》」＝大陸風の恋衣を着馴らしながら馴染みを重ねた最愛の妻が都にいるので、その都から遥々やってきた辛い旅を思う、という意である。恋衣の「唐《から》（韓）衣《ころも》」を着て妻訪いした都の妻を偲び、これに旅愁を重ねている。

また『古今和歌集』には、「唐《から》（韓）衣《ころも》」を詠む恋歌としてさらに次のように〈唐衣《からころも》馴《な》れば身に纏《まつ》はる歌〉（古今十五—786・景式《かげのり》の王《おほきみ》）と〈唐衣《からころも》日も夕暮《ゆふぐ》れの歌〉（古今十一—515・読み人知らず）の二首がある。

唐衣《からころも》　馴《な》れば身にこそ　纏《まつ》はれめ。
掛けてのみやは　恋ひむと思ひし。

唐衣を　着馴れれば体に　ぴったり合うようになる。
しかし衣掛けに掛けているだけで、これほど恋しくなるとかつて思ったろうか。
（古今十五—786）

この歌は、恋衣の「唐衣《からころも》」を着馴れるほど足繁く妻訪いすればこそ打ち解けられように、恋衣の「唐衣」を衣桁《いこう》に掛けたままで＝疎遠になって心に掛けて恋い慕うだけになると思ったことか、と恋の悩みを述べている。

唐衣《からころも》　日《ひ》も夕暮《ゆふぐ》れに　なる時は、
返す返すぞ　人は恋しき。

（韓衣）日も夕暮れに　なる時は、
しきりに　恋人のことが恋しくなるよ。
（古今十一—515）

この歌は、日も夕暮れ時になると、繰り返し繰り返しあの人が恋しい、と述べている。「唐衣」は「紐結《ひもゆ》ふ」の連想から「日《ひ》も夕暮《ゆふぐ》れ」にかかる枕詞になっている。夕暮れは恋人たちが恋衣の「唐衣」の紐を結って逢い引きに行く時間なので、「日《ひ》も夕暮《ゆふぐ》れ」を導く枕詞の「唐衣」は恋の現場を踏まえた有心《うしん》の修辞である。

以上のように「韓《から》（唐）衣《ころも》」を恋衣にする伝統は、平安時代にも継承されている。

五　妻訪いの紫衣

1　八種類の恋衣

八種類の恋衣　以下、恋衣の代表である紫根染めの紫の歌について述べる。

⑯〈竹取《たけとり》の翁《おきな》の長歌〉（十六―３７９１）を見ると、前述の恋衣がさらに増える。恋衣の多くが⑯〈竹取《たけとり》の翁《おきな》の長歌〉に集中している、といっていいほどである。その恋衣は次の八例あり、青春時代の竹取の翁はこれをすべて身に纏《まと》っている。

(1)さ丹付《につ》かふ　色懐《なつ》かしき
紫《むらさき》の　大綾《おほあや》の衣《きぬ》、

色美しく染める　粋な色合いの
紫の　派手な模様の衣《きぬ》と、

(2)住吉《すみのえ》の　遠里小野《とほさとをの》の
ま榛《はり》もち　丹穂《にほ》しし衣《きぬ》に、

住吉の　遠里小野の
榛で　染め上げた衣に、

(3)高麗錦《こまにしき》　紐《ひも》に縫ひ付け、
刺部《さしへ》重部《かさねへ》　なみ重ね着て、

高麗錦を　紐に縫い付け、
その上、刺部《さしへ》（羽織の類）や重部《かさねへ》（襲衣の類）を　合わせて重ね着て、

(4)打麻《うちそ》やし　麻続《をみ》の子ら、
あり衣《きぬ》の　宝《たから》の子らが、
打《う》ちし栲《たへ》、延《は》へて織る布、

（打麻やし）　麻続の者たちや、
（あり衣の）　財の者たちが、
打った栲や、延ばしては織った布、

(5)日晒《ざら》しの　麻手《あさて》作《づく》りを、
信巾裳《ひらみ》なす　脛裳《はばき》に取らし、

日に乾した　手織りの麻布を、
信巾裳《ひらみ》（ひだのない前垂れ風の衣）のように　脛裳《はばき》（袴の類）にし、

(6)若やぶる　稲置娘子《いなきをとめ》が、
妻問《つまど》ふと　我《われ》におこせし、
彼方《をちかた》の　二綾裏沓《ふたあやしたぐつ》、
(7)飛ぶ鳥の　明日香壮士《あすかをとこ》が、
長雨禁《ながめさ》へ　縫《ぬ》ひし黒沓《くろぐつ》、
刺《さ》し履《は》きて　庭に佇《たた》ずめ、
(8)罷《まか》りな立ちと　禁《いさ》め娘子《をとめ》が、
ほの聞きて　我《われ》におこせし、
水縹《みはなだ》の　絹《きぬ》の帯《おび》を、
引き帯《おび》なす　韓帯《からおび》に取らせ、
海神《わたつみ》の　殿《との》の甍《いらか》に、
飛び翔《かけ》る　すがるのごとき、
腰細《こしぼそ》に　取り飾らひ、

若さ溢れる　稲置娘子が、
求婚しようとして　わたしにくれた
彼方《おちかた》（現富田林市の工人の集落）産の　二色の裏沓《したぐつ》（靴下の類）と、
（飛ぶ鳥の）　明日香の工男《たくみおとこ》が、
長雨に濡れないように　縫った黒沓を、
履いて　庭に佇んでいると、
帰らないでくださいと　留める娘子が、
薄々聞いて　わたしにくれた、
淡藍色の　絹の帯を、
引き帯みたいにして　韓帯に取り付け、
海神の　宮殿の屋根に、
飛び翔る　すがるのような、
細い腰に　付けて飾り、

（十六―３７９１）

2　竹取の翁の青春

貴族文化の恋衣　右の恋衣の詞章には難解で正確に理解しがたい部分もあるけれども、概ね青春時代の翁が妻訪いした時に纏った衣・紐・帯・脛裳《はばき》・沓《くつ》の描写は、上半身から下半身にむかっており、過剰なほどに華麗である。そしてその妻訪いが叶い、娘子《をとめ》から愛の標《しるし》として「二綾裏沓《ふたあやしたぐつ》」や「水縹《みはなだ》の絹《きぬ》の帯《おび》」を贈られ、翁はこれを早速「黒沓《くろぐつ》」とともに履《は》き、「引き帯《おび》なす韓帯《からおび》」のように瀟洒に着こなしている。これらの装身具は、当時の恋愛生活で用いられた恋衣をよほど誇張している。

紫の大綾の衣　(1)「紫の大綾《おほあや》の衣《きぬ》」は麗しい恋情にからまる紫衣なので、「さ丹付《にっ》かふ色懐《なつ》かしき」＝色美しく染める粋な色合いが「紫」に冠することになる。八つの恋衣の筆頭に紫衣が登場するのは、紫が恋の色の代表だからだろう。この紫根染めの大綾の衣は高度な技術を要した高価なもので、正に貴族文化の典型だった。以下の衣類も同様だろう。

榛摺りの衣　(2)「住吉《すみのえ》の遠里小野《をの》のま榛《はり》もち丹穂《にほ》しし衣《きぬ》」は、この河内の国の住吉の遠里小野の名産の黒衣である。次の〈遠里小野《とほさとをの》の榛摺《はりず》りの歌〉（七—１１５６）は、同地の榛摺《はりず》りの衣を詠んでいる。

住吉《すみのえ》の　遠里小野《とほさとをの》の　ま榛《はり》もち
摺《す》れる衣《ころも》の、盛《さか》り過ぎ行く。

住吉の　遠里小野の　榛の実で
摺り染めにした衣の色が、盛りを過ぎて褪せてゆく。（七—１１５６）

そして次に挙げる〈榛《さいばり》〉（神楽歌38）は、榛染《はりぞ》めを恋歌仕立てに用いている。

（本）榛《さいばり》に　衣《ころも》は染《そ》めむ。雨降れど、
（末）雨降れど、移《うつ》ろひがたし。深く染《そ》めてば。

榛で　衣をば染めよう。雨が降って濡れても、
雨が降って濡れても、色が変わりにくい。色深く染めたならば。（神楽歌38）

『角川古語大辞典　第二巻』［中村・岡見・阪倉］の「さいはり」の項によると、「「さい」は「裂く」の連用形の転。榛《はり》の皮をはいだもの。皮をはぐときにしみ出す樹液を煎じて、黒または茶色の染料にする」という。するとこの歌謡では、榛の樹液で深く染めた衣はかわらない恋心の譬喩にされているとわかる。してみるとこの恋歌でも、竹取の翁の着た「住吉《すみのえ》の遠里小野《とほさとをの》のま榛《はり》もち丹穂《にほ》しし衣《きぬ》」と同様に、恋人に相逢う時に榛染めの衣を着ていた恋の現場が想定できる。

二章で後述するように、『万葉集』に収録される榛の歌の多くは、基本的に恋衣から発想された歌である。

高麗錦の紐　⑶「高麗《こま》錦《にしき》紐《ひも》」は、朝鮮渡来の錦、あるいは朝鮮様式の錦で作った紐である。「高麗《こま》錦《にしき》紐《ひも》」が恋衣の一類であることは、妻訪いの現場を詠む次に挙げる〈高麗《こま》錦《にしき》紐の片方《かたへ》の歌〉（十一―２３５６）・〈高麗《こま》錦《にしき》紐解《ひもと》き放《さ》けて寝《ぬ》る歌〉（十四―３４６５・相聞）・〈錦の紐を解《と》き放《さ》けて寝《ね》ぬ歌〉（紀66・允恭天皇）の三首からもわかる。

高麗《こま》錦《にしき》　紐《ひも》の片方《かたへ》ぞ、床《とこ》に落ちにける。
明日《あす》の夜《よ》し　来《き》なむと言はば、取り置きて待たむ。

高麗錦の　紐の一方が、床に落ちていたよ。
今夜にも　来ようと言うなら、取っておいて待とう。
（十一―２３５６）

恋人の置き忘れた恋衣の高麗錦の紐に託して、女が今晩の逢い引きに誘っている。この歌は、暁の別れに女が男にうたいかけている。ここでは日没から一日が始まっているので、「明日《あす》の夜《よ》」は今晩になる。

高麗《こま》錦《にしき》　紐解《ひもと》き放《さ》けて　寝《ぬ》るが上《へ》に、
あどせろとかも。あやに愛《かな》しき。

高麗錦の　紐を解き放って　寝ている上に、
さらにどうしろというのか。たまらなく愛《いと》しい。
（十四―３４６５）

恋衣の高麗錦の紐を解き放って共寝したのに、なおかつ堪らなく愛《いと》しい、と官能的に述べている。

細《さ》紋形《さらがた》　錦《にしき》の紐《ひも》を　解《と》き放《さ》けて
数多《あまた》は寝《ね》ずに、ただ一夜《ひとよ》のみ。

細紋模様の　錦の紐を　解き放して
数多の夜を寝ずに、ただ一夜だけの共寝とは、辛いことだ。
（紀66）

この恋歌は、允恭《いんぎょう》紀八年の条にある衣通《そとほり》の郎姫《いらつめ》伝承に記されている。この「細《さ》紋形錦《さらがたにしき》の紐」も恋衣の一類で、この紐を解き放って「衣通《そとほり》の郎姫《いらつめ》」と共寝したのは一夜だけだ、と允恭天皇は恋人をいとおしんでいる。

機織工人の織った布　(4)「打麻《うちそ》やし麻続《をみ》の子《こ》ら、あり衣《きぬ》の宝の子らが、打ちし栲《たへ》、延《は》へて織る布」は、熟練した機織《はたおり》工人の織った本格的な布である。

麻製の脛裳　(5)「日晒《ざら》しの麻手《あさで》作《づく》りを、信巾裳《ひらみ》なす脛裳《はばき》に取らし」はとくに難解ながら、麻製の脛裳《はばき》（袴の類）のようである。これを、信巾裳《ひらみ》（ひだのない前垂れ風の衣）のように身に着ける、と言っている。

二綾裏沓　(6)「若やぶる稲置《いなき》娘子《をとめ》が、妻問《つまと》ふと我《われ》におこせし、彼方《をちかた》の二綾裏沓《ふたあやしたぐつ》」は、「稲置《いなき》娘子《をとめ》」が愛の証しとして贈ってきた彼方《をちかた》（現大阪府富田林市の工人の集落）特産の「二綾裏沓《ふたあやしたぐつ》」＝二色交ぜ織りの綾の足袋《たび》である。

長雨にも耐える黒沓　(7)「飛ぶ鳥の明日香壮士《あすかをとこ》が、長雨禁《ながめさ》へ縫ひし黒沓《くろぐつ》」は、工人の「明日香壮士《あすかをとこ》」が作った、長雨にも耐える革製の「黒沓《くろぐつ》」である。男が降雨にもめげないで妻訪いすることは、男の愛情が深いと受け取られていたので、雨に強い沓は愛のアイテムのみならず実用においても重宝なものだった。そして現にこの沓を履いて妻訪いした翁は、果たせるかな早くも娘子《をとめ》の愛を獲得し、その愛の標《しるし》として(8)「水縹《みはなだ》の絹《きぬ》の帯《おび》」を贈られている。

水縹の絹の帯　(8)「罷《まか》りな立ちと禁《いさ》め娘子《をとめ》が、ほの聞きて我におこせし、水縹《みはなだ》の絹《きぬ》の帯《おび》」は、「娘子《をとめ》」が愛の証しとして贈ってきた「水縹《みはなだ》の絹《きぬ》の帯《おび》」である。この帯を「引き帯」のように「韓帯《からおび》」＝大陸様式の帯風に身に帯びている。四で述べたように、「水縹《みはなだ》」は月草などで染めた薄い藍色である。

こうしてみると、恋衣には染め衣・色衣・大陸渡来の織物の他に、(4)・(7)のように熟練工の丁寧に作り上げた装身具も含まれている。

多くの色美しい恋衣　以上、高度な技術を要した外来の色衣、織物を中心とした多くの色美しい「恋衣」を纏って妻訪《つまど》いした青春時代の翁は、文字どおり「色男」で、道を歩くと宮仕えする女や男もこっそりと振り返りながら「誰《た》が子そ」＝どこの貴族の御曹子かしらと思われるほどだった。これほどの恋衣を纏った妻訪いの描写はこの例だけで、他は一品を纏う程度である。

女人が恋人に衣を贈る　この長歌では自前の恋衣の場合が多いものの、(6)「二綾裏沓《ふたあやしたぐつ》」と(8)「水縹《みはなだ》の絹《きぬ》の帯《おび》」のように女人が愛する男のために贈る場合もある。このように恋人・夫のために衣を「染む」・「摺る」・「織る」と明言した代表的な恋歌としては、次に挙げる〈月草《つきくさ》の斑《まだら》の衣《ころも》の歌〉（七―1255）と〈手力疲《たぢからつか》れ織《お》り摺《す》る衣《きぬ》の歌〉（七―1281）の二首がある。

月草《つきくさ》に　衣《ころも》そ染《そ》むる。君がため
斑《まだら》の衣《ころも》　摺《す》らむと思《おも》ひて。

月草で　衣をば染める。あなたのために
斑の衣を　摺ろうと思って。　（七―1255）

君がため　手力疲《たぢからつか》れ　織りたる衣《きぬ》ぞ。
春さらば　いかなる色に　摺《す》りてば良《よ》けむ。

あなたのために　力を尽くして　織った服ですよ。
春になったら　どんな色に　摺ればいいでしょう。　（七―1281）

青春時代の竹取の翁は二人の女性からこの恋衣の一類である(6)「二綾裏沓《ふたあやしたぐつ》」と(8)「水縹《みはなだ》の絹《きぬ》の帯《おび》」を貰っているので、恋を成就している愛人が複数いることを誇っていることになる。

3　衣服令との重複

衣服令との重複　ところで、「衣と装飾の民俗」［尾崎富義］によると、右の八種類の恋衣のうち、五種類が養老の衣服《いふく》令《りょう》の一位の礼服と重複している。前述したように、推古天皇十一年（六〇三）の冠位十二階の制定を嚆矢にし、大化三年（六四三）の「七つの色の一十三階の冠」が制定され、それから次々と改定が進んで、養老の衣服令として完成している。その衣服令の諸臣の礼服の規定として、次の一条がある。

一位の礼服の冠。深き紫の衣。牙《げ》の笏《こつ》。白き袴。條《くみ》の帯。深き縹《はなだ》の褶《ひらみ》。錦の襪《したぐつ》。烏皮《くりかは》の舄《くつ》。
三位以上は、浅き紫の衣。四位は、深き緋《あけ》の衣。五位は、浅き緋の衣。（中略）
大祀《だいし》、大嘗《だいじやう》、元日《ぐわんじつ》に、服せよ。　（衣服令）

「衣と装飾の民俗」によると、竹取の翁の長歌と衣服令の対応は、⑴「紫の大綾《おほあや》の衣《きぬ》＝深き紫の衣」、⑸「信巾裳《ひらみ》なす脛裳《はばき》＝白き袴」、⑹「二綾裏沓《ふたあやしたぐつ》＝錦の襪《したぐつ》」、⑺「黒沓《くろぐつ》＝烏皮《くりかは》（黒皮の舄《くつ》）」、⑻「水縹《みはなだ》の絹《きぬ》の帯＝條《くみ》（いくつもの色糸を縒り合わせた綾）の帯」となっている。

野遊びのピエロ　釈注八［伊藤］もこれに注目し、若き竹取の翁が、大祀・大嘗祭・元日の晴の日に一位の人の着るべき礼服と見紛うなりをしていた、と指摘する。また「蜷《にな》の腸《わた》か黒し髪をま櫛もちここにかき垂れ」における指示語「ここに」から、身振りを伴ってうたわれた、と説く。そしてこれらから、この歌は粋にすぎる身なりで演技した春の野の笑われ歌だった、という。

この説は実に明快で、そのとおりであろう。公的制度の高位の制服を私的な恋衣に転用しているのは、大いなる戯れ・酔狂で、竹取の翁は野遊びにおけるピエロのような存在だったろう。

4　嘆老歌

嘆老歌　⑯〈竹取の翁の長歌〉は春の国見における野遊び＝歌垣での歌で、老人が自らの盛時を振り返りながら老いを嘆いてみせ、野遊びに参加している若者たちを戒める風習に基づいている。

そしてこの⑯〈竹取の翁の長歌〉に引き続き、翁は次のように〈竹取の翁の反歌〉二首（十六―３７９２・３７９３）でも老いを説いている。

死なばこそ　相見《あひみ》ずあらめ。生きてあらば、
白髪児《しらかみこ》らに　生《お》ひざらめやも。

死んだなら　見ずに済もう。けれども生きていたら、
白髪が皆さんに　生《は》えずにいようか。
（十六—３７９２）

白髪《しらかみ》し　児《こ》らも生《お》ひなば、かくのごと
若けむ児《こ》らに　罵《の》らえかねめや。

白髪が　皆さんにも生《は》えたら、こんなふうに白髪が
若い人たちに　ばかにされずに済もうか。
（十六—３７９３）

ここでは、翁をあなどってからかう九人の娘子《をとめ》＝若者らに、八種類の恋衣を着て華やかに妻訪いした青春時代の若者＝竹取の翁であっても、老いれば例外なく老醜を曝すので、あなたたちも白髪になったら若者たちにあなどられるだろう、と述べ立てる。

歌掛けでの勝ち負け　この道理に娘子《をとめ》らは深く感動し、それぞれ一首ずつ歌で翁に愛を告白し、愛を成就する＝共寝する、と述べる。『古代歌謡をひらく』［土橋寛］によると、この遣り取りは「歌垣で歌掛けに負けた娘は、相手の男の意志に従わねばならないという不文律」に基づく創作である。

榛摺りによる娘子の愛の告白　次に挙げる〈住吉《すみのえ》の岸野の榛《はり》摺りの歌〉（十六—３８０１）は、そのうちの八人目の娘子《をとめ》の恋歌で、恋衣の発想を取っている。

娘子等《をとめら》の和《こた》ふる歌九首（うち一首）

住吉《すみのえ》の　岸野の榛《はり》に　丹穂《にほ》ふれど、
丹穂《にほ》はぬ我《われ》や、丹穂《にほ》ひて居《を》らむ。

住吉の　岸野の榛で　摺り染めにしても、
染まらぬわたしは、染まっていよう。
（十六—３８０１）

通説はおよそ、「我《われ》や」の「や」を軽い疑問、「丹穂《にほ》ふ」＝摺り染まる・摺り染めるを女友達と同調すると解している。

すなわち小学館『萬葉集四』によると、自分はなかなか他人と同調しない性格であるのに、今はいつの間にか友達と同調してしまってい、これはどういうわけか、とみずから不思議に思ってこういった、と解している。

恋衣からの発想　しかし、この歌が長歌の⑵「住吉の遠里小《とほさとを》野《の》のま榛《はり》もち丹穂《にほ》しし衣《きぬ》」に応えた形になっており、「丹《に》穂《ほ》ふ」を三度用いていることも考慮しなければならないだろう。とすると、「や」を感動、「丹穂《にほ》ふ」を恋衣を摺り染めにする実意とともに恋心を抱く・恋を成就することの譬喩と解釈するのがいいようである。すなわち、男が恋衣として住吉《すみのえ》の岸野の榛《はり》で恋衣を摺り染めにして妻訪いしても、同じように恋衣を染めて男を迎えようとしない＝恋心を抱かない堅物の私がさ、恋衣を染めて翁を迎え、恋を成就させよう、という歌意になろう。

　このように解することによって、青春時代の翁の着た榛摺りの恋衣に呼応し、恋に無縁だった娘子《をとめ》がまるで青春時代の翁の愛人であるかのように翁と同じ榛摺りの恋衣を染めて着て相逢おう＝恋を成就しようとしていることになる。

歌垣の場と妻訪いの場　なお、⑯〈竹取の翁の長歌〉を核とした竹取の翁の歌群は国見における野遊び＝歌垣を場としているものの、そこで述べられている恋衣は私的な妻訪いを反映している。すなわち、翁が私的な妻訪いで着た八種類の衣は公的な衣服令を転用しつつもその本質は恋衣であり、娘子《をとめ》がうたう〈住吉《すみのえ》の岸野の榛《はり》摺りの歌〉（十六―３８０１）の「住吉《すみのえ》の岸野の榛摺《はりず》り」もその延長線上にあり、これらは年中行事の野遊び＝歌垣で着る祭服・小《を》忌《み》衣《ころも》でもなければ、素より衣服令の衣でもない。

5　紫の帯を解く

紫の帯を解く　次の⑩〈紫《むらさき》の帯の歌〉（十二―２９７４）も、恋の現場をそのまま述べている。

⑩紫《むらさき》の　帯《おび》の結びも　解きも見ず、　　紫の　帯の結びも　解きもせずに、
もとなや妹《いも》に　恋ひ渡りなむ。　　やたらにあの娘《こ》に　恋しつづけることか。
（十二―２９７４）

作者の男は「紫の帯」を締めて妻訪いしたものの、「紫の帯の結び」を「解」くこと＝共寝することもなく、恋に苦しんでいる。

「紫の帯」＝恋衣　帯や紐を解くことが共寝を意味する類歌は、前述の〈高麗《こま》錦《にしき》紐《ひも》解《と》き放《さ》けて寝《ぬ》る歌〉（十四―３４６５）・〈錦《にしき》の紐《ひも》を解《と》き放《さ》けて寝《ね》ぬ歌〉（紀66）など多くある。とすると、これらの「紫の帯」をはじめとする帯や紐もすべて恋衣の一類だということになる。そして、その歌い方も標準的類型的である。

6　紫の「根」と「寝」

東国の紫の恋　次の東歌《あづまうた》の⑮〈紫草《むらさき》の根《ね》と寝《ね》の歌〉（十四―３５００・相聞）も、恋衣の習俗を下地にしている。

⑮紫草《むらさき》は　根《ね》をかも終《を》ふる。人の児《こ》の　心愛《うらがな》しけを　寝《ね》を終《を》へなくに。（十四―３５００）

紫草は　その根《ね》を染料として使い終《お》えるよ。人の娘の　愛しい娘とは　寝《ね》ることを終《お》えていないのに。

「心愛《うらがな》しけ（き）」「人の児《こ》」＝娘を足繁く妻訪いしたために恋衣の染料として紫根を使い果たしたのに、未だに共寝を果たしていない、と「ネ―根・寝―を終《を》ふ」という語呂合せで洒落ている。

報われない恋の諧謔1　上二句を詠嘆表現とみ、「紫草の根を恋衣の染料としてすべて使い果たすよ」と解し、下三句を「愛しい娘との共寝を一度も遂げていないのに」と解するのは、恋衣の紫衣を限りなく整えて妻訪いしたのに一度の共寝もないという、両極の際立つ対比がこの歌の眼目だからである。このように、手段＝恋衣・紫衣を染めて着ることと目的＝共寝がまるで嚙み合わないこと・草臥《くたびれ》儲けのおかしさ・報われない恋の諧謔が、この歌の主題である。

東国の民謡　『万葉開眼（下）』［土橋寛］は、この歌について次のように説く。民謡的性格がいちじるしいもので、前句に景物＝「A紫草」を出し、後句に人事＝「B人の児《こ》の心愛《うらがな》しけ」を述べて、脚韻的繰り返し＝「C根《ね》をかも終《を》ふる・寝《ね》を終《を》へなくに」で結合している。したがって、今の場合はAC―BCの形になる。このような対立構造は民謡によく見られるので、⑮〈紫草《むらさき》の根《ね》と寝《ね》の歌〉は機智の活躍する笑いを目的とした民謡だとみられる。

もし東人《あづまびと》が貴族専用の紫衣を生産する立場にだけあったとすれば、彼ら東人が恋衣・紫衣を着て妻訪いしたと述べ、かつ民謡として諧謔の語呂合わせまでしている⑮〈紫草《むらさき》の根《ね》と寝《ね》の歌〉のこなれ様を、どのように説明できようか。この歌は、東国の庶民も恋衣・紫衣を生産して着用し妻訪いしていたことを明示している。

古今集の女の紫の元結　以上は、男が紫の色衣などを纏って妻訪いしている例である。これに対して、女も紫衣などの恋衣を身につけて男を迎えている。例えば、『古今和歌集』の次の〈濃紫《こむらさき》の元結《もとゆひ》の霜の歌〉（古今十四―693・読み人知らず）は、女性が「濃紫の元結《もとゆひ》」をして恋人・夫を待つ、と述べている。

君来《こ》ずは　閨《ねや》へも入《い》らじ。濃紫《こむらさき》　あなたが来ないならば　わたしは寝屋にも入らずに待っている。濃い紫色の
我《わ》が元結《もとゆひ》に　霜は置くとも。　わたしの元結に　霜が置くほど寒くても。（古今十四―693）

この女性の髪を束ねる「濃紫《こむらさき》」の「元結《もとゆひ》」は、妻訪いの現場における恋衣の一類である。

六　紫の修辞

1　紫の色に出づ

妻訪いの現場　次の⑪〈紫の下紐の歌〉（十二―2976）は妻訪いの現場を述べながら、「色に出《い》づ」を導く序詞《じょことば》・修辞になっている。

⑪紫《むらさき》の　我《わ》が下紐《したびも》の　色に出《い》でず
　恋ひかも痩《や》せむ。逢《あ》ふよしをなみ。

紫の　わたしの下紐のようには　色には出さず
　恋に痩せるのではなかろうか。逢うすべがなくて。

（十二―２９７６）

上二句は妻訪いの現場を示している。

「紫の我《わ》が下紐《したびも》」も恋衣の一つで、これを身に着けて恋人に逢おうとしている。「紫の下紐」は恋していることの証しで、これを恋の譬喩に転化し、恋心を顔・表情に出す意の「色に出《い》づ」に用いるようになる。こうして、この恋衣の「紫の我《わ》が下紐《したびも》」は恋情表現の常套句「色に出《い》づ」を導く有心《うしん》の序詞・修辞になっている。すなわち、「色に出づ」は恋衣の

紫の下紐の色に出づ　上二句「紫の我《わ》が下紐《したびも》」は紫染めなので、生産過程としては「色に出《い》づ」るものである。そこで、染色の生産叙事から発想された恋詞《れんし》である。

ただしここでは、下着の紐なので色が表に出にくいので、「色に出《い》でず」、すなわち恋心を顔・表情に出せない＝恋を告げないいまま恋に苦しむ、と述べる。

古今集の「紫の色に出づ」　この標準的類型的な万葉歌の「紫の色に出《い》づ」は、『古今和歌集』にも次の〈紫草《むらさき》の根《ね》摺りの歌〉（古今十三―６５２・読み人知らず）ように継承されている。

恋しくは　下《した》にを思へ。紫草《むらさき》の
　根《ね》摺《ず》りの衣《ころも》　色に出づなゆめ。

わたしを恋しく思うなら　心の中だけで思ってほしい。紫草の
　根で摺り染めにした衣が目立つように　決して恋心を態度に出すな。

（古今十三―６５２）

恋しいなら心の中だけで思いなさい、紫草の根摺りの衣のように、人目につくようにしてはいけない、と述べている。

ここでも、恋衣に用いた紫根染めの生産叙事から「紫の色に出づ」が発想されている。すなわち、「紫草《むらさき》の根摺りの衣」は、「色に出づ」の有心《うしん》の序詞である。

2　譬喩としての紫衣を「染む」・「着る」

妻訪いの現場からの発想　次の③〈託馬野《つくまの》の紫草《むらさき》の歌〉（三―395・譬喩歌）は、恋の現場の紫根染めから発想されている。

笠《かさ》の女郎《いらつめ》、大伴《おほとも》の宿禰家持《すくねやかもち》に贈る歌三首（うち一首）

③託馬野《つくまの》に　生《お》ふる紫草《むらさき》　衣《きぬ》に染《し》め、
いまだ着ずして、色に出《い》でにけり。

託馬野に　生えた紫草を　服に染め付け、
まだ着もしないうちに　色に現れたよ。
（三―395）

笠の女郎が託馬野《つくまの》（現滋賀県彦根市、米原市付近の野原、あるいは現熊本市の旧飽託《ほうたく》郡託麻《たくま》村の野原）の特産物の紫根で恋衣を染めた＝恋心を抱いたものの、恋人の家持が訪れないので恋衣を「着ずして」＝恋が成就しないうちに、「色に出《い》でにけり」＝恋心が態度に出てしまい、世間に知られた、と嘆いている。すなわち、恋の不首尾を恋衣の習俗と重ねて述べ、恋心を抱きながらも恋が成就しないまま恋心が態度に出てしまい、片恋が世間に知られたという不都合を、「託馬《つくま》野《の》の紫草《むらさき》」で恋衣の紫衣を「染《し》む」という生産過程は順調ながら、「着」ないまま「色に出でにけり」＝色が鮮明に表に出てしまった、と述べている。

報われない恋の諧謔2　確かに道理としては紫草で衣を染めると色が出るので、生産叙事としては上三句「託馬野《つくまの》に生《お》ふる紫草衣《むらさききぬ》に染《し》め」は、五句の「色に出づ」に懸かっている。しかし、恋衣を「着る」ことで恋人の家持を迎えられるので、恋衣・染め衣の生産叙事は四句の「着る」にも懸かっている。したがってこの歌は、恋の手段＝恋衣・染衣を生産する過程を辿れば、恋の目的＝恋衣・染め衣を「着」て恋が成就することを欠落しても、「色に出づ」こと＝恋衣に色がつき、片恋が世間の噂になったことのおかしさを述べている。わざわざ「託馬野《つくまの》に生《お》ふる紫草《むらさき》」を提示したのは、託馬野が紫根の名産地だからで、これで貴族社会の最高級の紫衣を作ったものの、それが恋衣にならず、あまつさえ片恋が世間に知られ、まるで報われない恋だった、と恋の展開と結果の落差を諧謔的に述べている。そのあり方は、東歌⑮〈紫草《むらさき》の根《ね》と寝《ね》の歌〉（十四―３５００）と共通しており、懸命に立派な恋衣を染めて恋を叶えようとしたのに、その衣を着て共寝する恋の場もないまま、草臥《くたび》れ儲けで終わった、と自分の片思い・失恋を笑い飛ばしている。

譬喩としての「染む」「着る」　四で述べたように、恋衣を「摺る」・「着る」という恋愛生活上の行為が、そのまま「恋心を抱く」ないしは「恋が成就する」ことの譬喩・修辞になっていた。ここでも、「紫草《むらさき》」を衣に「染《し》め」て「着」る行為が、恋心を抱き、恋が成就することを意味している。

紫の色に出づ　また、託馬野《つくまの》の紫草を色衣・恋衣に用い、その際の紫根染めの生産叙事から、「色に出《い》づ」は秘めた恋心が顔色・態度に出、さらに世間にも知られることの譬喩になっている。

七　源氏物語の紫

1　紫の「根」と「寝」

若紫の巻の紫の「根」と「寝」　『源氏物語』若紫《わかむらさき》の巻に、東歌《あづまうた》の⑮〈紫草《むらさき》の根《ね》と寝《ね》の歌〉（十四―３５００）のように紫《むら》草《さき》のネ＝根《ね》・寝《ね》を詠む恋歌が二例ある。

光源氏は、継母の藤壺《ふぢつぼ》を熱愛しながらも逢えないでいた時、藤壺に生き写しの少女・若紫《わかむらさき》を見出した。少女は藤壺の姪で、彼女を「かの人の御かはり」＝藤壺の身代わりにしたい、と深く思った。やがて機会を見つけて藤壺と狂おしい逢瀬があった後、「心の暇《いとま》なく思《おぼ》し乱るる人の御あたりに心を懸《か》けて、あながちなる縁《ゆかり》も尋ねまほしき心《こころ》もまさり」

＝藤壺の縁の人を求めたい気持ちが募って、源氏は次のように〈紫草《むらさき》のねに通《かよ》ひける若草の歌〉（若紫の巻）を詠む。

手に摘みて　いつしかも見む。紫草《むらさき》のねに
通《かよ》ひける　野辺の若草。

手に摘んで　なんとか早く見たいものだ。紫草の根に
つながっていたのであった　あの野辺の若草を。
（若紫の巻・源氏）

紫草《むらさき》＝藤壺の「根《ね》」＝血縁につながる若草＝若紫《わかむらさき》を、すなわち紫《むらさき》＝紫草《むらさき》＝藤壺との「寝《ね》」につながる若草＝若紫を、自分の手で摘み取って早く我が物にしたい、と述べている。

やがて源氏は、密かに少女・若紫を二条院に迎え取り、この少女に藤壺の面影を求め、次のように〈ねは見ねどあはれと思ふ草の歌〉（若紫の巻）を詠む。

ねは見ねど　あはれとぞ思ふ。武蔵野の
露分けわぶる　草の縁《ゆかり》を。

まだ寝ていないけれども、しみじみと可愛く思う。武蔵野の
露を分けあぐねるように　逢いかねている紫草の縁《ゆかり》のあなたを。
（若紫の巻・源氏）

逢うのに苦労する＝「露分けわぶる草」＝紫草＝藤壺の縁《ゆかり》の人＝若紫が、まだ「寝《ね》」ていないけれども、すなわちよく染まる紫の「根《ね》」＝素敵な恋人か試していないけれども、愛しく思う、と述べている。

このように、紫根染めの「根《ね》」に「寝《ね》」を懸けているのは、東歌の⑮〈紫草《むらさき》の根《ね》と寝《ね》の歌〉（十四―３５００）と同じである。この若紫の巻の二首の歌と東歌の間にどのような影響関係があるのか、両者の地域にも時代にも隔たりがあって難解ではあるけれども、両者の発想法は同じである。

しかし、源氏が藤壺あるいは少女・若紫と逢うとき、恋衣・紫衣を着ていたという妻訪いの現場が文脈に表れていいな

い。すなわち、東歌の⑮〈紫草《むらさき》の根《ね》と寝《ね》の歌〉（十四—3500）に詠まれたような恋衣・色衣の習俗は影を消し、形式的言語上だけのものになり、恋の色としての紫の概念化・抽象化が進んでいる。

武蔵野の紫草　右の二首は、いわれるように次に挙げる〈紫草《むらさき》の一本故《ひともとゆゑ》の歌〉（古今十七—867・読み人知らず）と〈紫《むら》草《さき》の故《ゆゑ》の歌〉（古今六帖五—3507）の二首を踏まえている。

紫草《むらさき》の　一本故《ひともとゆゑ》に、武蔵野《むさしの》の
草はみながら　あはれとぞ見る。

紫草の　一本があればこそ、武蔵野に生えている
すべての草が　懐かしいものに見える。
（古今十七—867）

恋衣・色衣を染め出す紫草＝恋人が一本でも武蔵野に生えていれば、その野原に生えている紫草以外の草木＝恋人の縁《ゆかり》の者までが愛《いと》しく思える、と述べる。

知らねども　武蔵野《むさしの》といへば　かこたれぬ。
よしやさこそは　紫草《むらさき》の故《ゆゑ》。

知らぬ土地ながら　武蔵野と言うと　自然恨み言を言ってしまう。
それというのも懐かしい　紫草のせいだ。
（古今六帖五—3507）

行ったことがないけれども、武蔵野と聞くと自然とつい恨み言がでる、それも仕方のないことだ、そこに生えている懐かしい紫草《むらさき》ゆえなのだから、と述べている。ここで言いたいことは、「紫草《むらさき》」＝恋人のことで思い悩んでいるので、紫草の生えている「武蔵野」＝恋人に関係した人・ことを聞くとつい愚痴っぽくなってしまう、ということだろう。

右の二首では、恋衣・色衣を染め出す紫草が知識として観念的に恋人の譬喩になっている。すなわち、武蔵野の紫草の根を色衣・恋衣に用いた習俗は、ここでも若紫の巻と同様に影を潜めている。

次の『後撰和歌集』の〈若紫草《わかむらさき》は尋《たづ》ねわびの歌〉（後撰十六—1177・読み人知らず）は、「若紫」を若い恋人の譬喩とし、

〈紫草《むらさき》の一本故《ひともとゆゑ》の歌〉（古今十七—867）を踏まえている。

武蔵野は　袖漬《ひ》つばかり　分《わ》けしかど、
若紫草《わかむらさき》は　尋《たづ》ねわびにき。

武蔵野は　袖が濡れるほどまで　草を分けて探し求めたけれども、
武蔵野の名物として知られる若紫草は　尋ねられなかった。
（後撰十六—1177）

武蔵野の紫草の根を色衣・恋衣に用いた習俗は、ここでも影を潜めている。

後撰集の紫根染め　『後撰和歌集』には、次の〈思《おも》ひ濃《こ》き色《いろ》の若紫草《わかむらさき》の根の歌〉（後撰十八—1277・読み人知らず）のように、恋衣にする紫根染めの根を詠む例もある。

まだきから　思《おも》ひ濃き色に　染《そ》めむとや、
若紫草《わかむらさき》の　根《ね》を尋ぬらん。

こんなに早くから　みずからの思いのような濃い色に　染めようと思って、
若紫草の　根を探しているのか。
（後撰十八—1277）

相手の女がまだ若いうちから濃い思いに染めようとして男が若紫の根を探しているのか、と述べている。ここでは、紫根染めを恋衣に用いた習俗を下地にし、若紫を若い女性の譬喩にしている。『後撰和歌集』［片桐洋一］によると、「幼い女を早くから思いをこめて自分の色に染めあげようとしている男の存在が源氏物語の若紫の巻に先行している」。

2　色好み

風俗歌の〈たたらめ〉　『政事要略』に、〈たたらめ〉（風俗歌43）が伝わっている。

たたらめの花の如《ごと》　搔練《かいねり》好《この》むや。　紅花で染めた　搔い練りの色衣を選ぶか。
実《げ》に　紫《むらさき》の色好《この》むや。　本当は　紫根染めの色衣を選ぶか。　（風俗歌43）

「搔練《かいねり》」は練って糊を落として柔らかにした絹布で、多く紅色をしている。『古代歌謡集』［土橋・小西］の「たたらめ」の注によると、「植物名。「たたら女」とよむのは当らない。いまの何にあたるのか明らかでないけれども、大同類聚方の細辛を「多多良女」とよみ、延喜式にも眼薬として「多多良女花搗」とある」。すなわち、「細辛《さいしん》」は「多多良女《たたらめ》」であり、「花搗《はなかち》」するもので、眼薬になるという。

若紫に並ぶ末摘花　『源氏物語』末摘花《すゑつむはな》の巻は、この風俗歌《ふぞくうた》の〈たたらめ〉を踏まえて、姫君・末摘花《すゑつむはな》の「鼻《はな》」が末摘《すゑつむ》花《はな》＝紅花《べにばな》の「花《はな》」の色であることを笑いのめしている。

この笑いのめしには、そこに至る思い込みの経緯がある。そもそも、若紫の巻で源氏が理想の恋人「若紫」を見出したので、これに続く末摘花の巻でも源氏が理想の恋人を見出すだろう、と作者は読者に予想させている。その予想が可能なのは、「紫草《むらさき》」＝紫根《しこん》から染め出される「紫衣」、ならびに「末摘花《すゑつむはな》」＝紅花《べにばな》から染め出される「紅衣《くれなゐごろも》」が、恋衣として代表的なものであり、若紫の巻では染料の「紫草《むらさき》」から「若紫《わかむらさき》」という理想の女人が造形されていたので、同様に末摘花の巻でも染料の「末摘花《すゑつむはな》」から「末摘花《すゑつむはな》」という理想の姫君が造形されるだろう、と考えたからである。

しかし、柳の下に二匹目の泥鰌はおらず、恋が進展するうちに末摘花の姫君が恋の対象外であると判明し、光源氏も読者も当初の期待を著しく裏切られ、風俗歌の「たたらめ」を踏まえて姫君・末摘花の「鼻《はな》」が末摘花＝紅花の「花《はな》」の色だ、と破天荒な落ちに至っている。

「たたらめの花の如搔練」は紅衣　こうしてみると、風俗歌の〈たたらめ〉の「紫の色」は恋衣の「紫衣」なので、「たたらめの花の如搔練《ごとかいねり》」とは恋衣の「紅衣《くれなゐごろも》」＝紅花・末摘花で染めた衣のことではなかろうか。とすれば、「多多良女《たたらめ》」＝細辛は紅花だ、ということになる。紅の製法の一工程として紅花《べにばな》を臼で搗くことがあるので、「多多良女花搗《たたらめはなかち》」とも合致している。

また、紅花の薬効は眼薬とあるものの、その薬効は一つに止まらず、『日本古代の色彩と染』〔前田雨城〕によると、悪血を取り去り、増血剤になり、婦人病、のぼせ、頭痛に効くとある。草木染めのほとんどは、何らかの薬効を持っている。紫根染めの紫根の薬効については、一〇で後述する。


色好みのプロトタイプ　また、「選《え》り好《この》み」という用例が示すように、「好《この》む」は良いものを選択することである。すると風俗歌の〈たたらめ〉の歌意は、恋衣として「紅衣」と「紫衣」のいずれを選ぶか、ということになる。「紫の衣」と「紅衣」は甲乙つけがたい逸品なので、その選択はむずかしい。この風俗歌の〈たたらめ〉は、二つの恋衣のうちどれを着て妻訪《つまど》いしようかと迷う伊達男《だておとこ》のおしゃれをうたっていよう。ここでは、妻訪いの現場が述べられている。そのあり方は、⑯〈竹取の翁の長歌〉（十六—３７９１）で恋衣をたくさん着込んでいた青春時代の竹取の翁とは違い、恋衣を選択している。

しかし、この風俗歌の真意は別にある。それは「紅衣」と「紫衣」がいずれも劣らぬ理想的な女人を意味し、そのどちらが本命＝本妻なのか、ということではなかろうか。この「色男」は二股をかける愛の狩人で、周囲から野次られているという趣向だろう。

このように、〈紫草《むらさき》の一本故《ひともとゆゑ》の歌〉（古今十七—８６７）の恋衣・色衣を染め出す「紫草《むらさき》」が、愛しい恋人の譬喩になっているように、風俗歌の〈たたらめ〉の恋衣の「たたらめの花の如搔練」と「紫《むらさき》の色」もまた、愛しい恋人の譬喩になっている。

この風俗歌の〈たたらめ〉の真意は『源氏物語』の作者にも読者にもわかっており、だからこそ紫衣から理想的な若紫像が造形されているので、「たたらめの花の如搔練《ごとかいねり》」＝紅衣・末摘花染めからも理想的な末摘花像が造形される、と読者は予想した。

光源氏の色好み　風俗歌の〈たたらめ〉の男は、紫の色＝紫の女と「たたらめの花の如搔練《ごとかいねり》」＝末摘花の女のいずれを選ぶかと周囲からいわれている。この点、『源氏物語』は「紫・紫衣」を若紫のシンボルカラー、「末摘花・紅衣」を姫君・末摘花のシンボルカラーにし、多数いる女人のなかから理想的な女人＝「紫」や「末摘花」などを選択し、ハーレムの六条院と二条院を構えている。風俗歌の〈たたらめ〉における男のあり方＝二者択一が「色好み」の原型・プロトタイプだと考えられるものの、青春時代の竹取の翁のように複数の見事な恋衣を着る＝優れた複数の女性を恋人・妻にする色好みもあり、光源氏の色好みはその究極の姿だろう。

八　妻訪いの習俗からの発想

妻訪いの習俗からの発想　以上、四であげた花・葉摺り衣を詠む多くの歌、斑の衣・韓（唐）衣を詠む歌、五～七であげた紫を詠む⑯〈竹取の翁の長歌〉（十六―３７９１）・⑩〈紫《むらさき》の帯《おび》の歌〉（十二―２９７４）・⑮〈紫草《むらさき》の根《ね》と寝《ね》の歌〉（十四―３５００）・⑪〈紫《むらさき》の下紐の歌〉（十二―２９７６）・③〈託馬野《つくまの》の紫草《むらさき》の歌〉（三―３９５）の五首を総合してみると、これらの歌は恋衣・紫衣を纏って妻訪《つまど》いしたり、恋人・夫を迎えたりする習俗・場から発想されている。すなわちこれらの歌は、男女が相逢っている恋の現場、あるいはその周辺の叙述であり、その恋衣としての紫衣から恋詞《れんし》の「紫の色に出《い》づ」が発想され、また「摺る」・「染む」・「着る」などが「恋心を抱く」・「恋が成就する」の譬喩になり、さらに恋人賛美の「垣津《かきつ》幡丹《はたに》付《つ》らふ妹《いも》・君」などを生んでいる。

色好み　また、恋衣の紫根染めを背景にした妻訪いをめぐる恋歌から、『源氏物語』若紫の巻の若紫像が造形されている。また、恋衣として紅衣《くれなゐごろも》と紫衣《むらさきごろも》のいずれを着て妻訪うかと述べる〈たたらめ〉（風俗歌43）の本旨は、どの女を妻として選択するかということで、ここに「色好み」のプロトタイプが示されている。そして、光源氏の色好みはその究極の姿である。

九　歌垣の紫衣と山藍摺り

1　歌垣の紫衣

紫染めによる口説き　海石榴市《つばきち》（奈良県桜井市）で行われた歌垣《うたがき》で、次の⑭〈灰指《はひさ》す紫の歌〉（十二―3101）と〈道行き人《びと》は誰《たれ》の歌〉（十二―3102）の問答歌が交わされている。

⑭紫《むらさき》は　灰指《はひさ》すものぞ。海石榴市《つばきち》の
八十《やそ》の衢《ちまた》に　逢《あ》へる児《こ》や誰《たれ》。

紫染めには　海石榴《つばき》の灰を指すものだ。その海石榴市の
八十の街路で　今逢っているあなたは誰。　（十二―3101）

たらちねの　母が呼ぶ名を　申《まを》さめど、
道行き人《びと》を　誰《たれ》と知りてか。

（たらちねの）母が呼ぶ名を　教えてあげたいけれども、
道を行く人を　誰とも知らずには。　（十二―3102）

問歌の⑭の上二句「紫《むらさき》は灰指《はひさ》すものぞ」は、色の褪せるのを防ぐとともに色を鮮やかにするために紫根から採取した染料に海石榴《つばき》＝椿《つばき》の灰を入れることから、海石榴《つばき》に懸かる序詞《じょことば》・修辞になっている。すなわち上二句は、紫を染めるとき媒染として海石榴の灰を「指《さ》す」＝注ぐと色が鮮やかに出る、という紫染めの生産叙事になっている。

また、「紫」を女に「灰」を男に譬え、女は男に逢うものだという譬喩にもなっている。すなわち紫＝女は、灰＝男に逢うことによって色美しく輝くものだ、といっている。「ものぞ」には断定の口調があり、強い口説きの調子がある。

この上二句を踏まえ、下三句で「海石榴市《つばきち》の八十《やそ》の衢《ちまた》に逢《あ》」った娘に「誰《たれ》」とその名前を尋ねた。いわれるように女性に名前を尋ねることは、求愛行為だった。

「紫の色に出づ」の言い換え　しかし、右の解釈と結論が同じながら、今まで挙げた「紫の色に出《い》づ」の類句、例えば③〈託馬野《つくまの》の紫草の歌〉（三―395）の「紫草衣《むらさききぬ》に染《し》めいまだ着ずして色に出《い》でにけり」と⑪〈紫の下紐の歌〉（十二―2976）の「紫の我《わ》が下紐《したびも》の色に出《い》でず恋ひかも痩《や》せむ」から類推して、⑭〈灰指《はひさ》す紫の歌〉の上二句「紫《むらさき》は灰指《はひさ》すものそ」の本来の標準的な表現は「紫の色に出づべし」だ、と考えられる。すなわち、紫は海石榴《つばき》の灰を入れると鮮やかな色が出る。それで、この紫根染めの生産過程に必要な「海石榴《つばき》」と地名の「海石榴市《つばきち》」との語呂合わせに縁をえて、恋情表現の常套句「紫の色に出づ」＋当然の「べし」＝「秘めた恋心を態度に出すものぞ」が、「紫は灰指《はひさ》すものそ」という気の利いた口説き文句・愛の殺し文句に作り変えられたろう。

　そしてこの愛の殺し文句を強力な根拠にして、畳み掛けるようにして、下三句で女の名を尋ね、求愛している。

女の撥ね付け歌　これに対して女が、答歌の〈道行き人は誰《たれ》の歌〉でこれを巧みに撥ねつけている。上三句は男の論理に従って本名を申し上げよう＝「男の意のままになる」と下手《したて》に出ながらも、下二句では通りすがりの男の名前が分からない＝とても男の意に添えないと高姿勢に転じている。すなわち相手に名前を尋ねるなら、まず自らの名前・素姓を明かすのが常識だろう、と突き返している。

　一見するとこの問答歌は一対の男女の掛け合いのように見えるものの、その実態は海石榴市《つばきち》の歌垣《うたがき》で男組と女組が歌を掛け合った典型的な恋歌、テーマソングだったろう。

歌垣の紫衣　海石榴市《つばきち》の歌垣に恋衣の紫染めを持ち出したのは、紫根染めに必要な「海石榴《つばき》」と地名の「海石榴市《つばきち》」の語呂合わせからだけではなかろう。歌垣の場で恋衣として紫衣などを毎年着続け、その恋衣の準備段階として紫を染め出す生産過程を経験し、熟知していたからでもある。このように、歌垣の恋の場に紫根染めを着た男女がいたことを想定することで、本格的な紫根染めの生産叙事を踏まえた「紫は灰指《さ》すものそ」の意味がよりよく理解できる。

2　歌垣の紐・帯

歌垣で結んだ紐　次の〈海石榴市《つばきち》で結びし紐の歌〉（十二―２９５１）は、海石榴市の歌垣を思い出して詠んでいる。

海石榴市《つばきち》の　八十《やそ》の衢《ちまた》に　立ち平《なら》し、結びし紐《ひも》を、解《と》かまく惜《を》しも。

海石榴市の　八十の街路で　踏み平して歌垣をした時、結んだ紐を、解くのが惜しい。　　（十二―２９５１）

海石榴市の歌垣で地を踏み平し、結んだ紐を今解くのは惜しい、と述べている。ここの「結びし紐」は、歌垣で愛を交わした相手が結んだものである。今は別の相手と交際し、その紐を解こうとしている。

この「紐」はどのようなものだろうか。六で述べたように、恋衣の⑪〈紫の下紐《したびも》の歌〉（十二―２９７６）や⑩〈紫の帯の歌〉（十二―２９７４）が恋の現場にあるので、この歌垣で愛を込めて結んだ「紐」もまた、紫染めなどの恋衣だったろう。

歌垣の「倭文服」　海石榴市《つばきち》は武烈前紀では「海柘榴市《つばきち》」とも表記されている。この海柘榴市の歌垣は、武烈前紀で影《かげ》媛《ひめ》をめぐる鮪《しび》の臣《おみ》と太子《ひつぎのみこ》＝後の武烈天皇の恋の鞘当ての舞台になっている。そこで、太子《ひつぎのみこ》が影媛に求愛の歌をうたうと、鮪《しび》の臣《おみ》が愛人の影媛《かげひめ》に代わって次の〈倭文服結《しつはたむす》び垂《た》れの歌〉（紀93）を返し、太子を拒絶している。

大君《おほきみ》の　御帯《みおび》の倭文服《しつはた》　結び垂《た》れ、誰《たれ》やし人《ひと》も　相思《あひ》はなくに。

大君の　御帯の倭文布をば　結び垂《た》れ、（その垂《た》れではないが）誰《たれ》という人（どんな人）も　わたしは思っていない。
（紀93）

大君《おほきみ》＝太子《ひつぎのみこ》が御帯《みおび》の倭文服《しつはた》の布を結び垂《た》れている、そのタレではないが、誰《たれ》かこれという特定の人のことを相思っていない、と述べている。この歌を鮪《しび》が影媛《かげひめ》に代わって述べているので、あの方＝鮪の臣《おみ》以外の誰《たれ》かこれという人のことを相思っていない、と影媛が述べたことになる。この歌は、歌垣における女の撥ねつけ歌の典型である。

「倭文服《しつはた》」は、日本古来の簡単な模様のある織物である。上三句「大君《おほきみ》の御帯《みおび》の倭文服結《しつはたむす》び垂《た》れ」は「誰《たれ》」を導く序詞になっている。しかしこれは単なる語呂合わせでなく、実際に「大君《おほきみ》」＝太子《ひつぎのみこ》が歌垣で恋衣の「御帯《みおび》の倭文服《しつはた》」を結び垂れていたところから、「誰《たれ》」を導いているだろう。すなわち、上三句は「誰《たれ》」を導く有心《うしん》の序詞である。

このように海石榴市《つばきち》の歌垣に登場する「御帯《みおび》の倭文服《しつはた》」は、同じ歌垣に登場する紫衣と同一位相にあり、恋衣になっている。

倭文機帯・狭織の帯　〈倭文服結《しつはたむす》び垂《た》れの歌〉（紀93）の類歌として、次の〈倭文機《しつはた》・狭織《さおり》の帯を結び垂《た》れの歌〉（十一―2628）がある。

古《いにしへ》の　倭文機帯《しつはたおび》を　結び垂《た》れ、　　古びた　倭文機の帯を　結び垂《た》れ、
誰《たれ》といふ人も　君にはまさじ。　　誰《たれ》という人も　あなたには及ばないだろう。
一書の歌に曰く、
古《いにしへ》の　狭織《さおり》の帯を　結び垂《た》れ、　　古びた　狭織の帯を　結び垂《た》れ、
誰《たれ》しの人も　君にはまさじ。　　誰《たれ》という人も　あなたには及ばないだろう。
（十一―2628）

「倭文機帯《しつはたおび》・狭織《さおり》の帯」を結《むす》び垂《た》れている、そのタレではないが、誰《たれ》という人もあなたには及ばないだろう、と述べている。「君」の纏っている「倭文機帯《しつはたおび》・狭織《さおり》の帯」も、恋衣の一類である。この歌は〈倭文服結《しつはたむす》び垂《た》れの歌〉（紀93）の類歌であるものの、その主題は正反対で、男の愛を受け容れている。

歌垣の歌と妻訪いの歌　このように、恋の現場を示すほぼ同じ上三句を用いて、相手を拒絶もすれば、受け容れもしている。すなわち、この有心《うしん》の序詞は応用の効く典型的な恋詞になっている。こうしてみると、〈倭文服結《しつはたむす》び垂《た》れの歌〉（紀93）と〈倭文機《しつはた》・狭織《さおり》の帯を結び垂《た》れの歌〉（十一―2628）は、歌垣の歌としても妻訪いの歌としても通用するものである。「倭文機《しつはた》・狭織《さおり》の帯の歌〉に異伝・バリアントがあるのは、この類《たぐい》の歌がとても愛唱されていたことを示していよう。

3　歌垣の山藍摺り

歌垣の小忌衣　『続日本紀《しよくにほんぎ》』によると、称徳天皇の宝亀元年（七七〇）三月辛卯《かのとう》の二十八日に河内の由義《ゆぎ》の宮で歌垣が執り行われた。それに参加した男女の装束とそこでうたわれた〈乙女《をとめ》らに男立《をとこた》ち添《そ》ふ歌〉（続紀6）は、次のとおりだった。

其の服は並びに青摺《あをずり》の細布《ほそぬの》の衣《きぬ》を着、紅《あけ》の長紐を垂れ、男女相並びて、行《つら》を分けて徐《おもむ》ろに進む。歌ひて曰はく、

乙女《をとめ》らに　男立《をとこた》ち添《そ》ひ　踏《ふ》み平《な》らす
西《にし》の都《みやこ》は、万代《よろづよ》の宮《みや》。　（続紀6）

乙女たちに　男が立ち添って　土を足で踏み平《なら》す
西の都の由義《ゆぎ》の宮は、永遠に繁栄する宮だ。

この歌垣《うたがき》は、民間の歌垣に中国の踏歌《とうか》が合流して宮廷化したものである。この歌垣では、「紅《あけ》の長紐《ながひも》」を垂らし、「青《あを》摺《ずり》の細布《ほそぬの》の衣《きぬ》」を着ている。祭場の「西の都」＝河内の由義《ゆぎ》の宮《みや》で「踏《ふ》み平《な》らす」が、〈海石榴市《つばきち》で結びし紐《ひも》の歌〉（十二―2951）の「海石榴市《つばきち》の八十《やそ》の衢《ちまた》に立ち平《なら》し」に共通し、歌垣は男女が並んで行列を組んで大地を踏む要素を持っていた。歌垣は元々神事なので、「紅《あけ》の長紐を垂れ」た「青摺《あをずり》の衣《きぬ》」を小忌衣《をみごろも》としていた。

この「紅《あけ》の長紐」をつけた「青摺《あをずり》の衣《きぬ》」が朝廷の小忌衣であることは、例えば『延喜式』巻第十四縫殿寮の条7に新嘗祭の小斎《をみ》の諸司の服の材料として「青摺《あおずり》の布の衫《ひとえぎぬ》三百十二領、緋《あけ》の紐の料《りよう》四丈の貲《さよみ》の布《ぬの》六端一丈二尺、山藍《やまあい》五十四

囲半、模飯《かたぎのいい》の料二斗四升八勺」と記されていることからわかる。「貲《さよみ》の布《ぬの》」は、細い麻糸で織った布である。「青摺《あをずり》の衣《きぬ》」の料はトウダイクサ科の常緑多年草の山藍であり、「模飯《かたぎのいい》の料《りょう》」はこれを型摺りするための飯の料である。

古事記の紅の紐と青摺の衣　この紅の紐と山藍の青摺の衣という組み合わせは、朝廷の小忌衣・神衣として伝統久しいものである。このことは、仁徳記の筒木《つつき》の宮の石之日売《いはのひめ》皇后の条、ならびに雄略記の葛城《かつらぎ》の一言主之大神《ひとことぬしのおほかみ》の条に示されている。記伝はこの二つの小忌衣・神衣について夥《おびただ》しい用例を挙げ、「神事《カムワザ》には古《へ》の随《マヽ》伝へて後まで、大嘗・新嘗及《マタ》賀茂ノ臨時ノ祭などには定まりて、摺衣を用ひらる」と説いている。

紅の紐の有無　民間の歌垣・頭《つめ》の遊びでは、参加した娘女《をとめ》が山藍摺の衣＝青摺の衣を着てはいるものの、紅《くれなゐ》の長紐を垂らしていなかった。

　これに対して、宝亀元年（七七〇）に朝廷の催した歌垣では、参加した男女が青摺の衣＝山藍摺りの衣を着て、それに紅の長紐を垂らしていた。

　してみると小忌衣が、朝廷のものか、民間のものかは、これに付随する紅の紐の有無によって区別していたかもしれない。そして現に『延喜式《えんぎしき》』巻第七践祚大嘗祭《せんそだいじょうさい》30によると、紅の長紐は五位と女孺以上のものが青摺の衣に垂らす定めになっている。

鳥名子舞の小忌衣　また、「皇太神宮年中行事」の「六月十七日祭使参宮之間鳥名子舞歌」に、小忌衣の「紫帯《むらさきおび》」が次のように述べられている。「鳥名子」は童男童女の舞い手で、「となこ」と読む。

いよよとぞ言ふ。君《きみ》が代《よ》は　千代《ちよ》とぞ言ふ。千代《ちよ》とぞ言ふ。
紫帯《むらさきおび》をぞ垂《た》れ　いざや遊《あそ》ばむ。

いよいよ千代を重ねると言う。君が代は　千代を重ねると言う。
紫帯を垂れて　さあ神遊びしよう。　（雑歌50）

歌意は、君が代の弥栄《いやさか》を寿《ことほ》ぐように、雛鳥＝鳥名子《となこ》がチヨチヨ＝千代《ちよ》千代《ちよ》と鳴いてめでたい、舞い手の鳥名子《となこ》は紫の帯を垂らしてさあ神遊びしよう、いうことだろう。

『古代歌謡集』［土橋・小西］の「紫の帯」の注によると、「鳥名子たちが紫の帯を結び垂れたものらしい。鳥名子の衣裳が青摺りのものであったことは太神宮式に見えるけれど、帯のことはわからない。しかし、青摺りとの配合からいって、紫の帯は自然である」。確かに『延喜式』巻第四・神祇四・伊勢大神宮53によると、伊勢神宮の主な儀礼の直会《なおらい》で「鳥子名《（ママ）》儛の童男童女十八人の装束、青摺の衣裳は、さきだちて摺《す》り備え、祭に臨みて給え。」とある。こうしてみるとこの「紫帯《むらさきおび》」は、小忌衣の「青摺りの衣」＝山藍摺りと同じ位相にあることになる。

小忌衣・恋衣としての紫衣　こうしてみると、民間の「海石榴市《つばきち》」の市神の祭りとして定期的に執り行われる春秋の歌垣で参加者が着ただろう恋衣・紫根染めは、「青摺《あをずり》の衣《きぬ》」と同じ小忌衣《をみころも》だったとわかる。

4　筑波山の歌垣

筑波山の歌垣　『常陸国風土記《ひたちのくにのふどき》』は、筑波山の歌垣の状況をかなり具体的に次のように記している。

それ筑波《つくは》岳《やま》は、高く雲に秀《ひい》で、最頂《いただき》は西の峯崢《みねさか》しく嶸《たか》く、雄《を》の神と謂《い》ひて登臨《のぼ》らしめず。唯《ただ》、東《ひむがし》の峯《みね》は四方《よも》盤石《いはほ》にして、昇《のぼ》り降《くだ》りは峡《けは》しく屹《そばだ》てるも、其の側《かたはら》に泉《いづみ》流れて冬も夏も絶えず。坂《さか》より東《ひむがし》の諸国《くにぐに》の男女《をとこをみな》、春の花の開《ひら》くる時、秋の葉《は》の黄《もみ》づる節《をり》、相携《たづさ》ひ駢闐《つらな》り、飲食《をしもの》を斎賚《もちき》て、騎《うま》にも歩《かち》にも登臨《のぼ》り、遊樂《たの》しみ栖遅《あそ》ぶ。其の唱《うた》にいはく、

筑波峰《つくばね》に　逢《あ》はむと　言《い》ひし子《こ》は、
誰《た》が言聞《ことき》けばか　み寝逢《ねあ》はずけむ。

筑波峰で　逢おうと　言った娘は、
誰の言うことを聞いて　自分と逢って寝ないのだろうか。

（風土記2）

筑波峰《つくばね》に　廬《いほ》りて、妻《つま》なしに
我《わ》が寝《ね》む夜《よ》ろは、早《はや》も明《あ》けぬかも。

筑波峰の歌垣で　小屋で宿っているものの、一夜妻がいないまま
わたしが寝る夜は、早く明けてしまえばいい。（風土記3）

詠《うた》へる歌甚多《いとおほ》くして載車《のす》るに勝《た》へず。俗《くにひと》の諺《ことわざ》にいはく、「筑波峯《つくはね》の会《つどひ》に娉《つまどひ》の財《たから》を得ざれば、兒女《むすめ》とせず」といへり。
（常陸国風土記・筑波の郡の条）

筑波山は男女の神を祀る神山で、とくに男神を祀る山は険しい。春秋の祭りの折に坂＝足柄山より東の関東諸国の男女が手を携えてこの山に集い、歌垣を催したという。そこでうたわれる恋の歌は、記載できないほど多いという。そしてこの地方には、「筑波山の歌垣で男から妻問いのしるしとして財物を貰わない娘は娘扱いをしない」という諺があるという。

春秋の神祭り　筑波山《つくばさん》の歌垣《うたがき》は春の国見《くにみ》などの春秋の神祭りに付随しているので、その祭りの構成員の信じる筑波山《つくばさん》の神が祭場に来臨し、集団の最高神女が「一夜妻《ひとよづま》」として接待している、と考えられる。そして参加者もその神と神女の分身として歌を交わし、気に入った相手と愛を語り合っていた。

恋の不幸のあほらしさ　「筑波峰《つくばね》に」ではじまる〈子《こ》はみ寝逢《ねあ》はぬ歌〉（風土記2）と〈妻《つま》なしに寝《ね》む夜《よ》の歌〉（風土記3）の二首は、この歌垣でうたわれた代表的な歌謡である。この二首は、歌垣の夜の男女和合の場で一夜の妻にあぶれた男の独詠歌の体裁をとっている。

しかし、『古代歌謡論』［土橋寛］によると、このような惨めな体験をした個人としての男がこれらの歌謡をうたって嘆いているのではなく、恋の不幸のあほらしさをうたうものである。すなわち、「じつはすべての男女が結びついているか、結びつく運命にあるからこそ、こうした恋の不幸が笑いの素材にされうるし、またされやすい」。そしてこのあ

り方は、このような間抜け男にならないようにと戒めるところにある。

娉の財　このようにすべての男女が結びつく運命にあったからこそ、親は「筑波峯《つくはね》の会《つどひ》に娉《つまどひ》の財《たから》を得ざれば、兒女《むすめ》とせず」ということになる。これほどに目配りされたなかにあって男から妻問いのしるしを得られない娘は、結婚が絶望的で、親、とくに母親はこれをとても不甲斐なく思ったろう。またこの諺には、娘を結婚にむけて発奮させる意図も籠められていたろう。

虫麻呂の歌垣の歌　筑波山の歌垣の状況は、高橋《たかはし》の虫麻呂《むしまろ》の詠んだ次の〈筑波の山の歌垣の長・反歌〉（九―1759・1760）からも知られる。

筑波嶺《つくはね》に登りて嬥歌会《かがひ》を為《す》る日に作る歌一首　并《あは》せて短歌

鷲《わし》の住む　筑波の山の、
裳羽服津《もはきつ》の　その津の上《うへ》に、
率《あど》ひて　娘子壮士《をとめをとこ》の、
行き集《つど》ひ　かがふ嬥歌《かがひ》に、
人妻《ひとづま》に　我《わ》も交《まじ》はらむ。
我《わ》が妻に　人も言問《ことと》へ。
この山を　うしはく神の、
昔より　禁《いさ》めぬ行事《わざ》ぞ。
今日《けふ》のみは　めぐしもな見そ。
事も咎《とが》むな。

鷲の住む　筑波の山の、
裳羽服津の　その津の辺に、
誘いあって　若い男女が、
集まり　遊ぶ嬥歌《かがい》で、
人妻と　わたしも交わろう。
わたしの妻に　他人も言い寄れ。
この山を　治める神が、
昔から　禁止しない行事だ。
今日《きょう》だけは　可愛そうに思わないでください。
咎めてくれるな。

（九―1759）

嬥歌は、東《あづま》の俗《くにひと》の語《こと》にかがひといふ。

「嬥歌」は、東国人のことばで「かがい」という。

反歌

男神《ひこかみ》に　雲立ち登り　時雨《しぐれ》降り、
濡れ通るとも、我《われ》帰らめや。　　　　男神に　雲が立ち登り　時雨が降り、
　　　　　　　　　　　　　　　　　　　　濡れ通っても、わたしは帰るものか。（九―1760）

右の件《くだり》の歌は、高橋《たかはし》の連虫麻呂《むらじむしまろ》の歌集の中に出《い》づ。

愛の交歓　この時の「嬥歌会《かがひ》」＝歌垣は「時雨降《しぐれ》り」とあるので、秋の神行事に付随した催しだった。この嬥歌会《かがひ》＝歌垣では日常の規範が取り払われ、相手が「人妻《ひとづま》」であっても「神の昔より禁《いさ》めぬ」ことだった。そして、愛の交歓があまり楽しいので時雨《しぐれ》が降って濡れ通っても帰りはしない、と反歌で述べている。虫麻呂はこの東国の歌垣に参加し、何の違和感もなくその世界に溶け込んでいる。

5　奸し人の面・家

奸し人の面・家　筑波山の歌垣での歌謡とは限定できないものの、歌垣では次の〈奸《せ》し人の面《おもて》も家も知らぬ歌〉（紀111・童謡《わざうた》）のような教訓歌もうたわれていた。

小林《をばやし》に　我《われ》を引《ひ》き入《れ》て　奸《せ》し人《ひと》の、
面《おもて》も知《し》らず。家《いへ》も知《し》らずも。　　　　林の中に　わたしを誘い込んで　奸した人の、
　　　　　　　　　　　　　　　　　　　　顔も知らないし、家もどこか知らないよ。（紀111）

この歌謡は、大化元年（六四五）の蘇我氏滅亡の前兆として皇極紀三年（六四四）六月の条に記された童謡《わざうた》である。

しかしその実体は『全注釈―紀編―』〔土橋〕が説くように、歌垣で指導的地位にある年寄り株の老女がうたった教訓歌である。この歌謡の意味は、林の中に私を誘い込んで「奸《せ》し人」の顔も家も知らない、ということである。この歌

はこのような間抜け女自身によってうたわれたものではなく、このような間抜け女を見本にしてそれを笑うことによって、このようにならないように戒めている。そのあり方は、筑波山の歌垣で「逢《あ》はむと言ひし子《こ》」に見捨てられて、一夜の「妻《つま》なしに」夜を過ごす間抜け男をうたうこと（風土記2・3）と同じである。

交際する男の「面《おもて》」や「家《いへ》」を「知る」ことは、その家柄・素姓を確かめることだった。これは恋する女の最低の心得だった。前述した海石榴市《つばきち》の歌垣の⑭〈灰指《はひさ》す紫の歌〉（十二―3101）と〈道行き人は誰《たれ》の歌〉（十二―3102）の問答歌にあるように、そもそも愛する男女が交際するにあたって事前に家柄・名前を告げ合うのが歌垣の掟・約束だった。

そしてその相手の素姓の確認が、娉《つまどひ》の財《たから》を手にすることに繋がっただろう。こうして娘は、確かな愛と幸せを獲得しただろう。

家も名も告る雄略天皇　古代の典型的な英雄である雄略天皇ですら、〈雄略天皇の求婚の歌〉（一―1・雑歌）で「菜摘《なつ》ます児《こ》」の名前を尋ねて求婚する時、次のように名乗りを上げている。

そらみつ　大和《やまと》の国は、
押《お》し靡《な》べて　我《われ》こそ居《を》れ。
敷《し》き靡《な》べて　我《われ》こそいませ。
我《われ》こそは　告《の》らめ。
家《いへ》をも名《な》をも。

（そらみつ）この大和は、
押し靡かせて　わたしが治めているよ。
敷き靡かせて　わたしが治めていらっしゃるよ。
わたしこそ　告げよう。
家も名前も。
（一―1）

6　頭の遊び・小集楽

頭の遊びの山藍摺り　このような神祭りとしての歌垣では、前述したように「青摺《あをず》りの衣《きぬ》」＝「山藍摺《やまあゐず》りの衣《きぬ》」が小忌《をみ》衣《ころも》として用いられ、その「山藍摺り」の延長線上の「紫の衣」が恋衣として用いられていた。
そして、この歌垣と同類の行事として頭《つめ》の遊《あそ》び・小集楽《をづめ》があり、そこでも〈頭《つめ》の遊びの山藍摺りの娘女《をとめ》の長歌〉（九—1742）にあるように参会者の娘女《をとめ》は小忌衣の「山藍摺《やまあゐず》りの衣《きぬ》」を着ており、その衣は「紅《くれなゐ》」の衣とともに恋情で染め上げられている。

打橋の頭の遊び　まず「頭《つめ》の遊《あそ》び」から述べる。この頭の遊びでは、次のような〈打橋《うちはし》の頭《つめ》の遊《あそ》びの歌〉（紀124・童《わざ》謡《うた》）がうたわれている。

打橋《うちはし》の　頭《つめ》の遊《あそ》びに　出《い》でませ。子《こ》。
玉手《たまで》の家《いへ》の　八重子《やへこ》の刀自《とじ》。
出《い》でましの　悔《く》いはあらじぞ。出でませ。子《こ》。
玉手《たまで》の家《へ》の　八重子《やへこ》の刀自《とじ》。

打橋の　袂の歌垣の遊びに　出ていらっしゃい。娘さん。
玉手のお邸の　八重子の奥さん。
出ておいでになっても　後悔することはないだろうよ。娘さん。
玉手のお邸の　八重子の奥さん。（紀124）

この歌謡は、天智紀の九年（六七〇）四月の法隆寺炎上の後兆の童謡《わざうた》として記されている。しかしその実体は『全注釈—紀編—』［土橋］が説くように、打橋《うちはし》の頭《つめ》＝川瀬の板を渡した仮の橋の袂《たもと》で行われた歌垣での独立歌謡である。

この頭《つめ》の遊びにも、性の解放が伴っていた。「玉手《たまで》」は大和の国の南葛城郡掖上《わきがみ》村（現奈良県御所《ごせ》市掖上）の玉手で、その東に曽我《そが》川、西に葛城《かつらぎ》川が流れている。ここには、「打橋の頭の遊び」をする条件が整っている。

そこでうたわれた歌謡は、「打橋《うちはし》の頭《つめ》の遊《あそ》びに出《い》でませ。子《こ》」と娘たちに呼びかけている。これは、娘たちに参集を呼びかける歌垣の一般的な誘いの文句である。また特に名指しして呼びかけられている「玉手《たまで》の家《いへ》の八重子《やへこ》の刀自《とじ》」は、その玉手にある大きな屋敷の美人の奥さんである。このような女性は、頭《つめ》の遊《あそ》びに集まる庶民階級の娘たちよりも身分も年齢も一段上位の女性であり、遊びに参加するはずもない者である。こうしてみるとこの歌謡の意図は、娘たちに参集を呼びかける一方で、参加しそうにない大家の美人の奥さんにも参集を呼びかけ、遊びに参列している人たちのレベルに引き下ろしてからかい、結局のところ庶民階層の仲間意識を高めることにある。

小集楽　小集楽《をづめ》は頭《つめ》の遊《あそ》びと同じで、小集楽《をづめ》の語構成もこの「頭《つめ》の遊《あそ》び」の「頭《つめ》」に接頭語の「小《を》」がついただけのものである。この年中行事が小規模だったことから、「小集楽」の字を当てたものだろう。

次の〈住吉《すみのえ》の小集楽《をづめ》の歌〉（十六―３８０８）は、この小集楽《をづめ》でうたわれたものである。

住吉《すみのえ》の　小集楽《をづめ》に出《い》でて、現《うつつ》にも
己妻《おのづま》すらを　鏡と見つも。

住吉の　小集楽・歌垣に出かけて、夢などではなく現に
わが妻ながら　鏡のように無上なものに見えたよ。
（十六―３８０８）

右、伝へて云はく、昔鄙人《むかしひと》あり。姓名未だ詳《つばひ》らかならず。ここに郷里《さと》の男女、衆《もろもろ》集《つど》ひて野遊《やいう》す。その会集《つど》へるが中に鄙人の夫婦あり。その婦容《めかほ》姿端正《きらきら》しきこと、衆諸《もろひと》に秀《すぐ》れたり。すなはちその鄙人の意に、弥《いよいよ》妻を愛《いつく》しぶる情《こころ》を増す。すなはちこの歌を作り、美貌を讃嘆す、といふ。

河内の国の住吉《すみのえ》の頭《つめ》＝橋の袂で催された小集楽《をづめ》は、「野遊《やいう》」とも言い換えられている。この行事に田舎のある夫婦が参列したところ、集まった女性たちを眺めたその夫は、自分の妻が飛び切りの美人であることに気づき、いよいよ妻を愛してこの歌をうたったという。

これは自分の妻の魅力を賛美する歌である。夫婦であっても交際相手を変える小集楽《をづめ》にあって、その真逆をいくこのお惚気《のろけ》は、小集楽の場を笑いで包んだことだろう。

催馬楽の〈竹河〉　この頭《つめ》の遊び・小集楽《をづめ》は、〈竹河《たけかは》〉（催馬楽《さいばら》35）でも次のようにうたわれている。

竹河《たけかは》の　橋《はし》の頭《つめ》なるや
橋《はし》の頭《つめ》なるや　花園《はなぞの》に、　はれ、
花園《はなぞの》に　我《われ》をば放《はな》てや。
我《われ》をば放てや。少女《めざし》伴《たぐ》へて。

竹河の　橋の袂にある
橋の袂にある　花園に、　はれ（囃子詞）、
花園に　わたしを放っておくれ。
わたしを放っておくれ。少女を伴って。
（催馬楽《さいばら》35）

『催馬楽研究』［藤原茂樹］が挙げる古注釈によると、「竹河《たけかは》」は伊勢の国多気《たけ》郡斎宮にある多気《たけ》川だといわれている。この他に河内の国、大和の国にある川だともいわれている。「花園」は川の傍らにある祭場の地名とも、花々が生えている祭場とも、譬喩としての恋の花園とも理解できる。

この「竹河の橋の頭《つめ》」にある「花園」でも、頭《つめ》の遊《あそ》び・小《を》集楽《づめ》が行われていた。そして意気盛んな若者が、妙齢《めざ》の少女《し》を連れてこの遊びに参加したい、と述べている。

この歌謡には歌垣での初々しい恋を述べる一般性があるので、地名の竹河を頭《つめ》の遊《あそ》び・小《を》集楽《づめ》の催される地域の川の名に変えさえすれば、全国のどこでも通用するものである。

7　頭の遊びの山藍摺り

河内の大橋の頭の遊び　そして河内《かふち》の国の大橋《おほはし》の頭《つめ》＝袂でも同様の歌垣が行われ、その様子が高橋の虫麻呂によって次の〈頭《つめ》の遊びの山藍摺りの娘子《をとめ》の長・反歌〉（九―１７４２・１７４３）にうたわれている。

河内《かふち》の大橋《おほはし》を独り行く娘子《をとめ》を見る歌一首　并《あは》せて短歌

しなでる　片足羽川《かたしはがは》の
さ丹《に》塗《ぬ》りの　大橋の上ゆ、

（しなでる）片足羽川《かたしはがは》の
朱で塗った　大橋の上を、

紅《くれなゐ》の　赤裳《あかも》裾《すそ》引き、
山藍《やまあゐ》もち　摺《す》れる衣《きぬ》着て、
ただ独《ひと》り　い渡らす児《こ》は、
若草の　夫《つま》かあるらむ。
橿《かし》の実《み》の　独《ひと》りか寝《ぬ》らむ。
問はまくの　欲《ほ》しき我妹《わぎも》が
家の知らなく。

紅染めの　赤裳の裾を引き、
山藍で　摺り染めにした服を着て、
ただ独り　お渡りになるあの児《こ》は、
（若草の）夫《つま》があるのだろうか。
（橿の実の）独りで寝るのだろうか。
問い尋ねて　みたいあの児《こ》の
家もわからないことだ。

（九―1742）

反歌

大橋の　頭《つめ》に家あらば、ま悲《かな》しく
独《ひと》り行く児《こ》に　宿《やど》貸さましを。

大橋の　袂に家があったら、愛《いと》しくも
独り行く児《こ》に　宿を貸してやるのに。

（1743）

右の件《くだり》の歌は、高橋《たかはし》の連虫麻呂《むらじむしまろ》の歌集の中に出《い》づ。

「片足羽川《かたしははがは》」は、別に大和川《やまと》とも石川ともいう。「河内の大橋」はそこにかかる大橋で、大阪府柏原《かしわら》市あたりにあるという。この大橋は「さ丹塗《にぬ》り」されていた。

当時、頭《つめ》の遊びをした打橋《うちはし》＝川瀬に板を渡した仮の橋、継橋《つぎはし》＝橋板を継いだ橋、石橋《いしばし》＝自然石を飛び伝って渡る橋が普通だった。これに対して河内《かふち》の国には大陸からの渡来人が多く住んでいたので、その高度な技術によって大掛かりな橋が作られ、その橋には異国風の丹塗《にぬ》りが施されていた。

頭《つめ》の遊びが、この丹塗りの大橋の袂でも行われた。そしこの橋の上を、娘子《をとめ》が山藍摺りの衣を着て紅の赤裳の裾を引きながら渡っている。作者＝虫麻呂はこの娘子に想いを掛け、「若草の夫《つま》かあるらむ」＝この娘子に頭の遊びの一夜の夫がいるのだろうか、「橿《かし》の実《み》の独りか寝《ぬ》らむ」＝この娘子が頭の遊びで独り寝するのだろうかと思い、「問はまくの欲《ほ》しき我妹《わきも》が家の知らなく」＝愛のことばをかけたい我が恋人ではあるけれどもその家柄・素姓を知らない、と述べる。

そして反歌で、できればこの娘子に求愛し、大橋の頭《つめ》＝袂に自分の家があればそこに宿を取って一夜を共にしたいけれども、その家がないので、何もできない、と述べる。

長歌で述べる「家」は家柄・素姓を意味するのに対して、反歌で述べる「大橋の頭」の「家」は、この頭《つめ》の遊びで成立したカップルが一夜を共にする仮の宿である。このようにこの二首から、この頭《つめ》の遊びの場がかなり再現できる。


紅染めと山藍摺り　この橋頭《はしづめ》の遊びに参列している娘子《をとめ》の着る衣には、時代の新旧がある。娘子《をとめ》が腰に佩《は》く紅《くれなゐ》の赤裳は、大陸渡来の高度な染衣である。「紅＝くれなゐ」の語源自体が「呉《くれ》（中国南部）の藍《あゐ》」で、渡来人が将来した染料である。そして万葉歌では、この紅の赤裳の裾を引く女人が恋情を漂わせながら数多く詠まれている。この紅の衣は、丹《に》塗《ぬ》りの大橋とともに新層の文化である。これに対して、彼女が上半身に着る山藍摺りの衣は、前述したように在来の原始的な小忌衣である。そして万葉歌でこの「山藍摺りの衣《きぬ》」を着る女人を詠む歌は、この一首だけである。

このようにここには、世俗的な紅染めと神事性の強い神衣《かみみそ》の山藍摺りが重層している。そしてこの二つの色衣は、この頭《つめ》の遊びに参列した魅力あふれる女人がこれらを身に纏うことによって、恋情で染め上げられている。すなわちこの橋を行く女人は、半分は恋のおしゃれとして新層の異国風の衣を装い、もう半分はこの神事に参会する標《しるし》として古層の小忌衣を着用し、その結果どちらの色衣も恋衣になっている。

万葉の恋歌には、恋する男女の愛した色彩豊かな恋衣を踏まえた歌がたくさんある。そのなかにあってただこの一首だけが、この頭《つめ》の遊びで新層の赤裳を伴いつつも古風な小忌衣《をみごろも》＝山藍摺りを着た「娘子」が独りで祭場の橋の上を歩いており、異彩を放っている。すべての男女が結びつく運命にある頭《つめ》の遊びの中にあって、「娘子《をとめ》」が異界との境である橋の上を「ただ独りい渡らす」のは、確かに際立つ光景である。

神の嫁への恋　これはもしかしたら、この歌はこの頭《つめ》の遊びの神事の場を描いているのかもしれない。すなわちこの山藍摺りの小忌衣を着た娘子《をとめ》とはこの祭場での最高神女で、川上から来訪する神の嫁になるべき人物かもしれない。この

「娘子《をとめ》」＝「兒《こ》」に尊敬・親愛の助動詞「す」を用いているのも、この最高神女への敬意を示しているのかもしれない。そうだとすると、虫麻呂は神の嫁に恋したことになり、素より叶えられない恋をしていることになる。

以上、橋の袂＝頭《つめ》の遊びが虫麻呂の鋭敏な色彩感覚によって掬い上げられ、とくに山藍摺りの衣がその本来あるべき神遊びのなかで鮮やかに描かれているのは、僥倖である。

紅は山藍の延長　「山藍《やまあゐ》」と「紅《くれなゐ》」はかなり色相が異なるのに、「あゐ」を共有し、同じ神祭りで着用されている。こうしてみると大陸渡来の「紅《くれなゐ》＝呉《くれ》の藍《あゐ》」は、前述の「紫」と同様に日本の伝統久しい「山藍《やまあゐ》」の延長線上にあることを示していよう。

虫麻呂の孤独　『万葉集』〔中西進〕が指摘するように、虫麻呂の歌の特徴としてこの他に「独り」と「見る」がある。この歌には、題詞を含めて「独り」が四回も用いられている。この「独り」は娘子の独りを表しているけれども、それは作者の孤独の反映だろう。そしてこの作者の「独り」は題詞の「見る」に通じ、彼は独りぼっちの娘子を見つめるだけで、決して娘子に声を掛けて求愛していない。中西進は以上のように述べている。

このように、「独り行く児《こ》に宿貸さましを」と反実仮想の「まし」を用いているのは、この場での彼が行動の人・愛の狩人でないことを明示している。ましてやもしもこの娘子が最高神女だとすると、神の嫁になる娘子は一般の男性の恋の対象にはなりえなかった。

この作者の独特な静寂な視点・フィルターは、この頭の遊び・歌垣の賑わいの対極にある。この歌垣は前述したように、〈打橋《うちはし》の頭《つめ》の遊《あそ》びの歌〉（紀１２４）で伴侶になる乙女を「出《い》でませ。子《こ》」と誘い、〈竹河《たけかは》〉（催馬楽35）で恋人の「少女伴《めざしたぐ》」えて参列し、〈住吉《すみのえ》の小集楽《をづめ》の歌〉（十六―３８０８）では夫婦で参列しており、〈筑波の山の歌垣の長歌〉（九―１７５９）では夫婦でも交際相手を変えるというものだった。このように歌垣は、ペアーで列席し好ましい男女の組み合わせを即席で作り上げる熱気にあふれている。

しかし虫麻呂はこの愛の祭典の興奮の渦中にいながら、いな渦中にいればいるほど、その「独り」は研ぎ澄まされて静寂になり、山藍《やまあゐ》・紅《くれなゐ》・丹《に》という色彩を帯びた「見る」だけの視覚の世界に沈潜している。
この虫麻呂の歌には共同体のもつ一体感がどこにも見られず、共同体を代表する神女を思わせる橋上の「娘子《をとめ》」すら「ま悲《かな》しく独り行く兒《こ》」と一人の孤独な乙女にされている。東国の筑波山の歌垣で虫麻呂がうたった〈筑波の山の歌垣の長・反歌〉（九―1759・1760）で発揮された熱気は、この関西の歌垣では影を潜《ひそ》めている。

一〇　薬狩りの紫衣

1　薬狩りの紫衣

宮廷の薬狩りの祭日と服色令　天智天皇七年（六六八）五月五日に蒲生野《かまふの》（現滋賀県八幡・安土・八日市付近の野原）で、近江朝挙げて薬狩《くすりがり》りを執り行っている。次の①〈茜指《あかねさ》す紫《むらさきの》野の歌〉（一―20・雑歌）と②〈紫の丹穂《にほ》へる妹《いも》の歌〉（一―21）は、その時の贈答歌である。

天皇（天智天皇）、蒲生野《かまふの》に遊猟《みかり》する時に、額田《ぬかた》の王《おほきみ》の作る歌

①茜指《あかねさ》す　紫《むらさきの》野行き、標野《しめの》行き、　（茜指す）紫野を行き、標野を行って、
野守《のもり》は見ずや。君が袖振る。　野守は見ていないというのか。あなたが袖を振るのを。　（一―20）

皇太子《ひつぎのみこ》の答《こた》ふる御歌　明日香《あすか》の宮《みや》に天の下治めたまふ天皇、謚《おくりな》を天武天皇といふ

②紫の　丹穂《にほ》へる妹《いも》を。憎くあらば　紫のように色あでやかなあなたよ。あなたを憎いと思ったら
人妻《ひとづま》ゆゑに、我《あれ》恋ひめやも。　人妻と知りながら、わたしは恋しようか。　（21）

紀に曰《いは》く、「天皇の七年丁卯《ていばう》の夏五月五日、蒲生野《かまふの》に縦猟《みかり》す。時に、大皇弟《ひつぎのみこ》・諸王《おほきみたち》・内臣《うちのまへつきみ》また群臣《まへつきみたち》、皆悉《ことごと》従ふ」といふ。

朝廷の薬狩りは五月五日に固定しており、推古紀十九年（六一一）・二十年（六一二）・二十二年（六一四）の五月五日に、菟田《うだ》の野《の》と羽田《はた》などで薬狩りが行われている。そして、参加する「諸《もろもろ》の臣《おみ》の服《きもの》の色、皆冠《みなかうぶり》の色《いろ》に随《したが》ふ」とある。この近江朝の薬狩りもまた、天智天皇三年（六六四）に改定された服色令に従って行われたろう。

民間の薬狩りの祭日と「垣津幡」の狩衣　次の〈鹿の痛みの長歌〉（十六―３８８５）と〈薬狩りの垣津幡摺《かきつはたす》りの歌〉（十七―３９２１・大伴の家持《やかもち》）の二首は、民間の薬狩りを詠んでいる。

乞食者《ほかひ》が詠《うた》ふ二首（うち一首）鹿のために痛みを述べて作る

八重畳《やへたたみ》　平群《へぐり》の山に、
四月《うづき》と　五月《さつき》との間《ま》に、
薬狩《くすりがり》　仕《つか》ふる時に、

八重畳にする　その平郡《へぐり》の山に、
四月と　五月の間ごろ、
薬狩りを　なされる時に、（十六―３８８５）

垣津幡《かきつはた》　衣《きぬ》に摺《す》り付け、丈夫《ますらを》の
着襲《きそ》ひ狩《かり》する　月は来にけり。

垣津幡を　衣に摺り付け、丈夫が
着重ねて狩りをする　その月が来た。（十七―３９２１）

右の六首（うち一首）の歌、天平《てんぴやう》十六年四月五日に、独り平城《なら》故郷《こきやう》の旧宅《きうたく》に居《を》りて大伴《おほとも》の宿禰家持《すくねやかもち》作る。

平群《へぐり》の山では四月《うづき》と五月《さつき》の間に鹿狩りなどの薬狩りが行われ、大伴《おほとも》の家持《やかもち》の歌は四月五日に作られ、民間の薬狩りを詠んでいる、と考えられる。こうしてみると、民間の薬狩りの祭日は四月と五月の間に設定されている。

その薬狩りは共同体で執り行われる年中行事で、一定の祭式を持っていたろう。その次第は今となっては容易に復原しがたいものの、以下に説くように昼間の男女別に分かれた薬狩りと夜の男女和合の集いの二部構成だった、とみられる。

そしてこの歌で注目すべきは、狩人＝「丈夫《ますらを》」は紫色を呈する「垣津幡《かきつはた》」の花摺りの狩衣《かりぎぬ》を「着襲《きそ》ひ」していることである。小学館『万葉集四』の頭注は、推古紀十九年五月五日の薬狩りの条から「キソフも日常の衣服に何かを付加したのではなかろうか」と解している。恐らくそのとおりで、狩人は日常の衣服の上に紫色を呈する「垣津幡」の花摺りの狩衣を着重ねた、と想定される。

これに対して、女たちも薬用になる植物の採集、薬狩りをしている。そして、その際にも日常の衣服の上に「垣津幡」の紫の衣を着重ねていたろう。なぜなら、年中行事に参加するかぎり、男女ともに晴《はれ》の小忌衣《をみごろも》を着用しなければならないからである。薬狩りにおいて男たちの小忌衣・狩衣《かりぎぬ》だけが「垣津幡」の紫染めだったとは、到底考えがたい。そうだとすると、一般の民間の薬狩りは祭服・小忌衣としての「垣津幡」摺りなどの紫衣で満たされていたはずである。

宮廷の薬狩りと紫衣　当然のことながら、宮廷の薬狩りは民間の薬狩りでない。しかし、民間の薬狩りを土台にしているので、その次第も基本的に昼間の男女別に分かれた薬狩りと夜の男女和合の集い・宴の二部構成だったとみられる。

そして、宮廷挙げての薬狩りの男たちは、定められた服色の上に紫の狩衣を着重ねていたのではなかろうか。このように考えるのは、いかに王権が強大であっても、薬狩りにおいては神の論理が俗的世界の論理に優先しているからである。すなわち祭祀の世界では、小忌衣を着用する定めが、俗なる権力の定めた服色令に優先している。以上は、鹿などから強壮薬になる袋角《ふくろづの》・鹿茸《ろくじょう》＝生《は》えはじめの角などを入手する、いわゆる男たちの薬狩りである。

これに対して、女たちも薬狩りをしている。それは薬用になる紫根などの薬草を狩ることである。紫根の薬効は『萬葉植物新考』［松田修］によると切り傷・火傷にあり、「ムラサキの自生と栽培」［八田亮三］によると解熱・解毒・腫瘍・火傷・凍傷・湿疹・痔疾にある。そしてその際にも、女たちは小忌衣の紫衣を着重ねていたはずである。

2　男組の鳥獣狩りと女組の薬草狩り

男組の鳥獣狩りと女組の薬草狩り　鴨狩り、獣狩り、茸狩り、桜狩り、紅葉狩りなどの用例からわかるように、「狩り」

は本来野生のものを入手することで、薬狩りもその一つである。天智天皇七年（六六八）の薬狩りは、男たちによる鳥獣狩りと女たちによる薬草・紫根狩りという分業で構成されていたろう。

男たちの狩りは走り回る鹿や飛ぶ鳥などを狩るもので、勇壮で行動的だった。これに対して、女たちが紫根などの薬草狩りをする「紫野《むらさきの》」は外部の者の侵入を禁じる「標野《しめの》」で、見張りの「野守《のもり》」まで置いている。その意味で「禁断の園」で、静的だった。

宇智野の薬狩り　天智天皇の父の舒明天皇が葛城の宇智野《うちの》で催した〈薬狩りの長・反歌〉（一―3・4・雑歌）は、薬草狩りをする女組の代表＝中皇命《なかつすめらみこと》が、鳥獣狩りをする代表＝舒明天皇にむけた祝福の儀礼歌で、狩場の豊猟を予祝している。その歌は、次のとおりである。

天皇（舒明天皇）、宇智《うち》の野に遊猟《みかり》する時に、中皇命《なかつすめらみこと》、間人《はしひと》の連老《むらじおゆ》に献《たてまつ》らしむる歌

やすみしし　我《わ》が大君《おほきみ》の、
朝《あした》には　執《と》り撫《な》でたまひ、
夕《ゆふへ》には　い寄り立たしし、
み執《と》らしの　梓《あづさ》の弓の
中弭《なかはず》の　音《おと》すなり。
朝狩《あさが》りに　今立たすらし。
夕狩《が》りに　今立たすらし。
み執《と》らしの　梓《あづさ》の弓の
中弭《なかはず》の　音《おと》すなり。

（やすみしし）　我が大君が、
朝には　手に執ってお撫でになり、
夕には　傍らに寄ってお立ちになった、
ご愛用の　梓の弓の、
中弭《なかはず》の　音が聞こえる。
朝狩りに　今お立ちになっておられるらしい。
夕狩りに　今お立ちになっておられるらしい。
ご愛用の　梓の弓の、
中弭《なかはず》の　音が聞こえる。
（一―3）

反歌《はんか》

たまきはる　宇智《うち》の大野《おほの》に、馬並《うまな》めて
朝踏《あさふ》ますらむ。その草深野《くさぶかの》。

（たまきはる）宇智の荒野に、馬を並べて
今しも踏み立てておられるようだ。その草深い野で。　（4）

右の題詞と歌は、これらの歌が詠まれた場が薬狩りであるとは明記していない。しかし『万葉集』〔中西進〕によると、「宇智の大野（荒野）」は一面に草に蔽われており、「草深野《くさぶかの》」から想像すると真夏で、陰暦五月五日の薬狩りだったという推測を許すという。また、早春の野遊びを場にする〈雄略天皇の求婚の歌〉（一―1）から国見を場にする〈舒明天皇の国見歌〉（一―2）と挙げてきた『万葉集』の配列からいっても、これらに夏五月の薬狩りが続くのは相応しいともいう。

朝夕の狩り　真夏の「大野」の「草深野」は、薬草などの植物が最も萌える大平原であり、そこには同時にそれらの植物を食べて肥え太る鳥獣が潜んでいる。したがってこのような「大野」・「草深野」は、薬とする動植物を狩るには最適の場所である。

そして朝狩り・夕狩りのように狩りを朝・夕に限定したのは、狩られる動植物にしても、それらを狩る男女にしても、日中の蒸し暑さに耐えがたくて生気を失っていたからだろう。このように大草原の動植物が活動的である朝夕に狩りをするのは、狩る側の都合は素より狩られる側にしても、生気を保つという利点があろう。

こうして宮廷人の男女は、薬を狩るために誰もが小忌衣《をみごろも》の紫衣を着て真夏の朝夕の大野に繰り出していた。

女組の男組への眼差し　この長・反歌には、紫草《むらさき》や菖蒲《あやめ》などの薬草を狩っている女官たちの様子が微塵も見られない。しかし、天皇を頂点とする男たちの雄壮な鳥獣狩りを陽画のように描写することによって、作者の中皇命《なかつすめらみこと》（舒明天皇の子の間人《はしひと》の皇女《ひめみこ》で、間人《はしひと》の連《むらじ》を乳母《めのと》にしている）を頂点とする女たちの穏やかな薬草狩りが陰画のように浮かび上がってくる。すなわち、天皇が明日香の都で常日頃、薬狩りを思っては寄って行って撫《な》で摩《さす》っていた梓の弓が活用される晴れの日を迎える。そして、一気に「今《いま》」という薬狩りのクライマックスが来た、とその歓びを述べる。

その述べ方は、弓の弦《つる》の「音すなり」という伝聞と、「宇智の大野」・「草深野」を「馬並めて朝踏ますらむ」という現在推量を用いながら間接的に描写している。これは中皇命を頂点とする女組一行が天皇一行の姿を眼前にしていないことを示している。しかし女組は男組と一定の距離を置きながらも、男組の躍動的な弓の音や馬の蹄《ひづめ》の音を耳にできる範囲にいる、と推定できる。

このように、大地に生える紫根などの薬草を穏やかにいそいそと狩る女組は、男組の雄壮な狩猟の弓と蹄の音を聴きながら、天皇の「今立たす」姿＝「大野に馬並めて草深野を朝踏ます」姿を想像し、男組の豊猟を祝福している。ここには、女組の男組への熱い眼差しがある。

これに対して、男組の女組への眼差しを示す歌が、対としてあったであろう。けれども、その記載はなされていない。しかしそうではあっても、薬狩りの実態を知っていた当時の人々は、陽画としての男組の鳥獣狩りの豊猟祈願の歌を目にすれば、陰画としての女組の薬草狩りの豊かさを祈念する儀礼歌を直ちに思い浮かべていたろう。なぜならば例えば次の山部《やまべ》の赤人《あかひと》作の〈丈夫《ますらを》の狩りと娘子《をとめ》の浜遊びの歌〉（六―1001）のように、常に男組と女組の動きが対をなしていたからである。

丈夫《ますらを》は　み狩りに立たし、娘子《をとめ》らは
赤裳裾引く。清き浜辺《はまび》を。

丈夫《ますらお》は　狩りに出で立ち、娘たちは
赤裳の裾を引いて歩いている。清い浜辺を。　（六―1001）

なおこの歌の「立たし」も、舒明天皇の「立たす」と同じで、狩猟の真っ最中を描いている。

宴の儀礼歌　日中の男女別の薬狩りに次いで、夜は男女和合の集い・饗宴が執り行われたろう。中皇命《なかつすめらみこと》が間人《はしひと》の連老《むらじおゆ》を仲立ちにして舒明天皇に献上した長・反歌は、この折の儀礼歌だったろう。男組の狩場における「朝夕」のクライマックスである「今」に焦点を当てた歌ではあるけれども、儀礼歌の性格上、夜の饗宴の場で間人《はしひと》の老《おゆ》によって披露されただろう。すなわち、長歌における朝夕の狩りに出発するに際した豊猟祈願の「中弭《なかはず》の音すなる」という弦打ちの「今」と、反歌における「馬並《な》めて朝踏ますらむ」狩りのクライマックスの現在は、一連の「今」の一コマであり、それらがこの歌中の時制を超えて夜の宴会で歌われた、と考えられる。

　そしてこの後もこの長・反歌は由緒ある儀礼歌として伝承され、薬狩りの饗宴で転用されたであろう。例えば天智朝の蒲生野《かまふの》での薬狩りでは、「たまきはる宇智《うち》の大野《おほの》」は「蒲生野」に入れ替えてうたわれたろう。

3　神衣から恋衣へ

解放感あふれる薬狩り　このような薬狩りは五月の野外での作業なので解放感に溢れ、鳥獣を追いかける男・「君」が勢い余って、あるいは勢い余ったように装って、「紫野」に近づき、好意を抱く女官に紫の「袖振る」ことはありえたろう。そうなると、その男の振った紫の袖とそれを受け止める女の着ていた紫衣は、見方を変えると恋衣に見立てられることになる。紫衣を着て男と女に分かれて行う薬狩りは、そのようなロマンへの期待感に満ちていたはずである。

宴の座興の歌　そこでその男女和合の饗宴は、厳しく定められた日中の男女別の狩りの反動もあって、正儀の儀礼歌をうたい終えると次第に興が乗ってきたはずである。釈注一［伊藤博］が説くように、天智天皇を上座に据えた夜の饗宴で、そのようなロマンへの高揚感を感受した額田《ぬかた》の王《おほきみ》は自分を女組の代表に見立て、日中の薬狩りである男との間に愛のサインが交わされたというロマンを①〈茜指《あかねさ》す紫《むらさきの》野の歌〉で演じて見せ、皇子《みこ》はそれを②〈紫の丹穂《にほ》へる妹《いも》の歌〉で見事に受け止めて自分を男組の一人に見立て、堂々と恋人役を演じきっている。いわれるように、そのためにこの二首は主に恋歌を収録する「相聞《さうもん》」にではなく、宮廷の公的な歌を収録する「雑歌《ざふか》」に部立てされている。

　なお、①〈茜指《あかねさ》す紫《むらさきの》野の歌〉と②〈紫の丹穂《にほ》へる妹《いも》の歌〉を薬狩りの後宴の座興の歌と見る説の嚆矢は、「額田女王」［折口信夫］であり、これが『萬葉百話』［山本健吉・池田弥三郎］、『万葉集の民俗学的研究』［桜井満］に継承されている。

紫衣から発想された「紫の丹穂へる妹」　皇子《みこ》が②〈紫の丹穂《にほ》へる妹《いも》の歌〉で額田の王を「紫の丹穂《にほ》へる妹」と恋人扱

いしたのは、恋衣としての紫衣に基づく発想であって、この表現は四であげた「垣津《かきつ》幡丹《はたに》付《つ》らふ妹《いも》・君」（十一―1986・十一―2521）などと同じ表現である。このように、「紫の丹穂《にほ》へる妹」という表現は、野山の鳥獣狩りや「紫野《むらさきの》」・「標野《しめの》」の薬草の紫根狩りに用いる晴衣・小忌衣《をみごろも》・紫衣が恋衣に見立てられたところに基づいている。

小忌衣から発想された「垣津幡丹付らふ妹・君」　こうしてみると、〈垣津《かきつ》幡丹《はたに》付《つ》らふ妹《いも》・君の歌〉（十一―1986・十一―2521）は、晴衣・小忌衣《をみごろも》の垣津《かきつ》幡摺《はたす》りに彩られた薬狩りにかかわる恋歌で、恋人賛美の類句も薬狩りの小忌衣《をみごろも》の垣津《かきつ》幡摺《はたす》りを恋衣に見立てたところに基づいているのではなかろうか。

我《あれ》のみや　かく恋すらむ。垣津幡《かきつはた》
丹付《につ》らふ妹《いも》は　いかにかあるらむ。

わたしだけ　こうも恋をするのだろうか。垣津幡摺りのように
美しいあの娘は　どうなんだろう。　　（十一―1986）

垣津幡《かきつはた》　丹付《につ》らふ君を、ゆくりなく
思《おも》ひ出でつつ　嘆きつるかも。

垣津幡摺りのように　美しいあなたを、ふと
思い出しては　嘆いたことだ。　　（十一―2521）

一首目の〈垣津《かきつ》幡丹《はたに》付《つ》らふ妹《いも》の歌〉は薬狩りの男女の集いで「垣津《かきつ》幡丹《はたに》付《つ》らふ妹《いも》」に求愛した男の歌、二首目の〈垣《かき》津《つ》幡丹《はたに》付《つ》らふ君の歌〉は薬狩りの男女の集いで愛を語り合った「垣津《かきつ》幡丹《はたに》付《つ》らふ君」を後日思い出して思慕した女の歌とも解せる。

薬狩りから発想された「紫の丹穂へる妹」　右のようにみてくると、宮廷の薬狩りでうたわれた「紫《むらさき》の丹穂へる妹《いも》」は、在民間の薬狩りの場から発想された「垣津《かきつ》幡丹《はたに》付《つ》らふ妹《いも》・君」の延長線上にあるといえよう。「紫《むらさき》の丹穂へる妹《いも》」は、在来の民俗文化に根差した表現であり、服色令によって高貴な者のみに許された貴族的な紫衣に根差した表現でないことになる。

通説によると、「紫《むらさき》の丹穂《にほ》へる妹《いも》」は服色令によって高貴な者のみに許された貴族的な紫衣に基づくもので、恋する高貴な女性を表すというけれども、この薬狩りで恋する「紫の丹穂《にほ》へる妹《いも》」には身分上の高貴も下賤も関係ないようである。そもそも恋には、身分による高貴な恋とか下賤な恋とかがあるだろうか。恋は本来、高貴や下賤と無縁なものではなかろうか。

紫衣から発想された「茜指す紫」　こうしてみてくると、①〈茜指《あかねさ》す紫《むらさきの》野の歌〉の「茜指《あかねさ》す紫《むらさき》」の懸かり方も、薬狩りの紫衣から発想されている、と考えられる。紫衣の色相をより鮮やかにするために、茜草《あかねぐさ》の赤い根から採った赤い染料を紫根染料に「指《さ》す」＝注ぐことがある。すなわち、この紫衣の生産過程を踏まえた表現が「茜指《あかねさ》す紫《むらさき》」だ、と考えられる。とすると、①〈茜指《あかねさ》す紫《むらさきの》野の歌〉の「茜指《さ》す紫」を受けた②〈紫《むらさき》の丹穂《にほ》へる妹《いも》の歌〉の「紫《むらさき》の丹穂《にほ》へる妹《いも》」は「茜指《あかねさ》す紫の丹穂《にほ》へる妹《いも》」ともいえ、最上級の恋人・女人の義になろう。

「茜指す君」＝「茜指す紫の丹穂へる君」　さらに、「茜指《さ》す」が枕詞として日《ひ》・昼《ひる》・月《つき》・君《きみ》に懸かるあり方も、この染色の生産叙事の延長線上にあり、茜によって色や光が鮮やかに発するところにあろう。次の〈茜指《あかねさ》す君の歌〉（十六―3857）にある唯一の「茜指す君」の例は、とくに紫の生産過程を踏まえていて特徴的である。

夫君《つま》に恋ふる歌一首
飯食《いひは》めど　うまくもあらず。　　ご飯を食べても　おいしくもない。
行き行けど　安くもあらず。　　歩きまわっても　こころは安らかでない。
茜指《あかねさ》す　君が心し　忘れかねつも。　　紅顔の　あなたの御心が　忘れられない。
（十六―3857）

右の歌一首、伝へて云はく、佐為《さゐ》の王《おほきみ》に近習する婢《まかだち》あり。ここに宿直遑《とのゐいとま》あらず。夫君《つま》は遇《あ》ひ難し。感情馳《は》せ結《むす》ぼれ、係恋《けいれん》実《まこと》に深し。ここに当宿の夜、夢《いめ》の裏《うち》に相見、覚《おどろ》き悟《さ》めて探《さぐ》り抱《むだ》くに、かつて手に触るることなし。すなはち哽咽《むせ》ひ歔欷《なげ》きて、声高にこの歌を吟詠す。因《よ》りて王《おほきみ》これを聞き哀慟《あいどう》し、永《ふっ》に侍宿《とのゐ》を免《ゆる》す、といふ。

佐為《さゐ》の王《おほきみ》に近習する婢《まかだち》があまり当直が続いたので、夫を激しく恋慕して泣きながら嘆いてこの歌をうたった。その恋歌を聞いた王《おほきみ》はとても感動して哀慟《あいどう》し、それでその宿直をすべて免除したという。

　この時に愛する夫を恋慕して賛美したことばが、「茜指《あかねさ》す君」だった。そのなかの「茜指《あかねさ》す」は、紫根染めに茜草《あかねぐさ》から採った染料を指《さ》す＝注《さ》すと紫の恋衣が鮮やかな色・光を発するところに基づいていよう。してみるとこの恋人賛美の「茜指《あかねさ》す君」は、紫衣から発想された「紫の丹穂《にほ》へる妹」・「垣津幡丹穂《にほ》へる妹・君」と同類で、「茜指《あかねさ》す紫《むらさき》の丹穂《にほ》へる君《きみ》」に等しいことになる。

4　出雲の薬狩りと成人戒

大国主の神の受難　ところで、狩りに成人戒が付随し、成人戒を挙げた若者は直ちに恋愛を許されている。それは、成女戒を挙げた娘が直ちに恋愛を許されていることと同じである（一一で後述）。

　右のことを示す例が、神代記の大国主《おほくにぬし》の神の受難の条にある。大穴牟遅《おほあなむぢ》の神＝大国主の神は兄の八十神《やそがみ》たちに赤い猪を狩るように命じられ、その実、猪に似せた焼石と格闘させられて焼け死んだ。その後、貝の女神（蚶貝比売《きさがひひめ》と蛤貝比売《うむがひひめ》）の薬によって生き返り、「麗《うるは》しき壮夫《をとこ》」になっている。『古事記』［西宮一民］によると、その薬とは赤貝の殻の粉を蛤の出す汁で溶いて母乳状にした液体で、火傷に塗るものである。

　右の大穴牟遅《おほあなむぢ》の神が八十神《やそがみ》たちによる焼石の試練で仮死状態になりながら蘇生した伝承は、出雲地方の成人戒に基づいた伝承だ、と考えられる。『日本の歴史2神話の世界』［三品彰英］によると、「若者の受けるこの種の試練・苦行は、未開社会、または古代社会では、程度の差はあるけれども、もっとも一般的に行なわれていた」ものだった。すなわち、この成人戒は子供として死に、立派な大人＝「麗《うるは》しき壮夫《をとこ》」として復活することである。伝承では復活した大穴牟遅の神は直ちに性を行使していないものの、大穴牟遅の神はこの後、須佐之男《すさのを》の命《みこと》のいる根《ね》の国《くに》に行って同じく狩りなどの試練を改めて受け、神の娘・須勢理毘売《すせりびめ》と結婚しているので、成人戒の後に性を行使しているといえる。そして、現に儀礼としても成人戒の後に若者は性を行使している。

出雲の国の薬狩り　大国主の神の受難の条が夏の薬狩りに付随した成人戒の神話化だとまでは特定できないものの、仮死状態になった若者が女神の薬によって蘇生したというのは、薬狩りを示唆しているようである。

　これを今少し想像を逞しくして、出雲の国の薬狩りのあり方を想定してみる。成人戒を受ける青年を含め男たちの鳥獣狩りは常に危険を伴い、怪我が絶えなかったろう。そしてその傷を癒すときに女たちの薬草狩りで得た薬が、とくに歓迎されたのではなかろうか。女たちの準備する薬として、出雲地方では薬草の他に火傷の特効薬として前述の海貝もあったのではなかろうか。この女たちの作る薬の効用を保証するのが、蚶貝比売《きさがひひめ》と蛤貝比売《うむがひひめ》の女神だった、と考えられる。したがって、女組に祭神がいるとすると、それはこの二柱の女神だろう。また、須佐之男の命の娘・須勢理毗売《すせりびめ》は愛人の大穴牟遅神を援助しながらその身を案じているので、薬草狩りにおける女性の役割が投影されていよう。

　これに対して、鳥獣狩りをする男組の祭神は誰だろうか。「八十神《やそがみ》」たちは、成人戒で新入りの青年に試練を課す先輩たちに相当するにすぎない。この点、現世での成人戒を終えた大穴牟遅《おほあなむち》の神が「根《ね》の国《くに》」へ行き、改めて須佐之男《すさのを》の命《みこと》から狩りなどの試練を受け、その苦難を克服して将来を祝福されているので、男組の祭神はこの男神・須佐之男の命だろう。

狩り・成人戒・恋愛　いずれ大国主の神の受難の条から、狩り・成人戒・恋愛の三者に密接な関係があるとわかる。

5　伊勢物語の初冠

伊勢物語の初冠　『伊勢物語』初段は、初冠《ういかうぶり》＝成人戒・紫の狩衣《かりぎぬ》を着た狩り・恋愛・紫衣の恋歌のモチーフを兼ね備えている。その梗概は次のとおりである。昔男が初冠《ういかうぶり》＝元服・成人式を挙げ、自分の領地に狩りに行った。その時、その里に住む美しい姉妹を垣間《かいま》見《み》て恋をし、男の着ていた「紫草《むらさき》の信夫摺《しのぶず》りの狩衣《かりぎぬ》」の裾を切って、「老いづきて」＝大人ぶって次の〈春日野《かすがの》の若紫草《わかむらさき》の摺《す》り衣《ごろも》の歌〉（勢語初段）を書いて贈った。

春日野《かすがの》の　若紫草《わかむらさき》の　摺衣《すりごろも》、
信夫《しのぶ》の乱《みだ》れ　限《かぎ》り知られず。

春日野の　若々しい紫草で　摺り染めにした衣。
それは信夫摺りのような乱れ模様で　そのようにわたしの恋心は
限りも知られず思い乱れている。

（勢語初段）

そして作者はこの歌を、次の河原の左大臣・源《みなもと》の融《とほる》の〈信夫捩摺《しのぶもぢず》りの歌〉（古今十四―724）の「心ばへ」だ、と評している。

陸奥《みちのく》の　信夫捩摺《しのぶもぢず》り、誰故《たれゆゑ》に
乱れむと思ふ。我《われ》ならなくに。

陸奥の　信夫の郡の捩摺りの乱れ模様ではないが、いったい誰のせいで
乱れようと思うのか。わたしのせいではないのだが。

（古今十四―724）

薬狩り・恋愛・紫衣　この段の狩衣は「春日野《かすがの》の若紫草《わかむらさき》の摺《す》り衣《ごろも》」なので、ここでの狩りは春日野での夏の薬狩りだったろう。作者は、姉妹が紫衣を着て、紫根や菖蒲《あやめ》などの薬草を採取しているとも、歌を返したとも、記さないものの、本来ならば姉妹は紫衣を着て薬草を採取し、それから成人式を挙げて薬狩りに来た若者の恋の対象になり、返歌もしたろう。このあり方は、薬狩りに成人戒が付随し、同時に恋愛を許され、狩衣《かりぎぬ》・小忌衣《をみごろも》の紫衣がそのまま恋衣にもなりえたことを示していよう。

『伊勢物語』初段の作者が昔男の〈春日野《かすがの》の若紫草《わかむらさき》の摺《す》り衣《ごろも》の歌〉を〈信夫捩摺《しのぶもぢず》りの歌〉の「心ばへ」だと評したのは、狩衣の紫衣を恋衣だと認めたからである。このように、薬狩りには成人になったばかりの若々しい男たちの恋の要素が交じっていた。

したがって、昔男のイタセクスアリスを主体にしている『伊勢物語』の初段に、男の性愛のはじまりである薬狩りを場にした初冠《ういかうぶり》＝成人戒を据えたのは、当然のことであった。

王朝文学らしい文飾　確かに、『伊勢物語』初段は初冠《ういかうぶり》＝元服・成人式を挙げてから狩りに行き、恋歌を贈って求愛しているように記している。しかし、本来は男女の集いの冒頭で鳥獣狩りの試練に合格して「成人」として認められ、それから先輩たちに立ち交じって「老いづきて」＝大人ぶって女性に恋歌を贈って求愛した、と考えられる。

　このように、夏の薬狩りで鳥獣を狩る男組には、成人戒を受ける若者も加わり、紫根狩りをする女・娘たちに精いっぱい紫の狩衣を振って「紫の丹穂《にほ》へる妹《いも》」・「垣津《かきつ》幡丹《はたに》付《つ》らふ妹」に愛を告白し、女・「妹《いも》」たちも「垣津幡丹《に》付《つ》らふ君」の愛に応える、あるいはいなすのは、毎年繰り返された情景だったろう。

　こうしてみると、『伊勢物語』で男がその里に住む姉妹を「垣間見《かいまみ》」て「いちはやきみやび」＝激しい恋をしたというのは、王朝文学らしい文飾だろう。

薬狩りの成女戒　なお、成人戒と対応して薬狩りに成女戒も付随しているので、成女になったばかりの若々しい娘たちの恋の要素も交じっていた（一一で後述）。

6　薬狩りの成人戒の記憶

元服の紫の初元結　平安時代の元服では、元服する若者が「濃紫《こむらさき》の初元結《はつもとゆひ》」をしている。例えば、『源氏物語』桐壺の巻で光源氏が元服する時、光源氏は「濃紫の初元結」をしており、父の桐壺帝と舅の左大臣の間で次のように〈初元結《はつもとゆひ》に契《ちぎ》る心の歌〉（桐壺の巻）と〈元結《もとゆひ》の濃き紫《むらさき》の色の歌〉（桐壺の巻）が交わされる。

稚《いとき》なき　初元結《はつもとゆひ》に、長き世を　　幼い君に　あなたが結んだ初元結には、あなたの娘との末長い縁を
契る心は、結びこめつや。　　固く約束する気持ちを、堅く結びとめたか。
（桐壺の巻・桐壺帝）

結びつる　心も深き　元結《もとゆひ》に、
濃き紫《むらさき》の　色し褪《あ》せずは。

結びこめた　末長い約束も深い　元結なので、
その縁の濃い紫の　色がかわらぬように
源氏の心が変わらなければどんなにうれしいか。

（桐壺の巻・左大臣）

桐壺帝の歌は、幼い冠者の初めての元結の組み紐に、あなたの姫＝葵《あふひ》の上との末長い仲を契る気持ちを結びこめたか、と問うている。これに対する左大臣の歌は、深い心をこめて結んだ元結に、その濃い紫の色＝光源氏の濃やかな愛情さえ褪せなければ、と答えている。そして、その夜、副臥《そいぶし》の妻＝葵の上を妻訪うことになっている。

これに対して副臥の妻＝葵の上も、例えば五であげた〈濃紫《こむらさき》の元結《もとゆひ》の霜の歌〉（古今十四―６９３）のように「濃紫《こむらさき》」の「元結《もとゆひ》」を結って新夫を迎えたろう。こうしてみると、この元服の「濃紫の初元結」は恋衣の一類だとわかる。

薬狩りの成人戒の記憶　このように、元服・濃紫の初元結・妻訪いが並ぶと、この元服のあり方は薬狩りにおける成人戒の記憶を揺曳している、と考えるべきだろう。

なお、元服する者の結ぶ「濃紫の初元結」は、やがて服色令の紫に傾斜して将来の出世をも祝福するようになる（一四で後述）。

7　薬の交換＝婚約の印し

伊勢物語・大和物語の薬狩りと恋愛　『伊勢物語』五十二段と『大和物語』百六十四段は、薬狩りが鳥獣狩りをする男組と薬草狩りをする女組に分かれ、両者が交流していることを明示している。その梗概は次のとおりである。昔男のもとに女から粽《ちまき》に添えられた菖蒲《あやめ》が贈られた。そこで男は返しに雉《きじ》に付けて、次の〈菖蒲《あやめ》と雉をかる歌〉を贈った。

菖蒲《あやめか》刈り　君は沼にぞ　惑《まど》ひける。
我は野に出でて　狩《か》るぞ侘《わび》しき。

菖蒲を刈るために　あなたは沼に入って　わたしのために苦労しているよ。
わたしはわたしで野に出て　雉を狩るのに苦労したよ。

（勢語五十二段、大和物語百六十四段）

『伊勢物語』と『大和物語』は、右の交流が五月五日のことだと明記していないものの、同一伝承を伝える『業平集』は、五月五日と明記している。この五月五日は薬狩りの日で、女は沼に行って菖蒲《あやめ》を刈り、男は野に行って雉などを狩っている。菖蒲も雉も薬であり、共に野生のものをカル＝「狩る・刈る」ものだった。

そして、この男の歌をみると、狩りの場でこの女との出会いを期待していたとわかる。ここでは一対の男女の薬狩りにおける交情のように見えるものの、これは薬狩りに参加する男女全体が抱いた期待だったろう。このような期待を抱けたのは、薬狩りに成人男女の集う場が伴っていたからである。

薬の交換＝婚約の印し　粽《ちまき》は端午の節供の儀礼食で、薬草の菖蒲や茅などで巻くものである。女はその菖蒲を巻いた粽を、後日男に贈っている。

この女の贈ってきた菖蒲の粽＝「薬」に対して、男は野原の雉＝「薬」を返している。薬狩りの晴の日に叶わなかった出会いを、薬の交換にこと寄せて後日に叶えようとしている。そのあり方は、薬狩りで語り合った相手との再会を願う〈垣津《かきつ》幡丹《はたに》付《つ》らふ君の歌〉（十一―２５２１）と似ている。

右の物語は薬狩りの後日譚に終始しているものの、このような男組と女組の恋のやり取りは薬狩りの場が中心だったろう。そして、その日に男組と女組の薬が交換されたはずである。例えば、大穴牟遅《おほあなむぢ》の神のように死ぬほどでないまでも、狩猟でそれなりに疲労して傷ついた男性の体を癒す時には、女組の贈った薬＝薬草、粽などがとくに歓迎され、薬草狩りで疲れた女の体に精をつける時には、男組の贈った薬・鳥獣の肉がとくに歓迎されたろう。こうしてみると、薬狩りは薬の採取のみならずその調合・調理も行われ、当然饗宴になったはずである。

このような性別による集団の薬の交換の他に、個人的に薬の交換も行われ、それが愛の告白ともなったろう。

この個人的な薬の交換が後日に揺曳し、『伊勢物語』五十二段・『大和物語』百六十四段の話しになる。こうしてみると、男女が私的に交換した薬＝粽と雉は、愛の印しになり、婚約の印しにもなった。

小忌衣・狩衣の紫衣　この歌物語の二人の登場人物は小忌衣・狩衣の紫衣を着ていたと記されていないものの、紫衣を着ていたはずである。歌物語は関心のある話題に焦点を絞る傾向が強いので、話題になっていない紫衣が文面から削ぎ落とされただけだろう。

歌垣と同類の和合の場　こうしてみると、この紫衣に満ちた夏の薬狩りは、⑭〈灰指《はひさ》す紫の歌〉（一二―3101）からわかるように同じく紫衣を着ていた海石榴市《つばきち》の春秋の歌垣《うたがき》などに類いする男女和合の場だったことになる。

そして、薬狩りも神祭りの形態をとるので、神の名のもとに男女が集い、日常の規範を破る和合が期待されたのではなかろうか。すなわち、薬狩りの男女和合の場は、奔放な恋を歌い、語れる雰囲気を持っていたろう。こうしてみると、薬狩りで大海人の皇子が額田の王に対して②〈紫の丹穂《にほ》へる妹《いも》の歌〉の「憎くあらば人妻故《ひとづまゆゑ》に我《あれ》恋ひめやも」とうたったのも、決して特異な表現でないことになる。そして、薬狩りで個人的に交換された薬＝粽や雉などは、歌垣における「娉《つまどひ》の財《たから》」に相当しているともわかる。

8　薬狩りの祭祀世界

薬狩りの祭祀世界　薬狩りも神祭りなので、神が来臨している。そして、来臨する神とその神を「一夜《ひとよ》妻《づま》」として接待する神の妻は、薬狩りにおける男組の代表者と女組の代表者として具現化されているだろう。

今の宮廷の薬狩りの場合は、天智天皇が男組の代表者、額田の王が女組の代表者であり、天智天皇の「一夜妻」が額田の王であるという構図になる。そしてその他の参加者が、その分身として気に入った相手と愛を語り合うことになる。少なくとも、そのような祭祀世界が幻想されていただろう。

そうであればこそ、額田の王は①〈茜指《あかねさ》す紫野の歌〉で天皇以外の「君」が禁断の園の「紫野《むらさきの》行き標野《しめの》行き」をするのみならず、「袖振る」ことまでして愛を告げるので、「野守りは見ずや」＝今宵の一夜妻の夫・天智天皇が見咎めるではないか、と困惑してみせる。すなわち、祭祀の頂点に立つ不可侵の一組への割り込み、挑戦をたしなめている。それでいて、額田の王が先に「君」に恋歌を贈るという女性には稀な積極性を見せ、溢れるほどの媚態をもって「君」に歌いかけ、蠱惑的な中年の恋の狩人の相貌を帯びている。

この見立てに応じた大海人の皇子は、「君」を自分のこととし、額田の王を「紫の丹穂《にほ》へる妹《いも》」＝美しくて若々しい恋人と賛美し、たとえ「人妻《ひとづま》」であっても、あるいは「人妻」であるから、憎くないので激しく恋している、と直線的に関係を迫る。この歌の作者・皇子は、額田の王に劣らない壮年の恋のベテランの相貌を帯びている。ここでいう「人《ひと》妻《づま》」は祭祀世界における「一夜妻《ひとよづま》」とは別の概念で、日常世界における夫婦関係を示しており、春秋の歌垣と同様にこの祭日ばかりはそれを超越できるという論理を皇子は採っている。大海人の皇子は①〈茜指《あかねさ》す紫野の歌〉で暗示された「一夜妻」を日常生活における「人妻」に微妙にずらしつつ「一夜妻」と重ねているところに、祭祀世界の深奥にある禁忌すら破りかねない愛の気迫がある。

蒲生野の贈答歌の虚構性　しかしながら、額田の王と大海人の皇子はかつて夫婦関係にあり、二人には葛野《かどの》の王《おほきみ》という共通の孫までおり、二人は既に熟年と熟女というべき年齢になっている。この時の大海人の皇子は四七歳であり、額田の王は釈注一［伊藤博］によると最低三八・九歳だった。いかに「人妻《ひとづま》に我《わ》も交《まじ》はらむ。我《わ》が妻に人も言問《ことと》」うような男女和合の場であっても、かつて夫婦であり共通の孫までいる熟年同士のカップルは、絵になりにくいところである。ここに、①〈茜指《あかねさ》す紫野の歌〉と②〈紫の丹穂《にほ》へる妹《いも》の歌〉にまつわる演劇臭・虚構性が浮き彫りになってくる。

①〈茜指《あかねさ》す紫野の歌〉によると、作者の額田の王は蠱惑的な中年の恋の狩人の相貌を帯びていた。これに対して、②〈紫の丹穂《にほ》へる妹《いも》の歌〉はその額田の王を「紫の丹穂《にほ》へる妹《いも》」と賛美し、「人妻」と呼称しているものの、これは青春時代の妻に対する戯れにすぎず、いずれも熟年の額田の王に対する誉め殺しである。②〈紫の丹穂《にほ》へる妹《いも》の歌〉で力強く

関係を迫るように演じてみせた大海人の皇子にしても、既に熟年に達している。すなわち、初々しい若者や力強い壮年たちによる紫の愛の祭典は、熟年カップルによって思いっきり誇張され、演出されている。このやり取りは、満座の喝采、どよめきをもって受け止められたろう。

このように、この贈答歌は薬狩りの祭祀世界を踏まえた絶妙な当意即妙の掛け合いであり、愛の力量感に溢れている。この意味で、蒲生野での薬狩りの饗宴での贈答歌は、民俗的類型的な愛の祭典の上に咲かせた、近江朝の紫の大輪の恋の花だった。

盛会だった蒲生野の薬狩り　天智天皇七年（六六八）正月に即位した天智天皇は、その年の五月五日に宮廷あげて威風堂々とこの蒲生野《かまふの》の薬狩りを催している。そして、翌年の五月五日にも山科《やましな》の野《の》でも盛大に薬狩りを催している。このように『日本書紀』に殊更に記載するほどの大掛かりな薬狩りの記事が続くのは、蒲生野の薬狩りが盛会だったからではなかろうか。

素より、その盛会ぶり・大成功のシンボルが、額田の王の①〈茜指《あかねさ》す紫野の歌〉と大海人の②〈紫の丹穂《にほ》へる妹《いも》の歌〉の贈答歌である。その紫の贈答歌は一見すると、薬狩りの主催者・祭主である天智天皇が霞んで見える。しかし釈注一［伊藤］によると、男組の鳥獣狩りと女組の紫草狩りの状況が活写され、その和合・ロマンも遺憾なく演出されているので、それはその行事の主催者である天智天皇の賛美に直結している。

あぶれた男と待ち焦がれる女　なお、⑬〈紫草《むらさき》を草と別《わ》く鹿の歌〉（十二―３０９９）が民間の薬狩りの男女和合の場で女人にあぶれた男の恋歌とも解釈でき、また⑧〈紫草《むらさき》の根延《ねば》ふ春野の嶌の歌〉（十―１８２５）が薬狩りで好きな男に逢いたいと春から待ち焦がれる女の恋歌とも解釈できる（一三で後述）。

9　紫の糸を搓って貫く

菖蒲と橘の縵と薬玉　薬狩りでは男も女も菖蒲《あやめ》や橘《たちばな》＝藪柑子《やぶこうじ》で作った「縵《かづら》」・草冠を被り、同じく菖蒲や橘で作った

「薬玉《くすだま》」を飾っている。『花の民俗学』［桜井満］は、夏の薬狩りと同じ年中行事である五月五日の菖蒲の節供の縵などの作り物は、神事に奉仕する者の標《しるし》だ、と述べている。次に、菖蒲や橘が縵や薬玉になる例を四首ほど挙げる。

霍公鳥《ほととぎす》。厭《いと》ふ時なし。菖蒲草《あやめぐさ》
縵《かづら》にせむ日、こゆ鳴き渡れ。

霍公鳥よ。嫌な時などない。菖蒲草を
縵にする日に、ここを鳴いて行け。
（十―１９５５）

霍公鳥《ほととぎす》　待てど来鳴かず。菖蒲草《あやめぐさ》
玉に貫《ぬ》く日を　いまだ遠みか。

霍公鳥は　待っているのに来て鳴かない。菖蒲草を
玉に通す日が　まだ遠いからなのか。
（八―１４９０・大伴の家持）

霍公鳥《ほととぎす》　鳴く五月《さつき》には、
菖蒲草《あやめぐさ》　花橘を、
玉に貫《ぬ》き（一に云ふ、「貫き交《まじ》へ」）
縵《かづら》にせむと、

霍公鳥の　鳴く五月には、
菖蒲草や　花橘を、
玉のように糸を通して（また「一緒に糸を通し」）
縵にしようと、
（三―４２３・山前《やまさき》の王《おほきみ》、あるいは柿本の人麻呂）

霍公鳥《ほととぎす》　鳴く初声《はつこゑ》を、
橘《たちばな》の　玉にあへ貫《ぬ》き、
縵《かづら》きて　遊ばむはしも、

霍公鳥の　鳴く初声を、
橘の　玉に混ぜて通し、
縵にして　遊ぶ時期でも、
（十九―４１８９・大伴の家持）

紫の糸を搓って橘を貫く　次の⑤〈紫《むらさき》の糸の歌〉（七―１３４０・譬喩歌）も、「紫の糸」で山橘を「貫《ぬ》」いて薬狩りで用いる祭具の縵や薬玉を作ろうとしている。

⑤紫《むらさき》の　糸をそ我《あ》が搓《よ》る。あしひきの　　紫の　糸を搓り合わせる。（あしひきの）
山橘《やまたちばな》を　貫《ぬ》かむと思《おも》ひて。　　山橘を　通そうと思って。（七―１３４０）

「山橘」は夏に白い花を咲かせる。搓《よ》った紫の糸でこれを貫き、祭具の縵《かづら》あるいは薬玉《くすだま》を作ろうとしている。薬狩りは紫の小忌衣《をみごろも》を纏う定めなので、この「紫の糸」は小忌衣の一類であり、これで貫いた縵《かづら》あるいは薬玉は薬狩りによりふさわしい祭具になる。

この祭具は薬狩りで恋人に贈られ、愛の証し、「娉《つまどひ》の財《たから》」にもなったろう。すなわち、紫の糸で貫かれた祭具の縵・薬玉が、薬狩りに付随する恋の場によって恋のアイテムになっている。このように祭具が恋のアイテムに変容するあり方は、小忌衣《をみごろも》の紫衣が恋衣《こひごろも》に変容するあり方と軌を一にしている。

そして、この信仰的な行為と愛の行為が例年反復されると、「紫の糸を搓《よ》って山橘を貫く」ことが薬狩りで恋する相手との太い絆を築いて愛を成就することの譬喩になる。したがって、このような習俗に裏付けられたこの歌のあり方も、標準的で類型的にならざるをえない。

糸を搓って橘を貫く類歌　薬狩りで糸を搓って橘を貫くと述べる類歌として、次の〈片搓《かたよ》りに糸を搓《よ》る歌〉（十―１９８７・夏の相聞）がある。

片搓《かたよ》りに　糸をそ我《あ》が搓《よ》る。我《わ》が背子《せこ》が　　一筋のまま　糸をわたしは搓《よ》る。あの方の
花橘《はなたちばな》を　貫《ぬ》かむと思《も》ひて。　　花橘を　緒《お》に通そうと思って。（十―１９８７）

「我《わ》が背子《せこ》」＝恋人に贈る縵《かづら》・薬玉《くすだま》を作ると述べ、この品物は恋のアイテムになっている。「片搓《かた よ》り」は一筋だけ搓り

を入れた糸なので弱く、これに片思いの意を込めているだろう。ここの糸も紫の糸かもしれない。

枕草子の五月の節供　『枕草子』三十六段（五月節供）は、五月五日の節供の様子を次のように描いている。上は宮廷から下は「いひ知らぬ民の住家《すみか》まで」屋根や廂《ひさし》に菖蒲や蓬を葺き渡している。そして中宮などでは菖蒲の薬玉を飾り、「菖蒲《さうぶ》の腰挿《こしざし》・物忌《ものい》みつけ」＝菖蒲の薬玉を腰に佩《お》び、菖蒲の蘰を頭につけ、「さまざまの唐衣《からぎぬ》・汗衫《かざみ》などに」、「をかしき折り枝ども、長きに、村濃《むらご》の組《くみ》して結び付けたるなど」＝季節の花の格好いい折り枝なんかを菖蒲の長い根に濃淡交互の紫や紺のだんだら染めの組糸・組緒を結び付けたりしている。これらは、薬狩りの伝統の上にあるものである。

そしてこの文に続いて、「人の女・やむごとなき所々に、御文などきこえたまふ人も、今日は、心ことにぞなまめかしき」と述べている。すなわち、良家の令嬢や高貴なお姫さまのもとに、恋文を差し上げになる殿方も、今日の端午の節供は、特別な心遣いをして情緒たっぷりだ、といっている。このように薬狩りの後身である端午《たんご》の節供《せっく》に特別な恋情が纏綿することは、かつてこの日に性の解放が色濃く付随していたことを揺曳していよう。

二　成女戒の紫の斑の縵

1　成女戒の縵

成女戒の縵　成女戒を挙げた乙女は直ちに恋の対象になり、次の⑫〈紫の斑《まだら》の縵《かづら》の歌〉（十二―２９９３）のようにその日のうちに愛を告白されている。

⑫紫の　斑《まだら》の縵《かづら》。花やかに
今日《けふ》見し人に　後《のち》恋ひむかも。

紫の　斑の縵。そのように華やかに
今日見た人を　後で恋い慕うだろうよ。

（十二―２９９３）

「紫《むらさき》の斑《まだら》の縵《かづら》」は、実景でもあるので、「花やかに」に懸かる有心《うしん》の序詞《じよことば》・修辞になっている。「今日《けふ》」は成女戒という晴《はれ》の日である。「紫《むらさき》の斑《まだら》の縵《かづら》」はこの成女戒に着用した小忌《をみ》の標《しるし》で、恋衣としての斑ではない。しかし、成女戒を経た女は恋愛して結婚する資格を正式に認められているので、この縵をつけた乙女に将来懸想《けそう》することを作者の男は予感している。このように乙女の頭を飾る「紫の斑の縵」には、恋情を伴うべき儀礼的な背景がある。

2　葉根縵今する妹

妹との共寝　成女戒に着用した小忌《をみ》の標《しるし》として、他に「葉根縵《はねかづら》」がある。その用例は四例あり、いずれも次のように歌の冒頭に「葉根縵《はねかづら》今する妹《いも》」として固定し、恋情発想をとっている。

次の〈葉根縵《はねかづら》今する妹《いも》の紐を解く歌〉（十一―２６２７）は、「葉根縵《はねかづら》」を頭に被って成女式を挙げたばかりの女はうら若いので、男は女を賺《すか》したり脅《おど》したりして下着の紐を解き共寝する、と官能的に述べている。

葉根縵《はねかづら》　今する妹が　うら若み、
笑《ゑ》みみ怒《いか》りみ　付《つ》けし紐《ひも》解く。　（十一―２６２７）

葉根縵《はねかづら》を　今する娘が　若いので、
宥《なだ》めたり怒ったりして　付けた紐を解く。

「葉根縵《はねかづら》」は成年に達した女がつける髪飾り・草冠で、神事に参列している者の身に付けなければならない小忌《をみ》の標《しるし》だろう。「はね縵」が成女戒を受ける時の標《しるし》であることは、「民俗学上よりみた五月の節供」［折口信夫］が夙《つと》に指摘している。

この〈葉根縵《はねかづら》今する妹《いも》の紐を解く歌〉は、成女戒を挙げればその日＝「今」のうちに自由に恋愛できることを如実に示している。

なお、「付けし紐」も本来小忌衣であるものの、恋の場で恋衣に変容している。

妹を共寝に誘う　次の〈葉根縵《はねかづら》今する妹を誘ふ歌〉（七―１１１２）は、成女戒を終えたばかりの「妹《いも》」を共寝に誘《いざな》うことを序詞にしている。

葉根縵《はねかづら》　今する妹《いも》を　うら若み、
いざ率川《いざかは》の　音《おと》のさやけさ。

葉根縵《はねかづら》を　今している娘が　若いので、
いざ率川《いざかわ》の　音のすがすがしさよ。

（七―１１１２）

この歌の本旨は、「率川《いざかは》の音のさやけさ」にある。成年になったばかりの娘があまり初々しいので、「いざ」＝さあおいでと共寝に誘惑する、という上の句が「率川《いざかは》」を導く序詞になっている。

家持と童女との贈答歌　次の〈葉根縵《はねかづら》 今する妹《いも》を夢に見る歌〉（四―７０５・相聞・大伴の家持）と〈葉根縵《はねかづら》 今する妹《いも》はなしの歌〉（７０６・相聞・童女《めのわらは》）の贈答歌は、貴公子・家持《やかもち》と成女戒を挙げたばかりの「妹《いも》」・「童女《めのわらは》」との恋を主題にしている。

大伴の宿禰《すくね》家持、童女《めのわらは》に贈る一首

葉根縵《はねかづら》　今する妹を　夢《いめ》に見て、
心の内に　恋ひ渡るかも。

葉根縵《はねかづら》を　今している娘を　夢に見て、
心の中で　恋いつづけることだ。

（四―７０５）

童女の来報《こた》ふる歌

葉根縵《はねかづら》　今する妹《いも》は　なかりしを、
いづれの妹《いも》そ　そこば恋ひたる。

葉根縵《はねかづら》を　今している娘など　いなかったのに、
どこの娘さんに　そんなに恋しているか。

（四―７０６）

名門の大伴家の御曹司《おんぞうし》・家持が成女戒を今挙げている「童女《めのわらは》」に恋を告白し、「童女」がそれをはぐらかしている。

このはぐらかしは、成女戒を挙げている初《うぶ》な乙女にしては、「老いづきて」＝大人ぶってうたう巧みな断り方である。しかし彼女の周辺には先輩の娘たちがおり、また指導者格の老女も控えているので、この返歌は恋のベテランである彼女たちの助言を得た半ば定番の撥ねつけ歌だろう。

薬狩りで挙行された成人戒・成女戒を通過したばかりの初《うぶ》な若者・乙女は、男女を問わず『伊勢物語』の初段の昔男のようにかなり気負って「老いづきて」恋歌を応酬していた、と考えられる。

以上のように、成女戒を今挙げている「葉根縵《はねかづら》今する妹《いも》」が男たちにとって初々しい恋の対象として憧れの的になっているので、このように乙女の頭を飾る小忌《をみ》の標《しるし》の「葉根縵《はねかづら》」に恋情が伴いやすかった。

3　薬狩りの成女戒

乙女が被る葉根縵　実のところ、「はね縵《かづら》」の実体はわかりにくいけれども、「葉根縵《はねかづら》」あるいは「羽根縵《はねかづら》」で、聖なる植物の葉《は》と根《ね》、あるいは鳥の羽根《はね》を縵として頭に被るものだろう。用語例を見ると、「葉根縵《はねかづら》」と「波祢縵《はねかづら》」が各二例ある。この用語例に実意があるとすれば、それは前者の「葉根縵」だろう。

その「葉根縵《はねかづら》」の「葉《は》」と「根《ね》」とは、薬狩りにおける薬草の葉《は》と根《ね》ではなかろうか。一〇で述べた『伊勢物語』五十二段と『大和物語』百六十四段を参照すると、女の薬狩りは「菖蒲《あやめ》」の採取であり、「菖蒲」で巻いただろう「粽《ちまき》」を男に贈り、また一〇で述べたように薬狩りでは男も女も「菖蒲の縵」を被っている。してみるとこの薬狩りに伴った成女戒に臨んでいる乙女の場合も、「菖蒲《あやめ》」の葉と根で作った「菖蒲の縵」を被った、と想定できる。

そして、成女戒を受ける乙女の被る縵・草冠をとくに「葉根縵」と称した、とも想定できる。なぜ成女戒を受ける乙女の「葉根縵《はねかづら》」だけが「葉根縵《はねかづら》今する妹《いも》」と特別扱いされたかというと、この「葉根縵」が成女戒を受けた娘たちを特定する標《しるし》だからであり、この日をもって初々しい彼女たちとの自由恋愛が許され、殊更に男たちの関心を集めたからだろう。

男が被る羽根縵　なお、一〇で述べたように男たちも薬狩り・端午の節供では「菖蒲《あやめ》の縵《かづら》」を被っている。そして、もし菖蒲の縵の他に「羽根縵《はねかづら》」を着用するとすれば、鳥獣を狩る男たちがこれを着用するに相応しい。『日本書紀』によると、推古朝十九年（六一二）五月五日に菟田《うだ》の野《の》で薬狩りを執り行い、その時の男たちの頭を飾ったのが次の鬘花《うず》だった。

　是《こ》の日《ひ》に、諸《もろもろ》の臣《おみ》の服《きもの》の色《いろ》、皆冠《みなかうぶり》の色に随《したが》ふ。各《おのおの》髻花《うず》着《さ》せり。則《すなは》ち大徳《だいとく》・小徳《せうとく》は並《ならび》に金《こがね》を用《もち》ゐる。大仁《だいにん》・小仁《せうにん》は豹《なかつかみ》の尾《を》を用ゐる。大禮《だいらい》より以下《しも》は鳥《とり》の尾を用ゐる。

（推古紀十九年五月五日の条）

　このように一握りの高位高官を除いた宮廷人の男性のほとんどが、「鳥の尾」を鬘花《うず》にしている。これは宮廷の行事であるものの、これから民間の男たちも鳥の尾の縵・「羽根縵《はねかづら》」を用いていた、と推測できる。鳥は男たちの狩る薬でもあるので、鳥の尾の縵・「羽根縵《はねかづら》」が薬狩りをする男たちの小忌《をみ》の標《しるし》になってもいい。

薬狩りの成女戒　こうしてみると、「妹《いも》」が薬草で作った「葉根縵《はねかづら》　今する」日は、五月五日を中心とした薬狩りの日であり、薬狩りは成人戒のみならず成女戒も伴い、二部の男女の集いで乙女も大人の仲間入りしていたことになる。

　そして例えば、貴公子の家持が「葉根縵《はねかづら》　今する妹《いも》を夢《いめ》に見て」と口説くと、童女《めのわらは》が「老いづきて」＝大人ぶって「葉根縵《はねかづら》　今する妹《いも》はなかりしを」のように拒否する構えを見せ、また男たちは成女戒を挙げたばかりの「葉根縵《はねかづら》　今する妹《いも》をうら若み、いざ」＝さあおいでと共寝に誘惑し、「葉根縵《はねかづら》　今する妹《いも》がうら若み笑《ゑ》みみ怒《いか》りみ付《つ》けし紐《ひも》解く」（十一―2627）こともしていた。薬狩りは大人社会・社交界へのデビューの日であり、祝福された若々しい男女の愛の祭典でもあった。こうして小忌《をみ》の標《しるし》の「葉根縵《はねかづら》」に、恋情が纏綿することになる。

紫の斑の縵花やかに今日見し人　以上の「葉根縵《はねかづら》　今する妹《いも》」と同じ位相にあるのが、⑫〈紫《むらさき》の斑《まだら》の縵《かづら》の歌〉（十二―2993）の「紫《むらさき》の斑《まだら》の縵《かづら》　花やかに今日《けふ》見し人」である。すなわち、紫根採取も代表的な薬狩りなので、「紫の斑の縵」

が薬狩りの小忌《をみ》の標《しるし》になる。そして薬狩りに成女戒が伴い、愛の祭典でもあったので、「紫《むらさき》の斑《まだら》の縵《かづら》花やかに今日《けふ》見し人」に「後《のち》恋ひむ」と、恋情が伴うことになる。

この「紫の斑《まだら》の縵《かづら》」は、恋衣の一類の「斑《まだら》の衣《ころも》」に連なり、恋人・夫を迎えるときに結う「濃紫《こむらさき》の元結《もとゆひ》」（古今十四―693）にも連なっている。

一二　年中行事からの発想

年中行事からの発想　以上、四であげた花・葉摺りを詠む若干の歌と九〜一一であげた紫を詠む⑭〈灰指《さ》す紫の歌〉（十二―3101）・①〈茜指《あかねさ》す紫野の歌〉（一―20）・②〈紫の丹穂《にほ》へる妹《いも》の歌〉（一―21）・⑤〈紫の糸の歌〉（七―1340）・⑫〈紫の斑《まだら》の縵《かづら》の歌〉（十二―2993）の五首を総合してみると、これらの歌は「小忌衣《をみごろも》」を着用する年中行事＝歌垣、頭《つめ》の遊び、成人戒・成女戒を付属させる薬狩りの場から発想されており、それらの年中行事に恋の要素があることから、その小忌衣に恋情が伴い、「恋衣」にもなっている。すなわち、男女が相逢っている恋の祭りの現場の叙述であり、その小忌衣・恋衣としての紫衣から恋詞《れんし》の「色に出《い》づ」、あるいはその変形「紫は灰指《はひさ》すものそ」が発想され、紫の糸を搓って山橘を貫くことが愛の成就の譬喩になり、さらに恋人賛美の「紫の丹穂《にほ》へる妹《いも》」・「紫の斑《まだら》の縵《かづら》花やかに今日《けふ》見し人」を生んでいる。

恋衣の前身の小忌衣・山藍摺り　このように、私的な妻訪いには恋衣として「紫衣」を用いる習俗があり、また共同体の催す年中行事＝歌垣・頭の遊び・薬狩りでも小忌衣・恋衣として「紫衣」や「青摺《あをず》りの衣《きぬ》」＝山藍摺りを用いる習俗がある。してみると、妻訪いの恋衣の背後にも「青摺りの衣」＝山藍摺りなどの小忌衣としての性格があるのではなかろうか。すなわち、訪れる男とこれを迎える女の関係にはなんらかの神事性・儀礼性を伴っていた、と考えられる。妻訪いが夜に限り、また神々の活動も夜に限るところをみると、夜に巫女が神を迎える方式で山藍摺りを着た女は山藍摺りを着た男を迎えたのではなかろうか。一対の男女の恋もまたこのような神事性・儀礼性を持つとすると、私的な妻訪いの恋衣の前身も小忌衣だったといえよう。

　そして次第に神事性・儀礼性が薄まるに連れて、俗的な意味合いが強くなり、各種の摺り衣・染め衣が工夫され、さらには華美な大陸風の衣類、織物などまでも加わって「恋衣」という素敵な名称まで生まれた、と考えられる

一三　周縁に放つ紫の光芒

1　紫野の鹿

紫根染めを踏まえた恋の色　以上、紫根染めは私的な妻訪いの恋衣、ならびに公的な年中行事の恋情を帯びた小忌衣《をみごろも》として大いに用いられている。このように紫が恋の場に定着してくると、紫染めを明示、あるいは示唆しなくても、以下の⑬〈紫草《むらさき》を草と別《わ》く鹿《しか》の歌〉（十二―３０９９）・⑧〈紫草《むらさき》の根延《ねば》ふ春野《はるの》の鶯《うぐひす》の歌〉（十一―１８２５）・⑰〈紫の粉潟《こがた》の海の鳥と玉の歌〉（十六―３８７０）・⑥〈紫の名高《なたか》の砂地《まなごつち》の歌〉（七―１３９２）・⑦〈紫の名高《なたか》の名告藻《なのりそ》の歌〉（七―１３９６）・⑨〈紫の名高《なたか》の靡《なび》き藻《も》の歌〉（十一―２７８０）の六首のように「紫草《むらさき》」・「紫草《むらさき》の根《ね》」・「紫《むらさき》」というだけで恋情が絡むことになる。すなわち、紫根染めを踏まえた紫が恋の色として光芒を周縁に放ち、恋一色に染め上げていく。この章の見出しを「周縁に放つ紫の光芒」とした所以である。

　その分、これらの歌の発想された場の考察が後退する印象を与えるものの、場の考察もする。

紫野の鳥獣　次の⑬〈紫草《むらさき》を草と別《わ》く鹿《しか》の歌〉（十二―３０９９）と⑧〈紫草《むらさき》の根延《ねば》ふ春野の鶯《うぐひす》の歌〉（十一―１８２５）の二首は、紫野の鳥獣を紫の恋で染め上げている。

紫野の鹿　まず、⑬〈紫草《むらさき》を草と別《わ》く鹿《しか》の歌〉（十二―３０９９）は、紫草を恋する女人、鹿を恋する男に見立てている。

⑬紫草《むらさき》を　草と別《わ》く別《わ》く　伏《ふ》す鹿《しか》の、
野は異《こと》にして　心は同《おな》じ。　（十二―3099）

紫草を　他の草と区別して　寝る鹿のように、
わたしたちは住む所は別々でも　心は同じだ。

紫草を他の草と区別して寝る鹿のように、別れ別れに寝ているけれども、相思う気持ちは互いに同じ、と述べる。
野生の紫草は極端な乾湿を嫌うため、水はけがよくて日のよく当たる東か南の地の、しかも隣接植物によって受光量や乾湿を自然に調整できるような環境に生育する。これは原始の相を保つ静謐に満ちた区域で、鹿の好んで伏す地である。上三句はこの鹿の生態を詠んでいる。

女人の譬喩　それと同時に、紫草の紫根染めが恋衣になるので、せめて紫色を染め出す紫草・紫根に伏す、とも述べている。すなわち、他の人には目もくれず、せめて恋人に縁の深い愛すべき紫草に寝て偲ぶという。
ここの「紫草《むらさき》」と男鹿《をじか》は恋人同士の譬喩であり、「紫草《むらさき》」は愛しい女人になっている。色衣・恋衣を染め出す「紫草」を愛しい女人に見立てる譬喩の類例は、四で述べたように〈人国山《ひとくにやま》の垣津《かきつ》幡《はた》の歌〉（七―1345）の垣津幡・〈春日《かすが》の里の植《う》ゑ小水葱《こなぎ》の歌〉（三―407）の小水葱・〈旅衣を丹穂《にほ》はす萩の歌〉（八―1532）の萩・〈土針《つちはり》摺りの歌〉（七―1338）の土針にも見える。そしてこの恋する女人・「紫草《むらさき》」の光芒が、その紫草《むらさき》の生える野にいる男鹿を恋する男に染め上げている。

男の愛の誓い歌　この恋歌は、都合があって妻訪いできない男が女人に贈った愛の誓い歌という体裁をとっている。

薬狩りであぶれた男の恋情　あるいは、この歌は薬狩りで女人にあぶれた男の恋歌かもしれない。薬狩りで男たちが鹿などの鳥獣を狩り、女たちが紫根などの薬草狩りをしているので、鹿は男、紫草は女に見立てられやすい。その男が一夜の最愛の恋人を獲得し損ね、せめて薬狩りの小忌衣・恋衣に縁の深い紫草《むらさき》に伏してその女人を偲ぶ、という歌意ではなかろうか。薬狩りで他の女＝雑草と区別して＝「別《わ》く別《わ》く」最愛の女人＝「紫草《むらさき》」しか選択しないとなると、当然このような独り寝の場合も出来《しゅったい》する。

しかし、その実態は女人に振られて独り寝せざるをえなくなった男をからかった歌だろう。すなわち、やけくそ気分の男を逆に誇大に美化し、共寝できない最愛の女人に愛を誓うという殊勝な形にしたのではなかろうか。素よりそういう事態になった特定の男をからかうのではなく、そうならないようにという戒めだろう。もしそうだとすると、この歌は薬狩りの男女の宴で愛唱された謡い物・歌謡だということになる。

古今集と伊勢物語の紫野の草木　⑬〈紫草《むらさき》を草と別《わ》く鹿の歌〉のように恋衣・色衣を染め出す「紫草《むらさき》」を恋人に見立てる発想法は、〈紫草《むらさき》の一本故《ひともとゆゑ》の歌〉（古今十七―８６７）と〈紫草《むらさき》の色濃《こ》き時の歌〉（古今十七―８６８、勢語四十一段）にも継承されている。

次に挙げる〈紫草《むらさき》の一本故《ひともとゆゑ》の歌〉（古今十七―８６７）は、恋衣・色衣を染め出す紫草《むらさき》＝恋人が一本でも武蔵野に生えていれば、その野原に生えている紫草《むらさき》以外の草木＝恋人の縁《ゆかり》の者までが愛しく思える、と述べる。

紫草《むらさき》の　一本故《ひともとゆゑ》に、武蔵野《むさしの》の
草はみながら　あはれとぞ見る。

紫草の　一本があればこそ、武蔵野に生えている
すべての草が　懐かしいものに見える。
（古今十七―８６７）

また次に挙げる〈紫草《むらさき》の色濃《こ》き時の歌〉（古今十七―８６８・業平）は、『伊勢物語』四十一段にもこれとほぼ同じ趣旨の地の文を載せ、同じ歌が載っている。

妻《め》のおとうとを持《も》て侍《はべ》りける人に、袍《うへのきぬ》を贈るとて、詠《よ》みてやりける

紫草《むらさき》の　色濃《こ》き時は、目もはるに
野なる草木ぞ　わかれざりける。

紫草の根の　色が濃い時には、目もはるかに見える芽を張っている
野辺の草木までも　紫草と区別なしに懐かしく思われるよ。
（古今十七―８６８、勢語四十一段）

ここでは、野に生える紫草・紫根で恋衣を染め出す色が濃い時＝妻への愛情が深い時は、目の届く遥か遠くまで野の草木と紫草の区別がつかない＝妻の縁者は他人と思えない、と述べる。『伊勢物語』の作者が〈紫草《むらさき》の一本故《ひともとゆゑ》の歌〉（古今十七―867）を踏まえて「武蔵野の心なるべし」と評したのは、この歌の核心をよく指摘している。

以上、このように恋衣・色衣にかかわる紫草《むらさき》＝恋人が一本でも野山に生えていれば、その野に生えているあらゆる草木までが愛の対象にされている。

こうしてみると、⑬〈紫草《むらさき》を草と別《わ》く鹿《しか》の歌〉は紫草を女人の譬喩にする平安文学の先縦である。

隔ての有無　なお、⑬〈紫草《むらさき》を草と別《わ》く鹿の歌〉は「紫草《むらさき》」と他の草を峻別し、〈紫草《むらさき》の一本故《ひともとゆゑ》の歌〉（古今十七―867）と〈紫草《むらさき》の色濃《こ》き時の歌〉（古今十七―868、勢語四十一段）は「紫草《むらさき》」と他の草木が区別できないという。このように紫草《むらさき》と他の草木に対する隔ての有無がありながら、いずれの歌も「紫草《むらさき》」を最愛の女人の譬喩として強調している点で共通している。

2　紫野の鶯

紫野の鶯　また、次の⑧〈紫草の根延《ねば》ふ春野の鶯《うぐひす》の歌〉（十―1825・春の雑歌）の鶯は、恋する女人に見立てられている。

⑧紫草《むらさき》の　根延《ねば》ふ横野《よこの》の　春野《はるの》には、
君をかけつつ　鶯鳴くも。　（十―1825）

紫草の　根を張る横野の　春野では、
あなたを思って　鶯が鳴いているよ。

「紫草《むらさき》の根延《ねば》ふ春野《はるの》の鶯《うぐひす》」は恋する女で、「君をかけつつ」恋心を訴えている。すなわち、「紫草《むらさき》の根《ね》」は恋衣の紫根染めの染料なので、その原料の生える紫野の光芒がその野にいる鶯を恋する女人に染め上げている。

横野の所在地　なお『日本書紀上』〔坂本ほか〕の仁徳紀十三年の条の「横野堤《よこののつつみ》を築く」の頭注によると、「横野」は現大阪市生野《いくの》区巽を中心にした一帯で、「紫草《むらさき》の根延《ねば》ふ横野《よこの》」も同地であり、式内社の横野神社の所在地でもあった。

君を恋う女人　この歌は、愛しい君に愛を告白する恋歌という体裁をとって君が自分を妻訪いするように求めている。

薬狩りを待ち焦がれる女　目に見えない土中の紫草の根が春に「根延《ねば》ふ」と表現するこの恋歌の背後には、紫根採取の経験があろう。してみると、この歌は鶯の鳴く春になって夏の薬狩りを待ち焦がれる女の恋歌かもしれない。女たちは紫根などの薬草狩りをしているので、「紫草《むらさき》の根延《ねば》ふ横野の春野」の「鶯」が恋する女に見立てられ、薬狩りの恋の場で逢いたいと「君をかけつつ」春のうちから恋心を訴えている。

夏の薬狩りは、憧れの人に堂々と逢える絶好の機会だったようである。それで、この薬狩りを挟んで、薬狩りで語り合った「垣津《かきつ》幡丹付《はたにつ》らふ君」との再会を願う女人（十一―２５２１）や、薬狩りで叶わなかった男との出会いを薬＝粽・雉の交換にことよせて叶えようとする女人（勢語五十二段、大和百六十四段）がいる一方で、⑧〈紫草《むらさき》の根延《ねば》ふ春野の鶯の歌〉のように薬狩りで好きな男に逢いたいと春から訴える女人もいた。

恋衣の歌と同一発想　⑧〈紫草の根延《ねば》ふ春野の鶯《うぐひす》の歌〉の歌い振りは類型的一般的大衆的で、謡い物・歌謡、あるいは謡い物風であり、四で述べた次の〈恋衣《こひごろも》　著奈良《きなら》の山の鳥の歌〉（十二―３０８８）と同じ発想をとっている。

恋衣《こひごろも》　著奈良《きなら》の山に　鳴く鳥の、
間《ま》なく時なし。我《あ》が恋ふらくは。

恋衣を　着馴《きな》らす―奈良《なら》の山に　鳴く鳥のように、
絶え間もない。わたしの恋は。
（十二―３０８８）

「紫草《むらさき》の根延《ねば》ふ横野の春野」は「恋衣《こひごろも》　著奈良《きなら》の山」に相当し、「君をかけつつ鶯《うぐひす》鳴くも」は「鳴く鳥の間《ま》無く時なし。我が恋ふらくは」に相当している。すなわち両歌とも、色衣・恋衣にかかわる野山にいる鳥が、頻りに恋人を思う者の譬喩になっている。

紫野の鳥獣・草木　以上、⑬〈紫草《むらさき》を草と別《わ》く鹿の歌〉・平安期の〈紫草《むらさき》の一本故《ひともとゆゑ》の歌〉（古今十七―８６７）・〈紫草《むらさき》の色濃《こ》き時の歌〉（古今―８６８、勢語四十一段）・⑧〈紫草《むらさき》の根延《ねば》ふ春野《はるの》の鶯《うぐひす》の歌〉（十一―１８２５）・〈恋衣《こひごろも》着奈良《なら》の山の鳥の歌〉（十二―３０８８）などのように恋衣・紫衣にかかわる紫草が野山にあれば、その紫草《むらさき》はもとより、そこにいる動物＝鹿・鶯・鳥や他の草木までが、恋する者・愛の対象として染め上げられている。このように、紫根染めを踏まえた恋の色としての紫の光芒・オーラが、周縁に放たれている。

　また、⑬〈紫草《むらさき》を草と別《わ》く鹿の歌〉と⑧〈紫草《むらさき》の根延《ねば》ふ春野の鶯の歌〉がうたわれた場は特定できないものの、妻訪いあるいは薬狩りにあるようである。

3　紫の海の玉

紫の海辺　以下の⑰〈紫《むらさき》の粉潟《こがた》の海の鳥と玉の歌〉（十六―３８７０）・⑥〈紫《むらさき》の名高《なたか》の砂地《まなごつち》の歌〉（七―１３９２）・⑦〈紫の名高《なたか》の名告藻《なのりそ》の歌〉（七―１３９６）・⑨〈紫《むらさき》の名高《なたか》の靡《なび》き藻《も》の歌〉（十一―２７８０）の四首は、枕詞の「紫の」が地名の「粉潟《こがた》の海」と「名高《なたか》の浦」に懸かり、これらの海辺を紫の恋で染め上げている。

紫の粉潟の海の玉　まず、次の⑰〈紫《むらさき》の粉潟《こがた》の海の鳥と玉の歌〉（十六―３８７０）は「紫の」が「濃紫《こむらさき》」の「濃《こ》」から「粉潟《こがた》の海」に懸かる例で、粉潟の海の産物＝玉・真珠を上げながら恋を述べている。

⑱紫《むらさき》の　粉潟《こがた》の海に　潜《かづ》く鳥、
玉潜き出《で》ば　我《わ》が玉にせむ。

（紫の）粉潟《こがた》の海に　潜る鳥が、
玉を探し出したら、わたしの玉にしよう。　（十六―３８７０）

紫と濃さ　二で述べたように、「紫」と「濃《こ》」の関係は他にその例を見ない。しかし、次に挙げる〈桃花染《つきそ》めの浅《あさ》らの衣《ころも》の歌〉（十二―２９７０）・〈紅《くれなゐ》の薄染《うすぞ》め衣《ころも》の歌〉（十二―２９６６）・〈紅《くれなゐ》の深染《ふかそ》めの衣《きぬ》の歌〉（十一―２６２４）の三首のように恋衣の染衣に関する「浅《あさ》」・「薄《うす》」・「深《ふか》」の例があるので、染衣の「薄さ」・「濃さ」にも関心が寄せられたろう。

桃花染《つきそ》めの　浅《あさ》らの衣《ころも》、浅《あさ》らかに
思ひて妹に　逢《あ》はむものかも。
鴇色《ときいろ》の　薄染め衣のように、あっさりと
思ってあの娘に　逢ったりしようか。
（十二―２９７０）

紅《くれなゐ》の　薄染《うすぞ》め衣《ごろも》、浅《あさ》らかに
相見《あひみ》し人に　恋ふる頃《ころ》かも。
紅花の　薄染め衣のように、あっさりと
逢ったあの人が　恋しいこの頃だよ。
（十二―２９６６）

紅《くれなゐ》の　深染《ふかそ》めの衣《きぬ》、色深《いろぶか》く
染《し》みにしかばか、忘れかねつる。
紅の　濃染めの衣のように、濃い色に
心に染み込んだせいか、忘れられない。
（十一―２６２４）

いずれも、恋衣・色衣の「浅《あさ》さ・薄《うす》さ」・「深《ふか》さ」が恋情の「浅《あさ》さ・薄《うす》さ」・「深《ふか》さ」を意味しているので、「深《ふか》さ」は「濃《こ》さ」の存在を浮き彫りにしている。こうしてみると、⑰〈紫《むらさき》の粉潟《こがた》の海の鳥と玉の歌〉の恋衣の「紫の」は単に「濃《こ》」に懸かるだけでなく、恋情の「濃《こ》さ」をも導く有心の枕詞だ、とみるべきだろう。

紫衣の濃＝粉潟の海の恋人　また、四で述べた〈岩隠《いはがく》りかがよふ玉の歌〉（六―９５１）のように「玉」＝真珠を女人・恋人に譬える例は多い。とすると⑰〈紫の粉潟の海の鳥と玉の歌〉の歌意は、紫色の濃《こ》い＝愛情の濃《こま》やかな粉潟《こがた》の海に潜ってあさる鳥が玉を拾い出したら、それを私の玉＝恋人にしよう、となる。すなわち、この歌の作者は「粉潟《こがた》の海」の特産品の「玉」を恋衣・紫衣の濃《こ》＝粉潟《こがた》の海の恋人と捉え、粉潟《こがた》で情の濃《こま》やかな恋人と出会うことを期待している。

平安時代の「紫の色濃き」恋　⑰〈紫《むらさき》の粉《こ》潟《がた》の海の鳥と玉の歌〉のように恋衣の「濃紫《こむらさき》」が濃《こま》やかな愛情を意味する発

想は、平安時代に受け継がれている。それは次に挙げる〈濃紫《こむらさき》の元結《もとゆひ》の霜の歌〉（古今十四―６９３・読み人知らず）・〈思ひ濃き色の若紫《わかむらさき》草の根の歌〉（後撰十八―１２７７）・〈紫草の色濃き時の歌〉（古今十七―８６８）・〈元結の濃き紫の色の歌〉（桐壺の巻・左大臣）のように、恋衣の「紫の色濃《こ》き」恋も濃《こま》やかな愛情を意味している。

君来《こ》ずは　閨《ねや》へも入《い》らじ。濃紫《こむらさき》
我《わ》が元結《もとゆひ》に　霜は置くとも。

あなたが来ないならば、わたしは寝屋にも入らないで待っている。濃い紫色の
わたしの元結に　霜が置くほど寒くても。
（古今十四―６９３）

まだきから　思《おも》ひ濃《こ》き色《いろ》に　染《そ》めむとや、
若紫《わかむらさき》草の　根《ね》を尋《たづ》ぬらん。

こんなに早くから　みずからの思いのような濃い色に　染めようと思って、
若紫草の　根を探しているのか。
（後撰十八―１２７７）

妻《め》のおとうとを持《も》て侍《はべ》りける人に、袍《うへのきぬ》を贈るとて、詠《よ》みてやりける

紫草《むらさき》の　色濃《こ》き時は、目もはるに
野なる草木ぞ　わかれざりける。

紫草の根の　色が濃い時には、目もはるかに見える芽を張っている
野辺の草木までも　紫草と区別なしに思われるよ。
（古今十七―８６８）

結びつる　心も深き　元結《もとゆひ》に、
濃き紫《むらさき》の　色し褪《あ》せずは。

結びこめた　末長い約束も深い　元結なので、
その縁《ゆかり》の濃い紫の　色がかわらぬように
源氏の心が変わらなければどんなにうれしいか。
（桐壺の巻・左大臣）

まず一首目の作者・女性は、「濃紫《こむらさき》」の「元結《もとゆひ》」を結っている。そしてこの作者は「霜は置くとも」「君来ずは閨《ねや》へも

入《い》らじ」といっているので、「濃紫《こむらさき》」の「濃《こ》」には女の愛情の濃《こ》さも込められている。

また二首目の作者・男性は、「若紫草《わかむらさき》の根」で恋衣を「濃《こ》き色」に「染め」ようとしているので、この若紫草《わかむらさき》の「濃《こ》き色」は若い女に対する男の濃《こ》い恋情を表している。

また三首目も二首目とほぼ同趣旨で、野に生える紫草《むらさき》・紫根で恋衣を染め出す色が濃《こ》い時＝妻への愛情が深い時は、目の届く遥か遠くまで野の草木と紫草《むらさき》の区別がつかない＝妻の縁者は他人と思えない、と述べる。

そして四首目の初元結の「濃《こ》き紫の色」も、光源氏の濃《こま》やかな愛情の比喩になっている。

4　謡い物としての海の玉の歌

筑前圏の謡い物　釈注八［伊藤博］によると、⑰〈紫の粉潟《こがた》の海の鳥と玉の歌〉（十六―３８７０）は前の歌群、すなわち志賀《しか》の白水郎《あま》集団の生活圏でうたわれた「筑前国《つくしのみちのくに》の志賀の白水郎《あま》の歌十首」（十六―３８６０～３８６９）に引き続く筑前圏の謡い物であり、この⑰の歌に続く〈角島《つのしま》の瀬戸の若布《わかめ》の歌〉（十六―３８７１）は確実にその歌群に入っている。したがって⑰〈紫《むらさき》の粉潟《こがた》の海の鳥と玉の歌〉（十六―３８７０）は志賀の白水郎《あま》たちの見聞をもとにして生まれた歌で、彼ら志賀の白水郎《あま》たちによって折々に詠われたろう、と述べている。これは正鵠を射ていよう。

催馬楽の〈紀の国〉　⑰〈紫《むらさき》の粉潟《こがた》の海の鳥と玉の歌〉（十六―３８７０）の類想歌として、次の〈紀の国〉（催馬楽《さいばら》33）の前半部がある。

紀《き》の国《くに》の　白良《しらら》の浜《はま》に、
ま白良《しらら》の浜《はま》に　降《お》りゐる鷗《かもめ》。
はれ、その珠《たま》持《も》て来《こ》。
風しも吹《ふ》けば、余波《なごり》しも

紀の国の　白浜に、
白浜に　降りている鷗よ。
はれ（囃子詞）、そこの海中にある珠を持って来い。
風も吹くから、余波も

立《た》てれば、水底《みなぞこ》霧りて、　　立つので、海底が曇って、
はれ、その珠《たま》見えず。　　はれ、その珠が見えない。
（催馬楽33）

海鳥＝鷗に「珠《たま》」＝真珠を取ってくるように要求すると、風が強くて波が立ち、水底も不透明なので玉が見えない、と答えている。この歌謡の面白さは、「珠《たま》」＝真珠を素敵な女人に譬えて男がこれを手中にしようとし、そう易々《やすやす》と恋人は手中にできないと女がいなしているところだろう。

海の底にある白玉　このような男女の掛け合いが催馬楽《さいばら》にもあるので、民間でこのような歌謡が好まれた、と想定できる。例えば、次に挙げる〈海《わた》の底沈《しづ》く白玉《しらたま》の歌〉（七―1317）をはじめとする「玉に寄する」譬喩歌一首は、その類想歌ではなかろうか。

海《わた》の底　沈《しづ》く白玉《しらたま》、風吹きて　　海の底に　沈んでいる真珠を、風が吹いて
海は荒るとも、取らずは止《や》まじ。　　海は荒れても、取らずには置かぬ。
（七―1317）

この歌は〈紀の国〉（催馬楽33）の前半と同一主旨を持ち、あるいはまた〈紀の国〉の続きとしても通用しそうである。この種の歌・歌謡は、地名を入れ替えながら各地を流伝しやすい。

海に潜く鳥の玉の歌　こうしてみると、⑰〈紫の粉《こ》潟《がた》の海の鳥と玉の歌〉は民間のこのような男女の掛け合いの片割れではなかろうか。⑰〈紫《むらさき》の粉《こ》潟《がた》の海の鳥と玉の歌〉で海に潜《かづ》く鳥が玉＝真珠を取得したら「我《わ》が玉にせむ」とうたうと、〈紀の国〉の後半部で風が吹いて余波《なごり》が立つので、水底《みなぞこ》が曇ってその玉が見えないとうたってもよいほどに、そのうたい振りは類型的一般的で、典型的な謡い物・歌謡になっている。

難波の海の玉　この民間の男女の掛け合いの謡い物は宮廷人にも愛好され、〈岩隠《いはがく》りかがよふ玉の歌〉（六―951）に

対する〈韓衣着奈良《きなら》の里の松の歌〉（六―952）もその例である。この二首は四首一組の一部なので、次にその全体を上げる。

（神亀）五年戊辰《ぼしん》、難波《なには》の宮《みや》に幸す時に作る歌四首

大君《おほきみ》の　境《さか》ひたまふと　山守《やまもり》置き　　天皇が　境界を定められるために　山番《やまばん》を置き
守《も》るといふ山に、入らずは止《や》まじ。　　見張っているという山でも、入らずにはおかぬ。（六―950）

見渡せば　近きものから、岩隠《いはがく》り　　見渡せば　間近いけれども、岩に隠れて
かがよふ玉を、取らずは止まじ。　　きらめく玉を　取らずにはおかぬ。（951）

韓衣《からころも》　着奈良《きなら》の里の　夫《つま》まつに、　　韓衣を　着馴《きな》らす―奈良《なら》の里の　夫待《ま》つ―松《まつ》の木に、
玉をし付けむ　よき人もがも。　　玉を付けてくれる　よい人がいればいい。（952）

さ雄鹿《をしか》の　鳴くなる山を　越え行かむ　　牡鹿が　鳴いている山を　越えて行く
日だにや君が　はた逢《あ》はざらむ。　　日さえもあなたは　あるいは逢ってくださらないのではなかろうか。（953）

右、笠《かさ》の朝臣《あそみ》金村《かなむら》の歌の中に出づ。或《ある》は云はく、車持《くるまもち》の朝臣《あそみ》千年《ちとせ》の作なり、といふ。

宴席での座興の応酬　釈注三［伊藤博］は、この四首の歌の詠まれた場を想定しながら、以下のように解釈している。前の二首は男の立場の譬喩歌で、女官に激しく求愛している。その迫り方は一首目が山を持ち出しているのに対して、二首目は難波の海の「玉」を持ち出して変化を持たせている。後の二首は女の立場の歌で、前の二首にしっぺ返しをし

ている。その否み方は、三首目が海の「玉」を持ち出しているのに対して、四首目は山を持ち出している。

すなわち、一人目の官人が対座する女官に一首目の〈山守の歌〉（950）で求愛すると、その女官が四首目の〈さ雄《を》鹿《しか》の鳴く山の歌〉（953）をうたっていなしている。また二人目の官人が対座するもう一人の女官に二首目の〈岩隠りかがよふ玉の歌〉（951）で求愛すると、その女官が三首目の〈韓衣　着《からころもき》奈良《なら》の里の松の歌〉（952）をうたっていなしている。右の四首一組は、このように難波の宮の宴席で対座する男女四人セットによって波紋型にうたわれて披露されたもので、もとより座興の歌である。

宮廷歌人の代作・演出　左注によるとこれらの歌の実作者は、前の二首を官人の立場で宮廷歌人の金村《かなむら》が代作し、後の二首を女官の立場で同じく宮廷歌人の千年《ちとせ》が代作したろう。またその演出された絶妙な応酬によって、宴席への参列者から拍手喝采を得たろう。そして、「座興をとりもつかような裏芸によって宮廷人を楽しませるのは、宮廷歌人の役割の一つで、それは、初期万葉の額田王以来の伝統であった」。以上のように伊藤博は述べている。これは額田の王の①〈茜指《あかねさ》す紫野の歌〉（一―20）の作歌事情をも踏まえており、正鵠を射た解釈だろう。

海の玉の類歌　この〈岩隠《いはがく》りかがよふ玉の歌〉（六―951）は宮廷人の作ながら、民間の謡い物である前述の⑰〈紫の粉潟《こがた》の海の鳥と玉の歌〉や〈海《わた》の底沈《しづ》く白玉《しらたま》の歌〉（七―1317）とほぼ同じ趣向をとっている。そして〈岩隠《いはがく》りかがよふ玉の歌〉（六―951）の答歌として、〈紀の国〉（催馬楽33）の後半部「凪しも吹けば　余波《なごり》しも立てれば　水底霧《みなぞこき》りて、はれ　その珠《たま》見えず」が入ってもいいほどである。

恋の紫の濃＝粉潟の海　このように、海に「玉」があって＝素敵な女人がいて、この玉を入手したい＝恋人にしたいと述べ、これに答えてその恋心をいなす粋な恋の歌謡が、海辺を舞台にして万葉人に愛好されていれば、なんらかの縁さえ得れば恋の紫がこの歌謡・歌と容易に合体しうる。⑰〈紫《むらさき》の粉潟《こがた》の海の鳥と玉の歌〉の場合、その縁とは濃《こま》やかな恋情を意味する「濃紫《こむらさき》」と「粉潟《こがた》の海」の語呂合わせだった。

このように、濃やかな恋情を意味する「濃紫《こむらさき》」、すなわち紫根染めを踏まえた恋の色としての紫の光芒は、ここでも周縁に放たれ、主題の恋を増幅している。

5　紫の名高の浦の産物

紫の名高の浦の産物　次いで、「紫の名高の浦」でうたい出される⑥〈紫の名高の砂地《まなごつち》の歌〉（七―１３９２・譬喩歌）・⑦〈紫の名高《なたか》の名告藻《なのりそ》の歌〉（七―１３９６・譬喩歌）・⑨〈紫の名高の靡き藻《も》の歌〉（十一―２７８０）の三首は、「紫の」が「名高《なたか》の浦」（現和歌山県海南《かいなん》市名高）に懸かる例で、名高の浦の産物の砂地《まなごつち》・名告藻《なのりそ》・藻《も》を上げながら恋を述べている。

⑥紫《むらさき》の　名高《なたか》の浦《うら》の　砂地《まなごつち》、
袖のみ触れて　寝ずかなりなむ。
（紫の）名高の浦の　砂地に、
袖だけ触れて　寝ずじまいになるのではなかろうか。
（七―１３９２）

⑦紫《むらさき》の　名高《なたか》の浦《うら》の　名告藻《なのりそ》の、
磯に靡《なび》かむ　時待つ我《われ》を。
（紫の）名高の浦の　名告藻《なのりそ》が、
磯に靡いて来る　時を待つわたしだ。
（七―１３９６）

⑨紫《むらさき》の　名高《なたか》の浦《うら》の　靡《なび》き藻《も》の、
心は妹《いも》に　寄りにしものを。
（紫の）名高の浦の　靡《なび》き藻《も》のように、
心はあの娘《こ》に　寄りついてしまったよ。
（十一―２７８０）

一首目の名高《なたか》の浦の「砂地《まなごつち》」＝細かい砂地は「最愛子《まなご》」に通じ、その最愛子《まなご》に袖だけ触れて共寝しないままになるのではないか、と懸念している。

二首目の名高《なたか》の浦の産物・「名告藻《なのりそ》」＝ほんだわらは女人の譬喩で、この恋人が自分に「靡く」のを待つ、と述べている。

三首目の名高《なたか》の浦の産物・「靡き藻」は自分の恋心の譬喩で、この恋心が「妹に寄」った、と述べている。

恋の色で名高い紫　通説では、「紫の」が「名高の浦」に懸かるのは、大和朝廷の定めた服色令が高位高官の者にのみ特別に着用を許された名高い紫衣だからだという。

しかし、以上の紫の歌から総合してみると、紫が恋の色として名高かったことに由来している、とみるべきである。

このように恋で染め上げられた名高の浦こそ、これら三首の主題である恋の舞台として相応しい。

恋衣の染料の砂地　「紫の名高《なたか》の浦」ではじまる三首について、さらに考えてみたい。

まず一首目の⑥〈紫の名高《なたか》の砂地《まなごつち》の歌〉の「砂地《まなごつち》」は「砂《まなご》」ともいい、これに触れると色が染まる。次の〈玉津島《たまつしま》の砂《まなご》に丹穂《にほ》ふ歌〉（九—1799・挽歌・柿本の朝臣人麻呂の歌集）はそれを示している。

玉津島《たまつしま》　磯の浦廻《うらみ》の　砂《まなご》にも、
丹穂《にほ》ひて行かな。妹も触れけむ。

玉津島の　磯の浦辺の　細砂《まさご》にも、
染まって行こう。妻も触れたことだろうから。
（九—1799）

紀伊《き》の国の玉津島《たまつしま》の磯の浦辺の砂《まなご》にも染まって行きたい、今は亡き愛妻も触れたろうから、と述べている。ここの「丹穂《にほ》ふ」は「砂《まなご》」に触れることによって衣が染まる意である。人麻呂夫妻は、旅の記念としてこの特産品を衣に染めている。

恋衣の染料の黄土　これらの「砂地《まなごつち》」や「砂《まなご》」に類いするものに「黄土《はにふ》」があり、次の〈住吉《すみよし》の岸の黄土《はにふ》に丹穂《にほ》はす歌〉（一—69）ではこれで旅人の衣を染めようとしている。

太上天皇《おほきすめらみこと》（持統天皇）、難波の宮に幸《いでま》す時の歌（うち一首）

草枕《くさまくら》　旅行く君と　知らませば、
（草枕）旅行く方と　知っていたら、

岸の黄土《はにふ》に　丹穂《にほ》はさましを。　岸の黄土で　衣を染めてあげればよかったのに。　（一—69）

右の一首、清江《すみのえ》の娘子《をとめ》、長《なが》の皇子《みこ》に進《たてまつ》りしなり。姓氏未だ詳《つばひ》らかならず。

ここでは、旅行く方と知っていたら、特産の住吉《すみよし》の岸の「黄土《はにふ》」でその衣を染めてあげればよかった、と述べている。この歌の真意は、地元の特産品の「黄土《はにふ》」を紹介しながら、それでお客さんの恋衣を染めてあげる＝恋人になってあげるのに、と媚態を示すところにある。この歌は遊行女婦《うかれめ》一流の座興の歌で、遊行女婦の清江《すみのえ》の娘子《をとめ》が行幸の宴席で長《なが》の皇子《みこ》にしなだれかかって披露したのだろう。

なお、旅先での染料で恋衣を染める＝恋を成就することを述べる類例としては、四で挙げた〈旅衣を丹穂《にほ》はす萩の歌〉（八—１５３２）の「草枕旅行く人も、行き触《ふ》れば丹穂《にほ》ひぬべくも、咲ける萩かも」がある。

女人の譬喩　このように黄土《はにふ》による染め衣が恋衣になると、次の〈真若の砂地《まなごつち》の歌〉（十二—３１６８）のようにその染料＝砂地《まなごつち》が恋する女人の譬喩にもなる。

衣手《ころもで》の　真若《まわか》の浦《うら》の　砂地《まなごつち》、　（衣手の）真若の浦の　砂地《まなごつち》、
間《ま》なく時なし。我《あ》が恋ふらくは。　間《ま》なく時もない。わたしの恋は。　（十二—３１６８）

この歌は、「砂地《まなごつち》」と「間《ま》なく」の「まな」の語呂合わせにだけ注目されがちである。しかし真若の浦の「砂地《まなごつち》」は、「最愛子《まなご》」と通じて恋人の譬喩にもなっている。色衣・恋衣を染め出す染料・原料を愛しい女人に見立てる譬喩の類例は、「垣津幡《かきつはた》」（七—１３４５）・「小水葱《こなぎ》」（三—４０７）・「萩《はぎ》」（八—１５３２）・「土針《つちはり》」（七—１３３８）・⑬「紫草《むらさき》」（十二—３０９９）にも見え、「砂地《まなごつち》」もその一類である。諸説では初句「衣手《ころもで》の」の落ち着きが悪いものの、「衣手《ころもで》」を恋衣として染める「砂地《まなごつち》」とつながるので、「衣手《ころもで》の」は「砂地《まなごつち》」に懸かると見るべきである。この恋歌は旅先の産物の「砂地《まなごつち》」

で染めた恋衣を下地にして、旅先の娘＝最愛子《まなご》をひたすら恋慕する、と述べている。

「衣手」＝恋衣を着る「最愛子」 また前述したようにこの〈真若《まわか》の砂地《まなごつち》の歌〉（十二―３１６８）は、恋衣を踏まえて「間《ま》なく時なし。我《あ》が恋ふらくは」と述べる点で、「恋衣《こひごろも》 着奈良《きなら》の山に鳴く鳥の、間《ま》なく時なし。我《あ》が恋ふらくは」の歌（十二―３０８８）との類歌性が高い。

してみると、「砂地《まなごつち》」に懸かる「衣手《ころもで》の」の「衣手《ころもで》」を恋衣にして着る恋する女人が真若の浦の「最愛子《まなご》」ということになり、この女人に旅の男が恋していることになる。

報われない恋の諧謔3 以上から、⑥〈紫の名高《なたか》の砂地《まなごつち》の歌〉の歌意が鮮明になってくる。すなわち、土地の産物の「砂地《まなごつち》」で恋衣を染めたものの、その「砂地」＝最愛子《まなご》と共寝できそうもない、と述べている。この主旨・趣向は恋の草臥《くたび》れ儲け・報われない恋の諧謔であり、笠の郎女《いらつめ》の③「託馬野《つくまの》の紫草《むらさき》の歌〉（三―３９５）や東歌⑮〈紫草《むらさき》の根《ね》と寝《ね》の歌〉（十四―３５００）と同じである。

藻の靡き・寄り 次に二・三首目の⑦〈紫の名高《なたか》の名告藻《なのりそ》の歌〉と⑨〈紫の名高《なたか》の靡き藻《なびきも》の歌〉の類歌として、以下のように〈明日香川《あすかがは》の玉藻《たまも》の靡《なび》きの歌〉（十三―３２６７）・〈水底《みなそこ》の玉藻《たまも》の靡《なび》きの歌〉（十一―２４８２）・〈波のむた靡《なび》く玉《たま》藻《も》の歌〉（十二―３０７８）などの諸例があり、類歌性が高い。

明日香川《あすかがは》　瀬瀬《せぜ》の玉藻《たまも》の、打《う》ち靡《なび》き
心は妹《いも》に　寄りにけるかも。　（十三―３２６７）
明日香川の　瀬々の玉藻のように、靡いて
心はあなたに　寄ってしまったことだよ。

水底《みなそこ》に　生《お》ふる玉藻《たまも》の、打《う》ち靡き
心は寄りて　恋ふるこの頃《ころ》。　（十一―２４８２）
水の底に　生える玉藻のように、打ち靡いて
心は寄って　恋するこの頃。

波のむた　靡《なび》く玉藻《たまも》の、片思《かたもひ》に
我《あ》が思《おも》ふ人の　言《こと》の繁《しげ》けく。

波とともに　靡く玉藻のように、片思いに
わたしが思う人は　噂が高いことだ。
（十二―３０７８）

いずれも「玉藻《たまも》」は恋する者の譬喩であり、「藻の靡き」は恋心の「靡き」・「寄り」・「片思ひ」を示している。

流伝する海辺の謡い物　以上、「紫の名高《なたか》の浦の」を共有し、その浦の特産品＝砂地《まなごつち》・名告藻《なのりそ》・藻《も》を織り込む⑥〈紫の名高《なたか》の砂地《まなごつち》の歌〉・⑦〈紫の名高《なたか》の名告藻《なのりそ》の歌〉・⑨〈紫の名高《なたか》の靡《なび》き藻《も》の歌〉も、⑰「紫の粉潟《こがた》の海の鳥と玉の歌〉と同様に、「名高の浦」での恋をその地の特産品を通じて述べている。そしてこの種の歌・歌謡も、地名やその他の特産品＝染料・海藻などを入れ替えながら流伝しやすい。そして時には、男女の掛け合いの謡い物を生み出し得る。

改作の手法　例えば、難波の遊行女婦《うかれめ》の清江《すみのえ》の娘子《をとめ》がうたった「草枕旅行く君と知らませば、岸の黄土《はにふ》に丹穂《にほ》はさましを」（一―69）と、旅の男が紀州の名高《なたか》の浦でうたった⑥「紫の名高《なたか》の浦の砂地《まなごつち》、袖のみ触れて、寝ずかなりなむ」（七―１３９２）は、これに少々手を加えると贈答歌の傑作たりえよう。

ではどこに手を加えるかというと、地名をどこかの浦に統一し、またその土地の特産の染料も「黄土《はにふ》」・「砂地《まなごつち》」・植物などのどれかに統一すれば、この二首は旅先の遊行女婦《うかれめ》と旅の男の絶妙な恋の掛け合いとしてどこでも通用することになる。すなわち、ある土地の女人が地元の染料で「丹穂《にほ》はさましを」＝恋衣を染めてやる・恋を成就させると謡い掛けると、旅の男がその染料に「袖のみ触れて寝ずかなりなむ」＝袖を染めるだけで恋を成就させないだろうと応酬していることになる。

恋の紫で名高い浦　このように、類歌性の高い恋歌が海辺でよくうたわれていれば、やはりなんらかの縁さえ得れば恋の紫がこれらの恋歌と容易に合体しうる。

「紫の名高《なたか》の浦」からうたい出される⑥〈紫の名高《なたか》の砂地《まなごつち》の歌〉・⑦〈紫の名高《なたか》の名告藻《なのりそ》の歌〉・⑨〈紫の名高《なたか》の靡《なび》き藻《も》の歌〉の場合、その縁とは「紫」が恋の色として「名高《なたか》」いという語呂合わせだった。そのあり方は⑰〈紫の粉潟《こがた》の海の鳥と玉の歌〉の場合と同じで、ここでも紫根染めを踏まえた恋の色としての紫の光芒・オーラが周縁に放たれ、主題の恋を増幅している。

6　周縁に放つ紫の光芒

周縁に放つ紫の光芒　以上、紫野の鹿と鴬をうたう⑬〈紫草《むらさき》を草と別《わ》く鹿《しか》の歌〉（十二—3099）・⑧〈紫草の根延《ねば》ふ春野の鴬《うぐひす》の歌〉（十—1825）の二例、ならびに海や浦の玉や砂地《まなごつち》・名告藻《なのりそ》・靡き藻をうたう⑰〈紫の粉潟《こがた》の海の鳥と玉の歌〉（十六—3870）・⑥〈紫の名高の砂地《まなごつち》の歌〉（七—1392）・⑦〈紫の名高《なたか》の名告藻《なのりそ》の歌〉（七—1396）・⑨〈紫の名《な》高《たか》の靡《なび》き藻《も》の歌〉（十一—2780）の四例は、妻訪いの恋衣として紫衣を用いる習俗、ならびに年中行事の小忌《をみ》衣《ごろも》・恋衣として紫衣を用いる習俗を基盤にし、「紫草《むらさき》」・「紫草《むらさき》の根《ね》」・「紫《むらさき》」というだけで恋情が絡んでいる。すなわち、紫根染めを踏まえた恋の色としての紫の光芒・オーラが周縁に放たれ、「紫草《むらさき》」が愛する女人、紫野にいる鹿が恋する男、「紫草《むらさき》の根《ね》」の繁茂する春野の鴬が恋する女人に染め上げられ、枕詞「紫の」を冠した「粉潟《こがた》の海」の玉と「名高《なたか》の浦」の特産品も、恋の海辺に染め上げられている。そして、これらの歌の発想の場は、妻訪い、宴席、あるいは薬狩りにある。

一四　在来文化と外来文化の融合

1　服色令と恋衣の発想

外来文化・服色令　紫の歌一七首のうち次の④〈韓人《からひと》の衣《ころも》に染《そ》むる紫の歌〉（四—569・相聞）が唯一、外来文化を直接取り込み、宮廷の「服色令」を念頭に置く例である。

太宰《だざい》の帥大伴《そちおほとも》の卿、大納言に任ぜられ、京に入らむとする時に、府の官人ら、卿を筑前の国の蘆城《あしき》の駅家《はゆまうまや》に餞《せん》す歌四首（う

ち一首）　大典麻田《だいてんあさだ》の連陽春《むらじやす》

④韓人《からひと》の　衣染《ころもそ》むといふ　紫の、
心に染《し》みて　思ほゆるかも。

韓人が　衣を染めるという　紫の色のように、
心に染みて　君が懐かしく思われる。
（四―569・相聞）

太宰府《だざいふ》は大陸への出入り口の役所で、大陸文化との接触が最も濃密な場所である。その太宰府の帥《そち》＝長官を務めた正三位大伴《おおとも》の旅人《たびと》が栄転して都に帰任する時の宴で、彼の部下だった大典麻田《だいてんあさだ》の連《むらじ》陽春が旅人に惜別の④〈韓人《からひと》の衣《ころも》に染《そ》むる紫の歌〉を贈った。

渡来人　麻田の陽春は、百済《くだら》からの渡来人の答本《たふほん》の春初の子であり、神亀元年（七二四）に正八位上であった時に、麻《あさ》田《だ》の連《むらじ》の姓《かばね》を賜っている。大典は太宰府の四等官で、正七位上に相当している。彼は、後に「外従五位下石見守〜年五十六」になっている。彼の漢詩一首が『懐風藻』に収められている。その出自に基づく彼の語学力や教養は、大陸との外交の拠点である太宰府で有効に活用されたであろう。

外来文化　そしてその教養を裏付けるように、⑴彼の理解する紫は歌の上二句「韓人《からひと》の衣染《ころもそ》むといふ紫」であり、ここの紫染めは大陸渡来の染色文化であった。この認識は陽春のみならず、太宰府の官人たちの認識としても、紫染めは大陸渡来の文物だったろう。事実、三で述べたように貴族社会での「紫染め」は、外来文化・帰化文化の華だった。

服色令　また、⑵彼らは大陸の思想を継承した服色令の紫が三位以上の高位高官の服色であり、旅人がその衣を着用できる正三位であることも熟知していた。すなわち、この服色令に示された紫は高貴さの象徴であり、極めて抽象化されている。

このように彼のうたった惜別の歌の上三句は、外来文化を濃密に享受できる支配階級における右の二点をおさえて、陽春は上官の旅人の人柄を「紫の心に染《し》みて思ほゆ」と真情を吐露した。すなわち、ここの「紫」は旅人であり、旅人の人柄が作者・陽春の心に染しみるという。

在来の恋衣の発想　しかし、恋歌においては色衣を「染《そ》む」という表現は「恋心を抱く」の譬喩だった。とすると、「衣染《そ》むといふ紫の心に染《し》みて思ほゆるかも」は、民間の恋衣・染衣の恋歌の伝統の延長線上にあり、その型を継承している。すなわち、恋人を恋慕して恋衣・紫衣を染めたことを下地にして、恋人に等しい「紫」、すなわち旅人が陽春の心に「染《し》みて」慕わしいという。このように、④〈韓人《からひと》の衣《ころも》に染《そ》むる紫の歌〉の発想は類型的であり、したがってその歌い振りも一般的大衆的である。

在来文化と外来文化の融合　こうしてみると、外来文化・帰化文化を直接に享受できた貴族社会の紫を述べたこの唯一の例にしても、在来の民俗の恋衣・染衣の恋歌の伝統の範疇にある。すなわち、太宰府の官人が旅人に贈った紫の惜別の歌は、在来の恋の色と外来文化を享受した貴族社会の色・服色令の色が融合してできている。

2　恋衣の恋情表現の転用

慕わしい奈良の旧都　次の〈紅《くれなゐ》に染《し》みにし心の歌〉（六―1044・雑歌）は、④〈韓人《からひと》の衣《ころも》に染《そ》むる紫の歌〉のあり方と似た位相にある。

奈良の京《みやこ》の荒墟《くわうきよ》を傷《いた》み惜しみて作る歌三首（うち一首）　作者審《つばひ》らかならず

紅《くれなゐ》に　深く染《し》みにし　心かも。　　紅に　色深く染まるように馴染んだ　気持ちであるよ。
奈良の都に　年の経《へ》ぬべき。　　今の寂れた奈良の都に　年が過ごせようか。　（六―1044）

この歌の前後をみると、作者は奈良の都を捨てて彷徨する聖武朝に仕える中央の官人である。作者はかつて栄えた奈良の都を「紅《くれなゐ》に深く染《し》み」て慕っている。すなわち、ここの「紅」は都であり、都が作者の心に染みるという。

恋衣の恋情表現の転用　しかし、恋歌においては色衣を「染《し》む」という表現は「恋心を抱く」の譬喩だった。とすると、上二句の「紅に深く染《し》みにし」も、民間の恋衣・染衣の恋歌の類型の延長線上にあり、その型を継承している。すなわち、恋人を恋慕して恋衣・紅衣を染めたことを下地にして、恋人に等しい「紅《くれなゐ》」＝都が作者の心に「深く染《し》みて」慕わしいという。それで、今は荒廃している奈良の都に年月を過ごそうという気になれない、と述べる。このように、在来の恋衣・染衣の恋歌の類型的な恋情表現を転用して、恋とは異なる主題＝旧都愛着を盛り込んでいる。

元服の紫から出世の紫へ　平安時代になると、元服式の「紫の初元結《はつもとゆひ》」から服色令で定める「紫衣」が着られる高位高官を連想し、出世を予祝する歌を詠みはじめる。次に挙げる〈初元結《はつもとゆひ》の濃紫《こむらさき》が衣に移《うつ》る歌〉（拾遺五—272・賀）と〈濃紫《こむらさき》棚引《たなび》く雲の歌〉（拾遺十八—1170・雑賀）は、その例である。

三善《みよし》のすけたゞ冠《かうぶり》し侍《はべ》りける　能宣《よしのぶ》

結《ゆ》ひ初《そ》むる　初元結《はつもとゆひ》の　濃紫《こむらさき》、　元服して髪を初めて結い上げる　初元結の　濃い紫色が、
衣の色に　移《うつ》れとぞ思《おも》ふ。　衣の色に　移って将来出世すればよいと思う。　（拾遺五—272）

この〈初元結《はつもとゆひ》の濃紫《こむらさき》が衣に移《うつ》る歌〉は、元服して髪を初めて結い上げ、濃い紫色の元結で結ぶ、その紫色が衣の色に移り、将来出世してほしい、と予祝している。一〇で述べたように「濃紫の初元結」は、成人戒の小忌衣の後身であり、元服して性を行使できることを示す恋衣の一類であった。しかしここでは、その「濃紫の初元結」から同じ衣類の「紫の袍《はう》」を連想し、服色令で定めた「紫の袍」を着られる高位高官に出世せよ、と将来を祝福している。平安中期では袍の色は一位が濃紫、二位、三位が浅紫である。

人の元服《かうぶり》し侍《はべ》りけるに　元輔《もとすけ》

濃紫《こむらさき》　棚引《たなび》く雲を　導《しる》べにて、　濃い紫色に　棚引いている雲を　道標《みちしるべ》にして、

位の山の　峰を尋《たづ》ねん。　（拾遺十八—1170）

位の山の　峰を尋ねよう。

この〈濃紫《こむらさき》棚引《たなび》く雲の歌〉は、濃い紫色に棚引《たなび》いている雲を道導《みちしる》べにして、位の山の峰・頂上を尋ねよう、と述べている。この歌は元服式で詠まれているので、元服する若者の「濃紫の初元結」から瑞祥の「紫雲」を連想し、やはり位の山の峰、すなわち官位の頂点である一位・太政大臣に栄進することを予祝している。瑞祥の「紫雲」は、中国から渡来した思想である。

以上の二首は、元服・成人戒の「濃紫の初元結」が本来もっている自由恋愛から、服色令の紫がもっている高貴・出世・栄達へと傾斜している。この点でこの二首の手法は、本来恋衣だった紫衣を服色令に示される高位高官の紫衣に読み替えた④〈韓人《からひと》の衣《ころも》に染《そ》むる紫の歌〉（四—569）の手法と共通している。

服色令を踏まえた出世の祝福　次の〈濃《こ》き紫の色を着る歌〉（後撰十五—1111）になると、「濃《こ》き紫の色」は成人戒などに付随する恋を払拭して服色令を踏まえた出世の祝福だけになっている。

庶明《もろあきら》の朝臣中納言になり侍《はべ》りける時、うへの衣《きぬ》つかはすとて　右大臣（師輔《もろすけ》）

思《おも》ひきや。君が衣を　脱《ぬ》ぎ換《か》へて、　思いもしなかったよ。あなたが今までの四位が着る衣を　脱ぎ換えて、

濃《こ》き紫の　色を着《き》むとは。　三位になって濃い紫の　衣を着ようとは。　（後撰十五—1111）

「君」が思いがけなくも四位の者が着る衣を脱ぎ替えて三位の者が着る濃紫《こむらさき》の衣を着用した、すなわち三位に出世した、と祝福している。『後撰和歌集』［片桐洋一］の注によると、「令によれば「濃き紫」を着るのは一位に限られ、中納言相当の従三位は薄紫であったが、この時代には三位までが濃紫を着ていたといわれる」とある。

こうしてみると、太宰府の官人・麻田《あさだ》の陽春《やす》が詠んだ④〈韓人《からひと》の衣《ころも》に染《そ》むる紫の歌〉は、恋の色の紫から出世・栄達

の紫を導いた先駆けといえるだろう。

一五　結び

大衆的国民的な歌　紫の歌すべてに纏綿する恋情、紫の原初的物象的あり方、作者未詳の類型的な歌の多さ、収載されている巻、部立・歌われ方の傾向をみると、生活に密着した染め衣の紫を仲立ちにして、多くは譬喩ないしは寄物陳思＝物に寄せて思ひを陳《の》ぶるの手法で類型的に恋をうたい、その歌の多くは大衆的国民的な基盤から生まれていて、謡い物・歌謡、あるいは謡い物風である。

外来文化・貴族文化への憧憬　また、貴族社会における紫のあり方をみると、それは大陸から渡来した紫であり、公的で概念的抽象的である。そこで、この外来文化の影響下にある貴族文化の紫に憧れた無名の人々が、紫を恋歌に詠もうとした、という説が出ている。

在来文化の恋衣　しかし、右の説には資料に片寄りがあり、容易に認めがたい。万葉の庶民的原始的な花摺り＝垣津《かきつ》幡《はた》・月草《つきくさ》・小水葱《こなぎ》などの花摺りや、葉摺り＝土針《つちはり》の葉摺りによる摺り衣・斑《まだら》の衣《ころも》の恋歌をみると、恋の現場で恋する男女が摺り衣を着て相逢っており、その衣は用途から「恋衣《こひごろも》」といわれ、その一類として「韓《から》（唐）衣《ころも》」＝大陸風の衣がある。

妻訪いの習俗からの発想　また、花摺り・葉摺りを詠む多くの歌、斑《まだら》の衣《ころも》・韓《から》（唐）衣《ころも》を詠む歌、紫を詠む⑯〈竹取の翁の長歌〉（十六―３７９１）・⑩〈紫の帯の歌〉（十二―２９７４）・⑮〈紫草《むらさき》の根《ね》と寝《ね》の歌〉（十四―３５００）・⑪〈紫の下紐の歌〉（十二―２９７６）・③〈託馬野《つくまの》の紫草の歌〉（三―３９５）の五首を総合してみると、これらの歌は恋衣・紫衣を纏って妻訪いしたり、恋人・夫を迎えたりする習俗・場から発想されている。すなわち、男女が相逢っている恋の現場、あるいはその周辺の叙述であり、その恋衣としての紫衣から恋詞《れんし》の「紫の色に出《い》づ」が発想され、また「摺る」・「染む」・「着る」などが「恋心を抱く」・「恋が成就する」の譬喩になり、さらに恋人賛美の「垣津《かきつ》幡丹《はたに》付《つ》らふ妹《いも》・君」などを生んでいる。

　また、恋衣の紫根染めを背景にした妻訪いをめぐる恋歌から、『源氏物語』若紫《わかむらさき》の巻の若紫像が造形されている。また、恋衣として紅衣と紫衣のいずれを着て妻訪うかと述べる風俗歌《ふぞくうた》の「たたらめ」の本旨は、どの女を妻として選択するかということで、ここに「色好み」のプロトタイプが示されている。そして、光源氏の色好みはその究極の姿である。

年中行事からの発想　また、花・葉摺りを詠む若干の歌や紫を詠む⑭〈灰指《はひさ》す紫の歌〉（十二―３１０１）・①〈茜指《あかねさ》す紫野の歌〉（一―20）・②〈紫の丹穂へる妹の歌〉（一―21）・⑤〈紫の糸の歌〉（七―１３４０）・⑫〈紫の斑《まだら》の縵の歌〉（十二―２９９３）の五首を総合してみると、これらの歌は紫衣・青摺《あをず》りの衣＝山藍摺《やまあゐず》りなど小忌衣《をみごろも》を着用する年中行事＝歌垣、頭《つめ》の遊び、成人戒・成女戒を付属させる薬狩りの場から発想されており、それらの年中行事に恋の要素があるので、その小忌衣に恋情が伴い、恋衣にもなっている。すなわち、男女が相逢っている恋の祭りの現場の叙述であり、その小忌衣・恋衣としての紫衣から恋詞の「紫の色に出《い》づ」、あるいはその変形「紫は灰指《はひさ》すものそ」が発想され、紫の糸を搓って山橘を貫くことが愛の成就の譬喩になり、さらに恋人賛美の「紫の丹穂《にほ》へる妹《いも》」・「紫の斑《まだら》の縵《かづら》の花やかに今日見し人」を生んでいる。

小忌衣から恋衣へ　以上、私的な妻訪いのときに恋衣として紫衣を纏う習俗、ならびに共同体の年中行事＝歌垣・頭《つめ》の遊び・薬狩りのときに小忌衣・恋衣として紫衣を纏う習俗から、妻訪いのときの恋衣・紫衣の前身が青摺《あをず》りの衣＝山藍《やまあゐ》摺《ず》りなどの小忌衣《をみごろも》だ、と推定できる。すなわち、巫女が神を迎える方式で女は男を迎えた、と考えられる。

周縁に放つ紫の光芒　そして、紫野の鹿と鴬、紫の粉潟《こがた》の海の玉、紫の名高の浦の砂地《まなごつち》・名告藻《なのりそ》・靡き藻を詠み込んだ⑬〈紫草《むらさき》を草と別《わ》く鹿の歌〉（十二―３０９９）・⑧〈紫草の根延《ねば》ふ春野の鴬の歌〉（十―１８２５）・⑰〈紫の粉潟《こがた》の海の鳥と玉の歌〉（十六―３８７０）・⑥〈紫の名高《なたか》の砂地《まなごつち》の歌〉（七―１３９２）・⑦〈紫の名高の名告藻《なのりそ》の歌〉（七―１３９６）・⑨〈紫の名高の靡き藻の歌〉（十一―２７８０）の六例は、右の妻訪いの恋衣として紫衣を用いる習俗、ならびに年中行事の小忌衣・恋衣として紫衣を用いる習俗を基盤にし、「紫草《むらさき》」・「紫草《むらさき》の根」・「紫」というだけで恋情が絡んでいる。すなわち、紫根染めを踏まえた恋の色としての紫の光芒・オーラが周縁に放たれ、「紫草《むらさき》」が愛する女人、紫野にいる鹿が恋する男、「紫草《むらさき》の根《ね》」の繁茂する野の鴬が恋する女人に染め上げられ、枕詞「紫の」を冠した「粉潟《こがた》の海」と「名《な》高《たか》の浦」も恋の海辺に染め上げられている。そしてこれらの歌の発想の場は、妻訪いあるいは薬狩りにある。

在来文化と外来文化の融合　最後に、太宰府の官人が高位高官の旅人《たびと》に贈った惜別の④〈韓人《からひと》の衣《ころも》に染《そ》むる紫の歌〉（四―569）は、以上に述べた在来の民俗の恋衣・染衣の恋歌の伝統の上に、外来文化を直に享受した貴族社会の色・服色令の色を融合させている。

まとめ　以上、当時の民俗的な紫根染めが妻訪いと年中行事の恋の場にあり、その基盤から発想された恋歌が紫の歌の主流である。そして、その他はその周縁に放たれた恋の光芒・オーラとしての紫の恋歌であり、これらの紫の恋歌の類型を転用した惜別の歌である。

第二章

榛の発想

一　はじめに

1　榛の恋情発想の解明

神衣・恋衣の発想　『万葉集』には、「榛《はり》」（現代では榛《はん》とも榛《はんのき》ともいう）を詠み込む歌が一四首ある。これらの榛の歌には、一首を除いて、前述した紫の神衣《かむみそ》・恋衣《こひごろも》と同様に、榛摺《はりず》りを神衣《かむみそ》・恋衣《こひごろも》にする民間の類型的な発想が横たわっている。

宴の歌　そしてⒶこれらの歌の基層をなす民間の榛摺りの恋衣の恋歌が、地元の有力者や旅人を接待する宴で艶っぽく用いられたり、類歌を生み出したりし、またⒷ中央官人などの旅人によって旅先の特産品としてこの榛《はり》が歌に詠まれてもいる。

近江遷都歌への転用　そしてまたⒶ三輪《みわ》地方でうたわれていた恋衣を基盤にした民間の恋歌〈綜麻《へそ》条《かた》の榛《はり》摺りの歌〉（一―19）が、Ⓒ天智天皇の近江遷都にあたって大和の国霊《くにだま》である三輪山《みわやま》に惜別する儀礼で転用され、天智天皇を祝福している。

本章のねらい　以下、本章では次のことを解き明かしてみたい。すなわち、榛《はり》を詠む歌の中核は、Ⓐ榛の摺り・染めの神衣・恋衣から発想された恋歌にある。そして、そこからⒷ旅先の榛を賛美する旅人の歌が派生している。

そしてさらには、Ⓒ王朝の遷都にあたって榛の神衣・恋衣を踏まえた三輪地方の恋の古歌を転用して天皇を賛美し、王権を支持するという政治的な用いられ方もしていた。この政治的な利用・転用については、次の第三章で述べる。

神楽歌・琴歌譜歌謡・記紀歌謡　本章はこのように万葉歌の榛の歌を中心に論じるものの、平安初期の神楽歌《かぐらうた》〈榛《さいばり》〉（神楽歌38）も視野に入れ、また付論として同様に平安初期の『琴歌譜《きんかふ》』の榛の歌二首も論じてみる。

なお雄略記紀に、榛の歌が二首ある。しかしこの記紀歌謡における榛は狩場に生えている単なる木であり、摺り料・染料としての榛ではないので、本章では触れないことにする。

2　用例

万葉歌の一四首　『万葉集』の一四首の「榛《はり》」の歌は、次のとおりである。

①綜麻《へそ》条《かた》の　林の前《さき》の　さ野《の》榛《はり》の
衣《きぬ》に付《つ》く如《な》す、目に付《つ》く我《わ》が背《せ》。

綜麻《へそ》条《かた》（三輪山）の　林の端《はな》の　さ野《の》榛《はり》が
鮮やかに衣に摺り付くように、よく目に付く我が愛《いと》しい人よ。（一―19・井戸《ゐのへ》の王《おほきみ》）

（大宝）二年壬寅《じんいん》、太上天皇《おほきすめらみこと》（持統天皇）、参河《みかは》の国に幸《いでま》す時の歌

②引馬野《ひくまの》に　丹穂《にほ》ふ榛原《はりはら》　入り乱れ
衣《ころも》丹《に》穂《ほ》はせ。旅の記念《しるし》に。
右の一首、長《なが》の忌寸《いみき》奥麻呂《おきまろ》

引馬野に　色づいている榛《はんのき》の原に　入り交じり
衣を摺って染めよ。旅の記念《しるし》として。（一―57）

高市《たけち》の連黒人《むらじくろひと》の歌二首（うち一首）

③いざ子ども。大和《やまと》へ早く。白菅《しらすげ》の
真野《まの》の榛原《はりはら》　手折《たを》りて行かむ。

さあみなの者よ。大和へ早く。（白菅の）
真野の榛原《はりはら》の榛の枝を　手折って帰ろう。（三―280）

黒人の妻の答ふる歌一首

④白菅《しらすげ》の　真野の榛原《はりはら》、行くさ来《く》さ
君こそ見らめ。真野の榛原。

（白菅の）　真野の榛を、行きにも帰りにも
あなたは見るでしょう。その真野の榛原を。　（三―281）

⑤住吉《すみのえ》の　遠里小《とほさとを》野《の》の　真《ま》榛《はり》もち
摺れる衣《ころも》の、盛り過ぎ行く。

住吉の　遠里小野の　榛の実で
摺り染めにした衣の色が、盛りを越して褪せていく。　（七―1156）

⑥古《いにしへ》に　ありけむ人の、求めつつ
衣《きぬ》に摺りけむ　真野《まの》の榛原《はりはら》。

その昔　いた人々が、求めては
衣に摺り染めにしたという　真野の榛原だ。　（七―1166）

⑦時《とき》ならぬ　斑《まだら》の衣《ころも》　着欲《ほ》しきか。
島《しま》の榛原《はりはら》　時にあらねども。

時季はずれの　斑《まだら》の衣を　着たいものだ。
島の榛原は　その時季ではないけれども。　（七―1260）

⑧白菅《しらすげ》の　真野《まの》の榛原《はりはら》。心ゆも
思はぬ我《われ》し　衣《ころも》に摺りつ。

（白菅の）　真野の榛原。その榛を心底
思っていないわたしが　衣に摺り染めにした。　（七―1354）

⑨思ふ子が　衣《ころも》摺らむに、丹穂《にほ》ひこそ。
島《しま》の榛原。秋立たずとも。

愛《いと》しいあの娘《こ》が　衣を摺るだろうに、色づいてほしい。
島の榛原。秋は来なくても。　（十―1965）

⑩伊香保《いかほ》ろの　沿《そ》ひの榛原《はりはら》。ねもころに

伊香保の　近くの榛よ。ねんごろに

奥をなかねそ。まさかし良《よ》かば。

将来《さき》をどうか思い悩まないでおくれ。
今さえよかったらそれでいいではないか。（十四―３４１０）

⑪伊香保《いかほ》ろの　沿《そ》ひの榛原《はりはら》、我《わ》が衣《きぬ》に
付《つ》き宜《よら》しもよ。一重《ひたへ》と思へば。

伊香保の　そばの榛は、私の衣に
よく摺り付くよ。一重なものだから。（十四―３４３５）

⑫〈竹取の翁の長歌〉

第一章の紫の歌の用例の⑯参照。（十六―３７９１）

⑬住吉《すみのえ》の　岸野《きしの》の榛《はり》に　丹穂《にほ》ふれど、
丹穂《にほ》はぬ我《われ》や、丹穂《にほ》ひて居《を》らむ。

住吉の　岸野の榛で　摺り染めにしても、
染まらないわたしは、染まっていよう。（一六―３８０１）

二十二日に、判官《じょう》久米《くめ》の朝臣《あそみ》広縄《ひろつな》に贈る霍公鳥《ほととぎす》を怨恨《うら》むる歌

⑭ここにして　そがひに見ゆる、
我《わ》が背子《せこ》が　垣内《かきつ》の谷に、
明けされば　榛《はり》のさ枝《えだ》に、
夕されば　藤《ふぢ》の繁《しげ》みに、
はろはろに　鳴くほととぎす、
我《わ》が宿《やど》の　植《う》ゑ木《き》橘《たちばな》、
花に散る　時をまだしみ、
来鳴かなく、そこは恨《うら》みず。

ここからは　後ろに見える、
あなたの家の　屋敷の谷に、
夜が明けると　榛の木の枝に、
夕方になると　藤の茂みに、
遥かに　鳴くほととぎす、
わが家の植木の橘が、
花だけ咲いて散る　時がまだなので、
来鳴かない、そのことは恨まない。

然《しか》れども　谷片付《かたづ》きて、
家居せる　君が聞きつつ、
告げなくも憂し。

しかしながら　谷の傍らに、
家がある　あなたが聞きながら、
知らせないのはつれないぞ。

（十九―4207・大伴の家持）

神楽歌の榛　神楽歌には「榛《さいばり》」の歌が、次のように一首ある。

○（本）榛《さいばり》に　衣《ころも》は染《そ》めむ。雨降れど、
（末）雨降れど、移ろひがたし。深く染めてば。

榛《さいばり》で　衣をば染めよう。雨が降って濡れても、
雨が降って濡れても、色が変わりにくい。色深く染めたならば。

（神楽歌38）

琴歌譜歌謡の榛　『琴歌譜』の二首の「榛《はり》」の歌謡は、次のとおりである。

○道の辺《べ》の　榛《はり》と櫟《くぬぎ》と　品《しな》めくも。
言ふなるかもよ。榛《はり》と櫟《くぬぎ》と。

道のほとりの　榛の木と櫟の木とが　品《しな》めいているよ。
ひそひそと愛を語り合っているそうだよ。榛の木と櫟の木と。

（琴歌譜4）

○川上の　川榛《かははり》の木の　疎《うと》けども、
付《つ》きし根摂《ねもぢ》は　族《うから》とぞ思《も》ふ。

川上の　川榛は　疎く思われるけれども、
既に衣に染み付いていた根摂《ねもち》＝摂摺《もぢず》り草は　一族だと思われる。

（琴歌譜15）

記紀歌謡の榛　雄略記紀の「榛《はり》」の歌謡は、次のとおりである。

○やすみしし　我《わ》が大君《おほきみ》の
遊ばしし　猪《しし》の　病猪《やみしし》の
うたき恐《かしこ》み、我《わ》が逃げ上《のぼ》りし、
在峰《ありを》の　榛《はり》の木の枝《えだ》。（記98）

（やすみしし）わが大君が
矢を射られた　手負いの猪の
唸りの恐ろしさに、私が逃げ上った、
高い峰の　榛の木の枝よ。

○やすみしし　我《わ》が大君《おほきみ》の
遊ばしし　猪《しし》の
うたき恐《かしこ》み、我《わ》が逃げ上《のぼ》りし、
在峰《ありを》の　上《うへ》の　榛《はり》が枝《えだ》。あせを。（紀76）

（やすみしし）わが大君が
矢を射られた　猪の
唸りの恐ろしさに、私が逃げ上った、
高い峰の　上の　榛の木の枝よ。あせを（囃子詞）。

二　恋衣と旅の記念

神衣　「恋衣」としての榛《はり》の摺り衣・染め衣には、その古形・祖形として「神衣《かむみそ》」としての働きがあったようである（八で後述）。

恋衣　そしてこの神衣《かむみそ》の発展型として、恋衣《こひごろも》が派生している。すなわち恋する男女が相逢うときに、各種の摺り衣・染め衣・色美しい織物などを身に纏う習俗があった。これらの恋の場に見られる衣装は、既述したようにその働きから〈恋衣《こひごろもき》着奈良《なら》の山の鳥の歌〉（十二―３０８８）によって「恋衣《こひごろも》」と称されている。

榛の摺り・染め　「榛《はり》」はかばのき科の落葉高木で、秋に熟した榛から黒い摺り衣や染め衣を作り出している。すなわち『万葉染色考』［上村六郎・辰巳利文］によると、榛の実の黒灰で摺るという。また後述するように、榛の樹液も摺り・染めの料になっている。

神楽歌の〈榛〉　榛《はり》の摺り・染めが恋衣になることは、次の神楽歌《かぐらうた》の〈榛《さいばり》〉（神楽歌38）によく示されている。

（本）榛《さいばり》に　衣《ころも》は染《そ》めむ。雨降れど、　榛《さいばり》で　衣をば染めよう。雨が降って濡れても、

（末）雨降れど、移ろひがたし。深く染めてば。　雨が降って濡れても、色が変わりにくい。色深く染めたならば。

（神楽歌38）

『角川古語大辞典　第二巻』［中村・岡見・阪倉］の「さいはり」の項によると、「「さい」は「裂く」の連用形の転。榛《はり》の皮をはいだもの。皮をはぐときにしみ出す樹液を煎じて、黒または茶色の染料にする」という。したがってこの歌謡では、榛の樹液で深く染めた衣は変わらない恋心の譬喩にされている、とわかる。

この神楽歌の元歌の意味は、恋する男女が榛で色深く染めた恋衣を着て相逢うことを下地にして、愛の心に変わりないと誓うことにある。

恋衣から神衣へ　この榛の恋衣の恋歌が神楽歌に転用されると、恋衣としての榛染めが神に奉仕する者の着る神衣《かむみそ》に転換され、神への信仰心の不変を誓う神歌に変容することになる。

相通じる恋衣と神衣　発展史的には神衣《かむみそ》から恋衣《こひごろも》へと展開しているのに、ここでは恋衣の恋歌が神衣の神歌に転用されているので、これは展開の順序としては逆転した現象である。しかしながらこの逆転は、恋衣と神衣がその発生基盤を同一にして相通じていることを示している（八で後述）。

榛の特産地の恋歌　このような(A)恋衣の習俗を踏まえた恋の歌は、お国自慢もあって榛《はり》を特産品にする地方を中心にして愛唱されていた、と考えられる。

地方豪族の宴の歌　そしてその一方で、これが地元の有力者をもてなす宴でもうたわれていたろう。それは、地元でうたわれている民謡がお座敷歌になる過程に似ている。

旅の記念　他方、Ⓑ中央官人《かんじん》を中心にした旅人が、旅宿の宴で地元の特産品の榛を旅の記念として旅の歌を詠み、あるいはまた地元の榛の恋衣を踏まえた恋の歌をうたってもいる。

Ⓐ地元の榛の恋歌とⒷ旅人の榛の恋歌の判別は容易につけがたいところがあるけれども、榛を詠み込む歌はおよそ、Ⓐ地元民がうたう恋衣の歌と、Ⓑ旅人がうたう旅の記念、あるいは旅人のうたう恋衣の歌とに大別できるようである。

地名＋特産品の榛　榛を詠み込む歌のあらかたは、お国自慢もあって「地名＋特産品の榛」の一式を含みもっている。ただし、大伴《おほとも》の家持《やかもち》作の⑭〈霍公鳥《ほととぎす》を怨恨《うら》むる歌〉（十九―４２０７）は、久米《くめ》の宏縄《ひろつな》の屋敷内に植えられている「榛《はり》の枝《えだ》」が、同じ屋敷内の「藤の枝」と対になって詠まれている。そこには単なる屋敷内の景物としての榛と藤の木があるだけで、「地名＋特産品の榛」の型もなければ、恋衣あるいは旅の記念としての榛でもない。そのあり方は、記紀歌謡の〈榛の木の枝《えだ》の歌〉（記98）・〈榛が枝《えだ》の歌〉（紀76）と同じである。

このような榛のあり方は、万葉歌では家持特有のものなので、伝統的類型的な榛のあり方を考える本章では、⑭〈霍公鳥《ほととぎす》を怨恨《うら》むる歌〉を例外とし、考察から除外する。

榛と紫の出典の分布の共通性　このように摺り料・染料としての榛の用例が『古事記』になく、『万葉集』に集中することは、染料としての紫の用例がやはり『古事記』になく、『万葉集』に集中することと共通している。

地元の恋歌と旅人の歌　以上、⑭〈霍公鳥《ほととぎす》を怨恨《うら》むる歌〉を除く一三首には、Ⓐ地元の恋衣を中核にした恋歌と、Ⓑ旅人の旅の記念の歌、あるいは旅人の恋衣を中核にした恋歌の二系列がある。

恋衣から旅の記念へ　そこでこの二系列がどのような関係にあるかも考えてみたい。その関わり、影響関係を予めここであらあらと述べておく。Ⓐ地元の特産品の榛を恋衣にして着る習俗を下地にした恋の歌・民謡が流布し、その恋歌は地元の宴でも客人をもてなすお座敷歌としてうたわれていたろう。したがってこれらの歌には、お国自慢もあって「地元の地名＋特産品の榛」の型が必然的に採られたろう。

そしてⒷその地に中央官人を中心にした旅人が来訪するようになると、その土地の地霊への挨拶として「地名＋特産品の榛」の型が取り込まれ、旅の記念の歌、あるいは旅先での恋の歌がうたわれたろう。すなわち、(A)民間の恋衣の歌から、(B)旅人の旅の記念の歌、あるいは旅人の恋衣の歌が派生したろう。

素より(B)旅人の詠んだ「地名＋特産品の榛」の恋歌が、(A)地元の恋歌に還元されることもあった、と想定される。しかしもしそうだとしても、地元の特産品の榛がいつもそこにあり、それが恋衣として用いられるという分厚い日常の営みがあればこそ、稀に訪れる旅人もそれに注目して「地名＋榛」を核にして歌を詠むことになる。してみると、やはり(A)民間の恋衣としての榛の恋歌が基本にあり、(B)旅人の歌はそこから派生するケースが多かった、と考えられる。

この点、「榛の木考一〜五」〔森本治吉〕は、榛の歌の多くが「地名＋榛」の一式をもつ事情として、「これ（榛）が染色の用になるという特別な木であったせゐ」と気づきながらも、(B)これらの歌が大和の国の関係者が旅先で榛を珍しく思って歌に詠んだ、と解している。しかしこれでは、榛の歌のあらかたを占める類型的な作者未詳歌も(B)大和の国人の旅先での羇旅歌にされてしまい、(A)地元の恋衣の榛摺りを主体にした恋歌が存在しないことになる。

以下、具体的に作品に即して考えてみたい。

三　島の榛

〈思ふ子の島の榛摺りの歌〉　大和の国（現奈良県）の明日香《あすか》村の島《しま》の庄は、榛の特産地だったらしく、榛の歌が二首詠まれている。その一首目の⑨〈思ふ子の島の榛摺りの歌〉（十―1965・夏の雑歌・榛《はり》を詠む）は、次のとおりである。

⑨思ふ子が　衣《ころも》摺らむに、丹穂《にほ》ひこそ。
島《しま》の榛原。秋立たずとも。

愛《いと》しいあの娘《こ》が　衣を摺るだろうに、色づいてほしい。
島の榛原よ。秋は来なくても。

（十―1965）

地元の恋衣の恋歌　この恋歌は、本当は秋が立って実が色づいて摺り衣にするのだけれども、歌い手・男が「思ふ子」＝愛しい娘《こ》が榛摺りができるように、その実が鮮やかに色づいてほしい、と述べている。素より「思ふ子」が男の恋人なので、彼女の摺る榛摺りの衣は歌い手の男が着る恋衣だ、と想定できる。男は秋まで恋の成就を待てないので、夏の今から榛の恋衣を着ることを願っている。この歌の部立ては夏の雑歌になっているのは、結句の「秋立たず」によっているけれども、歌の主題は夏の恋・相聞である。

　あるいは、「秋立た」ぬ「島の榛原」を地元の美少女に譬え、その少女・恋人の成長を待ちわびている、とも解せる。

地元の宴の恋歌　この(A)地元の民間の恋歌は、地元の有力者を客人にする宴の恋歌に用いられてもいいだろう。例えば、客人がこの恋歌をうたいながら、酒席に侍っている遊行女婦《うかれめ》を口説くという座興があってもおかしくない。

旅人の歌　釈注五［伊藤博］は、この歌を(B)明日香の島の庄に旅した奈良びとの詠かとし、旅先でみた夏の榛を家に残してきた妻に結びつけて詠んだ、と解している。そうだとすると、この榛は旅先の特産品・記念となりながらも、恋衣の様相も呈している。

　しかし、望郷の念をこの歌に求め、「思ふ子」を奈良の妻にするのは、いささか強引ではなかろうか。たとえそのような解釈がある程度成り立

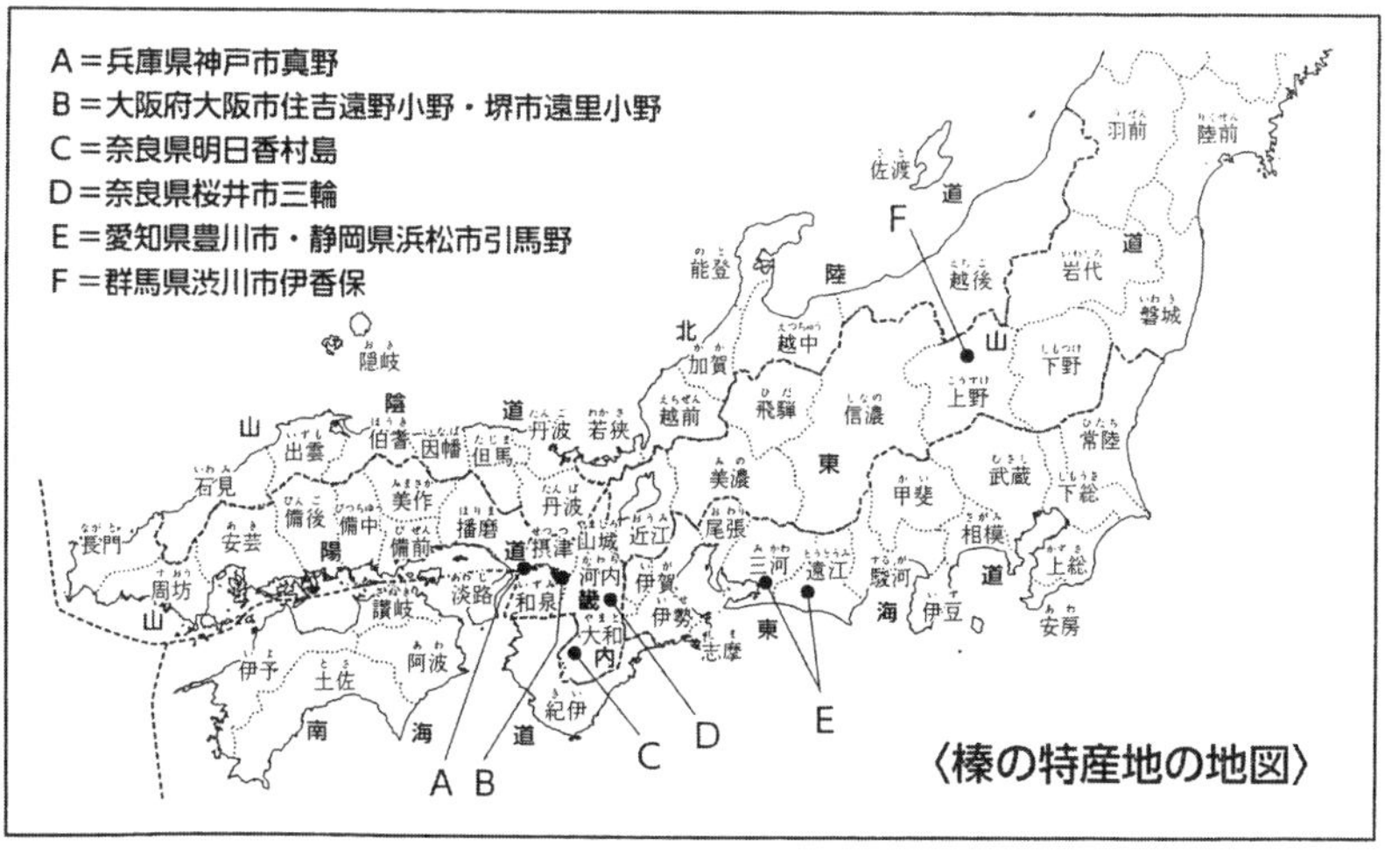

〈榛の特産地の地図〉

つにしろ、その(A)元歌は地元の恋衣の歌であり、(B)それが旅人の耳に触れてそのまま旅先の宴でうたわれ、地元の特産品を称賛しながら地霊に挨拶し、恋衣の染料の榛を奈良で待つ妻＝「思ふ子」への土産にしよう、としたのではなかろうか。

地元の恋歌に還元　もし、(B)旅人が旅の記念として故郷の妻へ持ち帰る恋衣の染料になる特産品の榛をうたったとしても、その詠歌の場は旅先の島の宿での宴だろう。とすると、この歌がその宴の場にいる地元の女性たちに受容され、(A)地元の恋衣の歌として流布することもありうる。このような歌の交流は、以下の榛の歌でも想定できることである。

〈島の榛摺りの歌〉　島の榛《はり》の二首目の⑦〈島の榛摺りの歌〉（七—1260・時に臨む）は、次のとおりである。

⑦時《とき》ならぬ　斑《まだら》の衣《ころも》　着欲《ほ》しきか。
島《しま》の榛原《はりはら》　時にあらねども。

時季はずれの　斑《まだら》の衣を　着たいものだ。
島の榛原は　その時季ではないけれども。

（七—1260）

地元の恋衣の恋歌　一首目と同様、榛の実の熟する秋ではないけれども、時季外れの榛の実による斑衣《まだらごろも》・恋衣を着て、その衣を摺ってくれた女人《にょにん》と恋をしたい、と述べている。やはりこの恋歌がうたわれた場は、(A)基本的に明日香にあり、そこに住む男が地元の榛の実によって斑に摺り染めにした恋衣を早く着たい＝恋を叶えたい、とうたったものだろう。

あるいは、新潮社『萬葉集二』が説くように、「時ならぬ斑の衣」にうら若い美少女を譬えて、その少女・恋人を早く手に入れたい、の意とも解せる。

替え歌・類歌　この歌の主題は一首目の⑨〈思ふ子の島の榛摺りの歌〉と同じく、時季外れの恋を述べ、二首とも下二句がほぼ同じであり、しかも初句の「思ふ子が」と「時ならぬ」が交替しても歌意はよく通る。この二首はほとんど替え歌といっていいもので、この種の類歌が多数あったことを思わせる。

旅人の恋歌　右の解釈と同時に、釈注四［伊藤］が説くように(B)この地に旅した男の感慨とも解される。これも一首目と同じ型で、Ⓐ地元の恋衣の歌を旅人が聞き、Ⓑ旅宿での宴で地元の特産品の榛を賛美しながら地元の女性・遊行女婦《うかれめ》との恋を叶えたい、と述べたものだろう。

すなわち、Ⓑ旅人が旅宿での宴で地元の特産品の榛を称賛しながら地霊に挨拶し、地元の女性・遊行女婦《うかれめ》との恋をうたったのかもしれない。そしてその恋歌が、Ⓐその地方の民間の恋歌として流布した経路も想定される。

四　伊香保の榛

〈伊香保の榛摺りの歌〉『万葉集』の東歌《あづまうた》には、上野《かみつけの》の国（現群馬県）の渋川《しぶかわ》市の伊香保《いかほ》の榛を詠み込む歌が二首ある。

その一首目の⑪〈伊香保の榛摺りの歌〉（十四―３４３５・譬喩歌）は、次のとおりである。

⑪伊香保《いかほ》ろの　沿《そ》ひの榛原《はりはら》、我《わ》が衣《きぬ》に
付《つ》き宜《よら》しもよ。一重《ひたへ》と思へば。　（十四―３４３５）

伊香保の　そばの榛は、わたしの衣に
よく摺り付くよ。一重なものだから。

恋衣　伊香保の榛摺りが恋衣に用いられていることを下地にして、恋衣の染料の榛を女人に譬え、作者＝男の純粋に思っている榛＝女人が、自分の恋衣に摺り付く＝恋人になる、と述べている。

女人が恋衣の染料の譬えになる恋歌としては、次のような代表的な〈春日の里の植ゑ小水葱《こなぎ》の歌〉（三―４０７）の小水葱と〈土針《つちはり》摺りの歌〉（七―１３３８）の土針がある。

大伴《おほとも》の宿禰駿河麻呂《すくねするがまろ》、同じ坂上《さかのうへ》の家《いへ》の二嬢《おとをとめ》を娉《つまど》ふ歌一首
春霞《はるがすみ》　春日《かすが》の里に　植《う》ゑ小水葱《こなぎ》、
（春霞）春日の里の　植えてある水葱《なぎ》は、

苗《なへ》なりと言ひし　柄《え》は差しにけむ。

まだ苗だといっていたが、もう大きくなったことだろう。

（三―４０７）

我《わ》が宿《やど》に　生《お》ふる土針《つちはり》。心ゆも
思はぬ人の　衣《きぬ》に摺らゆな。

わたしの家の庭に　生える土針よ。まるっきり
思わぬ人の　衣に摺られるな。

（七―１３３８・譬喩歌）

とりわけ後者の例は、染料の土針を衣に摺ることを恋の成就に譬えている。とすると、この伊香保の榛が男の恋衣の「我《わ》が衣《きぬ》」に「付《つ》きよらし」とは、榛＝女人との恋の成就を意味している、とわかる。

地元の恋歌　この恋衣の歌は、(A)地元の伊香保の特産品の榛摺りを恋衣にして男女が相逢う恋愛習俗に基づく地元の恋歌・謡い物である。それは歌のことばにも表れ、「伊香保ろ」の「ろ」ならびに「一重《ひたへ》」が東国方言である。

地元の宴の恋歌　そしてこの民間の恋歌は、地元の宴の席で接待する女人を口説く恋歌に用いられもしたろう。

旅先の恋　そしてさらに、この歌は来訪した中央官人・旅人の耳に触れると、ほどよく共通語化され、旅先での恋を主題にして宴席でうたわれてもいい。すなわち、(B)地元の特産品を称賛しながら、榛を地元の女性・遊行女婦《うかれめ》に譬え、衣《きぬ》に譬えられた客人が、榛＝女人が「付《つ》きよらし」と口説く歌になってもおかしくないだろう。

〈伊香保の榛のねもころの歌〉　伊香保の榛を詠み込む歌の二首目の⑩〈伊香保の榛のねもころの歌〉（十四―３４１０・相聞）は、次のとおりである。

⑩伊香保《いかほ》ろの　沿《そ》ひの榛原《はりはら》。ねもころに
奥をなかねそ。まさかし良《よ》かば。

伊香保の　近くの榛よ。ねんごろに
将来《さき》をどうか思い悩まないでおくれ。今さえよかったらそれでいいではないか。

（十四―３４１０）

地元の恋歌　諸注は榛の木の「根《ね》」から「ねもころ」を導こうとしている。しかし恋人たちが榛摺りの恋衣を着る習俗を下地にして、「榛原」を女人・恋人に譬え、二人の将来を心配する榛＝女人に、男が今がよければそれでいいと執り成している、と解すべきではなかろうか。

地元の宴の恋歌　そしてこの恋歌も、地元の貴人を主賓にする宴でうたわれた、と想定できる。

旅先の恋　素よりこの恋歌も、(A)上野の国の恋の民謡である。しかし前述の歌と同様に、この歌が(B)中央官人などの旅人の耳に触れると、旅先の宴席で地元の特産品を賛美しながら刹那的な恋を戯れにうたってもいい。

五　真野の榛

1　恋衣の榛

〈真野の榛摺りの歌〉　摂津《つ》の国の真野《まの》（現兵庫県神戸市長田区真野町のあたり）も榛を特産品にしており、万葉歌として四首記されている。その一首目の⑧〈真野《まの》の榛摺りの歌〉（七―１３５４・木に寄する）は、次のとおりある。

⑧白菅《しらすげ》の　真野《まの》の榛原《はりはら》。心ゆも　思はぬ我《われ》し　衣《ころも》に摺りつ。（七―１３５４）

（白菅の）真野の榛原。その榛を心底思っていないわたしが　衣に摺ってしまった。

地元の恋歌　(A)この歌も恋衣を着る習俗を下地にし、榛を恋の相手に譬え、榛を衣に摺ることを恋の成就に譬えている。榛は男女のいずれでもよく、したがって歌い手の「我《われ》」も男女のいずれであってもいい。その歌意は、意に染まない人と契ってしまって悔いている、ということである。

地元の宴の恋歌　そしてこの恋歌も、地元の宴の席で戯れにうたった、と想定できる。あるいは、(B)旅人が地元の榛を称賛しながら仮初めの恋を宴席でうたったものが、(A)地元の恋歌になった、とも考えられる。

2　旅の記念

〈真野の榛を手折る歌〉と〈真野の榛を見る歌〉　真野《まの》の榛を詠み込む歌の二・三首目は、次の③〈真野の榛を手折る歌〉（三―280）と④〈真野の榛を見る歌〉（三―281）である。

高市《たけち》の連黒人《むらじくろひと》の歌二首（うち一首）

③いざ子ども。大和《やまと》へ早く。白菅《しらすげ》の
真野の榛原《はりはら》　手折《たを》りて行かむ。（三―280）

さあみなの者よ。大和へ早く。（白菅の）
真野の榛原の榛の枝を　手折って帰ろう。

黒人の妻の答ふる歌一首

④白菅《しらすげ》の　真野の榛原《はりはら》、行くさ来《く》さ
君こそ見らめ。真野の榛原。（三―281）

（白菅の）　真野の榛を　行きにも帰りにも
あなたは見るでしょう。その真野の榛原を。

旅の記念　この高市《たけち》の黒人《くろひと》夫妻による二首は、明らかに(B)中央官人とその関係者によって詠まれており、その特産品の榛が旅の記念になっている。前述したようにこの真野の榛も、地元では恋衣として有名だったので、この榛を愛妻への旅の記念にした、と考えられる。今まで上げた歌は作者未詳歌で、類型的であった。これに対して、(B)この贈答歌は作者名の分明する中央官人夫妻の歌であり、地元の特産品を明確に旅の記念としてうたっている。

釈注二［伊藤］によるとこの贈答歌は、(B)黒人が妻を伴い、従者を連れて摂津《つ》の国などの西方の風光を楽しんだ折りに詠まれたという。しかも宴席の歌で、夫婦の歌は故郷の大和にも旅先の真野にも敬意を捧げているという。

3　恋衣の古歌の転用

〈古人の真野の榛摺りの歌〉　真野の榛を詠み込む四首目の⑥〈古人の真野の榛摺りの歌〉（七―1166・羇旅《たび》にして作る）は、次のとおりである。

⑥古《いにしへ》に　ありけむ人の、求めつつ　衣《きぬ》に摺りけむ　真野《まの》の榛原《はりはら》。（七―1166）

その昔　いた人々が、求めては　衣に摺り染めにしたという　真野の榛原だ。

恋衣の古歌の転用　この歌は、一群をなす羇旅歌《きりよか》（七―1161～1250の九〇首）の一首である。釈注四［伊藤］によると、この羇旅歌の歌群のうち、⑥〈古人の真野の榛摺りの歌〉（1166）・〈名告藻《なのりそ》の歌〉（1167）・〈沖つ玉藻の歌〉（1168）の三首はセットで、摂《っ》津の国で詠まれた歌の一群である。しかし、この一群の前に位置する〈円方《まとかた》の歌〉（1162）・〈年魚市潟《あゆちがた》の歌〉（1163）・〈鳴く鶴《たづ》の歌〉（1164）・〈あさりする鶴《たづ》の歌〉（1165）の四首は、尾張に旅宿した夜の宴の歌である。そこでこの四首に次ぐⒸ⑥〈古人の真野の榛摺りの歌〉（1166）などの摂《っ》津の国の三首は、この尾張の宴で披露された古歌だろうとみる。『万葉集』にはⒸ古歌の転用がひっきりなしに行われているので、ここもその例だと説く。

地元の恋歌　前述したように、摂《っ》津の国の真野の榛は既に恋衣の特産地として知られており、また黒人夫妻によっても唱和されているほどに名所になっている。

　してみると、⑥〈古人の真野の榛摺りの歌〉の元歌は、Ⓐ真野地方根生いの恋歌だったのかもしれない。すなわち、この地方に昔から住んでいた人々が探し求めながら恋衣に摺り付けてきた伝統久しい真野の榛である、という意になろう。

旅先の恋　釈注四［伊藤］を改めて確認すると、(A)この摂津《つ》の国の古歌である⑥〈古人の真野の榛摺りの歌〉が(C)尾張の宴席で転用され、著名な摂津の国の「真野の榛原」を宴席に侍する尾張の女に譬えて賛美する情景を想定している。それは恐らく次のようなことだろう。尾張の女人＝あなたはまるであの古来有名な真野の榛の実を摺り染め＝恋衣にして旅人の私の恋を叶えてくれた懐かしい古人そのものだ、ということだろう。

〈岸の黄土に丹穂はす歌〉　このように地元の女性・遊行女婦《うかれめ》が摺り衣＝恋衣を用いて旅人の恋を叶えることを主題にする類歌として、〈住吉の岸の黄土《はにふ》に丹穂《にほ》はす歌〉（一―69・清江《すみのえ》の娘子《をとめ》）がある。

　太上天皇《おほきすめらみこと》（持統天皇）、難波の宮に幸《いでま》す時の歌（うち一首）

草枕《くさまくら》　旅行く君と　知らませば、　（草枕）旅行く方《かた》と　知っていたら、
岸の黄土《はにふ》に　丹穂《にほ》はさましを。　岸の黄土《はにぅ》で　衣を染めてあげればよかったのに。　（一―69）

　右の一首、清江《すみのえ》の娘子《をとめ》、長《なが》の皇子《みこ》に進《たてまつ》りしなり。姓氏未《いま》だ詳《つばひ》らかならず。

右は、持統女帝が難波の宮に行幸した折りの宴席での恋歌である。この歌の真意は、(A)地元の住吉の岸の特産品の「黄土《はにふ》」（赤土）を紹介しながら、それで旅のお方の恋衣を染めて上げる＝恋人になってあげるのに、と媚態を示すところにある。この歌は、(A)旅の客人を持《も》ち上《あ》げるための遊行女婦《うかれめ》一流の定番の恋歌で、遊行女婦の清江《すみのえ》の娘子《をとめ》が長《なが》の皇子《みこ》にしなだれ掛かって艶っぽく披露したものである。

慶雲三年（七〇六）における文武天皇の難波の宮行幸の饗宴では、長《なが》の皇子《みこ》が〈霰《あられ》打つ安良礼《あられ》松原《まつばら》の歌〉（一―65）をうたっている。その歌によると、「弟日娘《おとひをとめ》」という遊行女婦《うかれめ》が列席しており、長《なが》の皇子《みこ》に愛されている。してみると、行幸先の宴席に地元の遊行女婦《うかれめ》が列席するのは、恒例のことだった、と推察できる。

三津の黄土　なお、「住吉《すみよし》の岸の黄土《はにふ》」とはないけれども、「三津《みつ》」は「大伴《おほとも》の三津《みつ》」（住吉《すみよし》の御津《みつ》）を指すことが多いので、

次の作者未詳の寄物陳思の恋歌〈三津《みつ》の黄土《はにふ》の歌〉（十一―２７２５）は住吉の御津の近くにある岸の黄土《はにふ》染めを踏まえている、と思われる。

白砂《しらまなご》　三津《みつ》の黄土《はにふ》の、色の出《い》でて　（白砂）三津の　黄土のように、色に出してまで
言はなくのみそ。我《あ》が恋ふらくは。　言わないだけだ。わたしの恋は、　（十一―２７２５）

前章で述べたように、恋の色衣は摺り・染めされるものなので、その生産過程として「色に出《い》づ」るものである。そこで、これを恋の譬喩に転化し、恋心を顔・表情に出す「色に出《い》づ」に用いるようになる。こうして染料・顔料の「三津の黄土《はにふ》」が恋情表現の常套句「色に出《い》づ」を導く修辞になっている。

Ⓐこの歌は住吉地方の恋の歌謡として民間に流布していたろう。そしてそれがお座敷歌化して住吉を訪れる客人を接待する酒宴で、清江《すみのえ》の娘子《をとめ》や弟日娘《おとひをとめ》のような遊行女婦《うかれめ》によって、〈住吉の岸の黄土《はにふ》に丹穂《にほ》はす歌〉（一―69）などとともにうたわれていた十八番《おはこ》だった、と想定できよう。

摂津の国の恋歌三首　⑥〈古人の真野の榛摺りの歌〉を宴席での艶っぽい恋歌に解したのは、この歌に続く二首の古歌も右のような艶めいた恋歌になっているからである。

あさりすと　磯に我《わ》が見し　名告藻《なのりそ》を、　漁をしようとして　磯で私が見た　名告藻《なのりそ》を、
いづれの島の　海人《あま》か刈りけむ。　どこの島の　海人《あま》が刈り取ったのだろう。　（七―１１６７）
今日《けふ》もかも　沖つ玉藻《たまも》は、白波の　今日もまた　沖の玉藻は、白波の
八重《やへ》折るが上《うへ》に　乱れてあるらむ。　幾重にも折れ伏す上で　乱れていることだろう。　（七―１１６８）

前者の〈名告藻《なのりそ》の歌〉の歌意は、自分以外に名前を教えるべきではない「名告藻《なのりそ》」＝「名告《なの》りそ」は摂津《つ》の国の女性の譬喩であり、その女人をだれか見知らぬ別の男に刈り取られた＝女を奪われたという。また後者の〈沖つ玉藻の歌〉の「乱れてある」「沖つ玉藻」は、摂津でみた海人娘子《あまをとめ》の官能的な黒髪の譬喩であり、海人娘子への恋心を表している。

　このように⑥〈古人の真野の榛摺りの歌〉をはじめとしたⒶ摂津《つ》の国の恋歌三首が、Ⓒ旅人によって東海道の旅宿で転用され、現地の風土や女性を賛美している、と伊藤は説く。そのとおりだろう。

旅人の歌と地元の歌の交流　このようにそれらの歌を披露し合う詠歌の場は、旅人の歌と地元の恋歌の交流する場でもあったろう。

4　住吉の岸の黄土の摺り衣

行幸歌の恋衣と土地賛め　〈住吉の岸の黄土《はにふ》に丹穂《にほ》はす歌〉（一—69）にしても、榛の歌と同様に旅人の歌と地元の恋衣の歌が交流している好例である。この歌は清江《すみのえ》の娘子《をとめ》のうたう遊行女婦《うかれめ》の定番の恋歌で、前述したようにⒶ地元の住吉の岸の特産品で作られた黄土《はにふ》染めの恋衣を踏まえた歌であり、持統上皇が難波の宮で催した宴席での歌だった。

　このようにして住吉の岸の黄土《はにふ》摺りが地元特産の恋衣として大々的に喧伝されると、この歌が由緒ある古歌として尊重され、Ⓑ都人を中心にした旅人がこの黄土《はにふ》摺りを恋衣や旅の記念にする歌をうたうようになる。

　次の〈住吉の黄土《はにふ》に丹穂《にほ》ひて行く歌〉（六—1002）は、聖武天皇が難波の宮に行幸した折の饗宴の場で詠まれた安《あ》部《へ》の朝臣豊継《あそみとよつぐ》の作である。

馬の歩み　押《おさ》へ留めよ。住吉《すみのえ》の
岸の黄土《はにふ》に　丹穂《にほ》ひて行かむ。

馬の歩みを　押さえとどめよ。住吉の
岸の黄土《はにう》に　染まって行こう。
（六—1002）

次の〈住吉の岸の黄土《はにふ》に丹穂《にほ》ふ歌〉（六―932）も、聖武天皇が難波の宮に行幸した際に車持《くるまもち》の朝臣《あそみ》千年《ちとせ》によって献呈された作である。

白波の　千重《ちへ》に来寄《きよ》する　住吉《すみのえ》の
岸の黄土《はにふ》に、丹穂《にほ》ひて行かな。

白波が　千重に寄せ来る　住吉の
岸の黄土《はにぅ》に、染まって行こう。
（六―932）

こうして天皇の行幸での饗宴歌に、Ⓐ地元の遊行女婦《うかれめ》のうたう十八番《おはこ》の恋衣の〈住吉の岸の黄土《はにふ》に丹穂《にほ》はす歌〉（一―69）があるので、Ⓑ都の官人たちが岸の黄土《はにふ》を賛美する右の二首の「岸の黄土《はにふ》に丹穂《にほ》ふ」は単なる特産品の賛美ではなく、黄土《はにふ》の恋衣によって地元の女性との恋の成就を願っているようにも見えてくる。

都の旅人の恋衣と土地賛め

「摂津《つのくに》にして作る」で括られる次の〈住吉の黄土を見る歌〉（七―1146）と〈住吉の黄土を万代《よろづよ》に見る歌〉（七―1148）も、Ⓑ中央官人が住吉の岸野の黄土《はにふ》を詠んだものである。

めづらしき　人を我家《わぎへ》に　住吉《すみよし》の
岸の黄土《はにふ》を、見むよしもがも。

愛しい　人をわが家《や》に　住みの江の
岸の黄土《はにぅ》を、見るすべがあればよいのに。
（七―1146）

この歌も、住吉の岸の特産の黄土《はにふ》を見たいといって地霊を賛美している。そしてこれに加えて、恋の気分をも漂わせている。すなわち上二句は「住《す》み」を起こす序詞で、女が通って来た男を迎えて気持ちよく住まわせるから、「住吉《すみよし》」を導いている。この序詞は恋衣を摺り染めにする岸の黄土《はにふ》と連動し、旅先の恋を滲ませている。そしてさらに「黄土《はにふ》を見む」には、地元の素敵な女人を愛《め》でることが暗示されている。

駒並《こまな》めて　今日我《けふわ》が見つる　住吉《すみのえ》の
岸の黄土《はにふ》を、万代《よろづよ》に見む。

駒を並べて　今日わたしが見た　住吉の
岸の黄土《はにう》を、いつまでも見よう。　（七―１１４８）

Ⓑこの歌の作者は、旅で馬に乗るほどの中央の高級官人で、住吉の岸の特産品の黄土《はにふ》を「万代《よろづよ》に見」たいといって土地賛めをしている。

そしてこれと同時に、〈春日の里の植ゑ小水葱《こなぎ》の歌〉（三―４０７・譬喩歌）や〈土針《つちはり》摺りの歌〉（七―１３３８・譬喩歌）によると、摺り料の「小水葱《こなぎ》」や「土針《つちはり》」が恋人の譬喩になっているので、この旅の歌の「岸の黄土《はにふ》」も地元の恋人の譬喩になっている、と言える。してみると、前歌とともに地元の特産品として住吉の岸の黄土《はにふ》を詠むこの旅の歌は、住吉の恋人を愛でていたいという恋の気分をも漂わせていることになる。

古歌の影響力　かほどに格式の高い巻一・雑歌に所載されるⒶ古歌の〈住吉の岸の黄土《はにふ》に丹穂《にほ》はす歌〉（一―69・清江《すみのえ》の娘子《をとめ》）の影響には、大なるものがある。

万葉のイエロー　『よみがえった古代の塩と染』［金子晋］によると、「黄土《はにふ》」の出土地は大阪市を南北に縦断する上町台《うえまち》地の南方に位置する住吉大社の近くにある帝塚山《てづかやま》住宅地の西方の崖だ、と特定されている。この著者の金子氏は、この黄土《はにふ》染めを復元し、これが万葉のイエローとして評判になっている。

また中央官人が黄土染めで知られる住吉の岸を歌にする主たる機縁として、難波の宮の存在を重視している。すなわち前期難波の宮（孝徳天皇の時代）、これを復興しようとした天武天皇の志を継承する持統上皇・文武天皇の時代、それをさらに復興した聖武天皇の時代（後期難波の宮）があり、住吉大社がこの歴代の難波の宮を護持していた。そしてこの大社の神女に源を発する遊行女婦《うかれめ》（清江《すみのえ》の娘子《いらつめ》や弟日娘《おとひをとめ》など）がおり、彼女らが難波の宮の中央官人たちを接待した、と説いている。当然そこでの宴では地元の岸の黄土染めが話題になり、Ⓐ地元の黄土染めの恋衣の歌がうたわれ、Ⓑ客人もこの黄土を賛美しながら恋を歌うことになる。

神衣としての岸の黄土染め　こうしてみると、(A)住吉大社の神女に発する清江の娘子などの遊行女婦がうたう〈住吉の岸の黄土に丹穂はす歌〉（一―69）の住吉の岸の黄土で染め出す恋衣《こひごろも》も、その源は住吉大社の神女たちが生産する神衣《かむみそ》にある、と予想される。そのあり方は、八で述べるように①〈綜麻条《へそかた》の榛摺りの歌〉（一―19）のあり方と同じである。

六　引馬野の榛

〈引馬野の榛摺りの歌〉　引馬野《ひくまの》の所在地は、三河《みかは》の国（現愛知県豊川市の御津《みと》町）とも遠江《とほたふみ》の国（現静岡県浜松市の北部）ともいわれている。この引馬野も榛摺りを特産品としており、持統天皇の三河の国行幸歌のなかに、次のように②〈引《ひく》馬野《まの》の榛摺りの歌〉（一―57・雑歌）として記されている。

（大宝）二年壬寅《じんいん》、太上天皇《おほきすめらみこと》（持統天皇）、参河《みかは》の国に幸《いでま》す時の歌

②引馬野《ひくまの》に　丹穂《にほ》ふ榛原《はりはら》　入り乱れ　衣《ころも》丹穂《にほ》はせ。旅の記念《しるし》に。

右の一首、長《なが》の忌寸《いみき》奥麻呂《おきまろ》

引馬野に　色づいている榛の原に　みんな交じり衣を摺って染めよ。旅の記念《しるし》として。

（一―57）

官人・旅人の歌　大宝二年（七〇二）の太上天皇《おほきすめらみこと》＝持統女帝の三河行幸は、続紀大宝二年十月の条によると、十月十日に出発し、十一月二十五日に還幸している。行幸先は、伊賀・伊勢・美濃・尾張・三河の五か国に及んでいる。

この歌の中で、「丹穂《にほ》ふ」が二度用いられている。前の「丹穂《にほ》ふ榛原《はりはら》」は色づく榛の実を述べ、後の「衣丹穂《ころもにほ》はす」はその実によって衣を摺り染めにすることを述べている。十・十一月は、正に榛の実の熟する時であり、その実による

摺り染めに適する時季であった。

旅の記念　釈注一［伊藤］によると、この歌は次の〈安礼《あれ》の崎の小舟《をぶね》の歌〉（一―58）とともにⒷ行幸先の宴で披露されている。そのあり方は、前述した③〈真野《まの》の榛を手折る歌〉（三―280・黒人）や④〈真野《まの》の榛を見る歌〉（三―281・黒人の妻）と同じで、引馬野の特産品の榛による摺り染めが旅の記念になっている。

このように榛の盛りの時季を歌に詠み込むことは、風流のわざであると同時に、旅先の土地の地霊を持ち上げることでもあった。釈注一［伊藤］は、以上のように説く。

恋衣としての榛摺り　②〈引馬野の榛摺りの歌〉（一―57）には、恋の気分は漂っていない。しかし、引馬野地方の特産品である榛の摺り染めは、今までの例をみると恋衣として喧伝されていた。Ⓑ中央官人の奥麻呂《おきまろ》がこの旅先での記念として榛摺りを取り上げた②〈引馬野の榛摺りの歌〉（一―57）の背後には、Ⓐ地元の榛摺りの恋衣を踏まえた歌が多数あった、と考えるべきである。

七　住吉の榛

1　旅の記念

〈遠里小野の榛摺りの歌〉　摂津《つ》の国（現大阪府の西北部と兵庫県の東南部）の榛を詠む恋歌が、三首ある。その一首目の⑤〈遠里小野《とほさとをの》の榛摺りの歌〉（七―1156）は、次のとおりである。

⑤住吉《すみのえ》の　遠里小野《とほさとをの》の　真榛《まはり》もち
摺れる衣《ころも》の、盛り過ぎ行く。

住吉の　遠里小野の　榛の実で
摺り染めにした衣の色が、盛りを越して褪せていく。

（七―1156）

旅の記念　遠里小野は、現大阪市住吉区遠里小野《おりおの》町と堺市遠里小野《とおさとおの》町である。釈注四［伊藤］は、〈大伴《おおとも》の御津《みつ》の浜辺の歌〉（1151）から⑤〈遠里小野の榛摺りの歌〉（1156）に至る六首は、二首ずつ組をなす三組の集合ととらえ、〈住吉の名児《なご》の浜辺の歌〉（1153）が「馬立てて」と詠むので作者がその旅先にあった官人だ、と推察している。そして〈名児の海の朝明《あさけ》の歌〉（1155）が、名児の美しい海岸の光景を思い出している歌なので、この歌が旅から帰ってしばらく時を経てからの作だ、と解している。そこでこれと一組になる⑤〈遠里小野の榛摺りの歌〉（七―1156）も、Ⓑ旅先の榛の実で摺り染めにした衣の色褪せたことで、旅の記念として色鮮やかに摺り染めにした旅の思い出を懐かしんでいる、と説く。そのとおりだろう。

この榛摺りの歌を含む六首がどのような場で披露されたかは不明であるけれども、右のことからⒷ官人たちが旅先で地元の特産品である榛を旅の記念として摺り染めにしていた、とわかる。

2　萩摺りへの誤解

萩摺りへの誤解　この⑤〈遠里小野の榛摺りの歌〉（七―1156）は第十八番勅撰和歌集『新千載和歌集』（一三五九）では、次のように人丸《ひとまろ》作の萩摺りの歌として伝承されている。

住吉の　遠里小野の　真《ま》萩《はぎ》もて
摺れる衣の、盛り過ぎ行く。
（新千載五―527）

また遠里小野は、第十一番勅撰和歌集『続古今和歌集』（一二六五）では、次のように萩の花摺りの衣を擣《う》つ歌枕になっている。

名所擣衣といふこころを

真萩《まはぎ》散る　遠里小野の　秋風に、
花摺り衣　今や擣《う》つらむ。

（続古今五―467・中務卿の親王）

誤解の背景　この榛《はり》摺りから萩《はぎ》摺りへの誤解は、榛《はり》摺りの万葉歌全体にも及び、近世の『万葉考』［賀茂真淵］以来、万葉の榛《はり》の歌は萩《はぎ》の歌と誤解されることが多く、榛《はり》説と萩《はぎ》説は戦後まで論争を繰り返してきている。この榛《はり》摺りから萩《はぎ》摺りへの誤解は、ⅰ榛《はり》も萩《はぎ》も秋に色づくこと、ⅱハリとハギの類音、ⅲ地味な黒色の榛《はり》摺りよりも色鮮やかな紫の萩《はぎ》摺りへの嗜好などに起因している、と考えられる。

3　〈竹取の翁の歌〉の恋衣

恋衣　素より、⑤〈遠里小野《とほさとをの》の榛摺りの歌〉（七―1156）において⒝旅の記念として中央官人が榛摺りをうたったのも、⒜地元の榛摺りが恋衣として名を馳せていたからである。

そのことを明示するのが、次にあげる⑫〈竹取の翁の長歌〉（十六―3791）の一節である。前述したように⑫〈竹取の翁の長歌〉には、紫の衣をはじめとした八種類の恋衣が登場している。その二番目に登場するのが、住吉《すみのえ》の遠里小《とほさとを》野《の》の榛摺りである。

⑫住吉《すみのえ》の　遠里小野《とほさとをの》の
真棒《まはり》もち　丹穂《にほ》しし衣《きぬ》に、

住吉の　遠里小野の
榛で　染め上げた衣に、

（十六―3791）

青春時代の竹取の翁は、紫の衣の他に「住吉《すみのえ》の遠里小野《とほさとをの》の真榛《まはり》もち丹穂《にほ》しし衣《きぬ》」などを恋衣として着用し、次々と女人を恋人にしている。してみると住吉の遠里小野の榛は、まず(A)地元で恋衣の榛摺りとして有名だった、と推測される。

〈住吉の岸野の榛摺りの歌〉　この⑫〈竹取の翁の長歌〉における恋衣としての「住吉の遠里小野の真榛もち丹穂《にほ》しし衣《きぬ》」を揺曳し、九人の仙女のうちの八人目の娘子《をとめ》が、次のように⑬〈住吉《すみのえ》の岸野の榛《はり》摺りの歌〉（十六―３８０１）をうたっている。

娘子等《をとめら》の和《あは》する歌九首（うち一首）

⑬住吉《すみのえ》の　岸野《きしの》の榛《はり》に　丹穂《にほ》ふれど、
丹穂《にほ》はぬ我《われ》や、丹穂《にほ》ひて居《を》らむ。

住吉の　岸野の榛で　摺り染めにしても、
染まらないわたしは、染まっていよう。
（十六―３８０１）

通説　第一章で述べたようにこの歌についての通説はおよそ、「我《われ》や」の「や」を軽い疑問、「丹穂《にほ》ふ」（摺り染まる・摺って染める）を女友達と同調する、と解している。例えば小学館『萬葉集四』によると、「自分はなかなか他人と同調しない性格であるのに、今はいつの間にか友だちと同調してしまっている、これはどういうわけか、とみずから不思議に思ってこういった」と解している。また釈注八［伊藤］もこれとほぼ同じで、「名も高い住吉の榛で染めても、いっこうにそまらぬ意地っぱりの私、そんな私なんだけど、この際は、皆さんと同じ色に染まっていましょう」と解している。

恋衣　しかし、この歌が⑫〈竹取の翁の長歌〉の「住吉《すみのえ》の遠里小野《とほさとをの》の真榛《まはり》もち丹穂《にほ》しし衣《きぬ》」に応えた形になっており、「丹穂《にほ》ふ」を三度用いていることも考慮しなければならないだろう。とすると、「や」を感動、「丹穂ふ」を恋衣を摺り染めにする実意とともに恋心を抱く、恋を成就することの譬喩と解釈するのがいいようである。

⑫〈竹取の翁の長歌〉とその反歌、ならびに〈娘子等《をとめら》の和《あは》する歌〉の九首は、釈注八［伊藤］によると春の野における行事での笑われ歌で、竹取の翁は粋にすぎる身なりで演技したろうという。青春時代の竹取の翁は、明らかに恋衣で着膨れており、もてもての二枚目気取りも三枚目に堕している。このようにこの一連の歌群は春の行事を場にした創作

歌ではあったけれども、その主題は青春時代の恋である。Ⓐ翁の着た榛摺りや、八人目の娘子《をとめ》の詠む榛の摺り染めは、日常生活における妻訪いの恋衣の習俗を反映している。

八　綜麻条の榛

1　恋衣による恋人賛美

〈綜麻条の榛摺りの歌〉　Ⓐ大和の国（現奈良県）の桜井《さくらい》市の三輪《みわ》地方の榛《はり》を詠む恋歌として、次の①〈綜麻《へそ》条《かた》の榛《はり》摺りの歌〉（一―19・井戸《ゐのへ》の王《おほきみ》・雑歌）がある。

①綜麻《へそ》条《かた》の　林の前《さき》の　さ野榛《のはり》の
衣《きぬ》に付《つ》く如《な》す、目に付《つ》く我《わ》が背《せ》。

綜麻《へそ》条《かた》（三輪山）の　林の端《はな》の　さ野榛《のはり》が
鮮やかに衣に摺り付くように、よく目に付く我が愛《いと》しい人よ。　（一―19）

近江遷都歌の一首　この歌がうたわれた場はⒸ天智天皇が近江に遷都する折の儀礼であり、天智天皇がうたう〈三輪山への惜別の長・反歌〉（一―17・18）を承けて、井戸《ゐのへ》の王《おほきみ》がそれらに「即《すなは》ち和《あは》する歌」としてうたったものである。

地元の恋衣による恋人賛美　しかし最近かなり通説化しているように、この歌の本来の姿はⒶ三輪地方の古い恋歌・謡い物であった。

この歌は、Ⓐ三輪地方の特産品である榛の摺り染めを恋衣にして愛する男女が相逢う恋愛習俗を基盤にして生まれた定番の恋人賛美の恋歌である。このことは、今まで述べてきた花摺り・黄土《はにふ》染め・紫根《しこん》染め・榛摺りを詠み込む恋歌の場から容易に理解できることである。

この歌の本意は結句の「目に付《つ》く我が背《せ》」にあり、ここでは恋する男・夫を女人・妻が誉め称えている。この結句を

「如《な》す」という譬喩によって導くのが上四句で、この上四句は「綜麻条《へそかた》」＝三輪山の崎《さき》・端《はな》の野榛《のはり》がこの地方の恋衣として摺り染めに用いられる特別なものであることを述べている。この殊に優れた恋衣が人々の目を引く出来栄えになるので、それがこの恋衣を着る恋人・夫の美質・麗姿の称賛へと転化されることになる。

榛摺りの生産叙事　今まで述べてきた榛の歌一三首は、「地名＋特産品の榛」の形式を踏んでいた。それは基本的にはその地方の榛が優秀であることを称賛することであり、その摺り料・染料から生産される摺り衣・染め衣＝恋衣が一級品であることを称賛することだった。そしてその延長線上にその恋衣を着用する恋人・夫を置き、その人物まで榛摺りに因んで最高だと賛美することになる。

類型的な恋人賛美　以上のように上四句で三輪地方の飛び切り上等な染料の榛を妻訪いの現場に着て行く恋衣に付ける＝「衣《きぬ》に付《つ》く」ことが、結句の「目に付《つ》く我《わ》が背《せ》」を導いている。

　してみるとこの「目に付《つ》く」は、見事に摺り染めして美しく輝くという点で、「丹穂《にほ》ふ」や「丹付《につ》らふ」と同義である。すなわちこの恋歌の「目に付く我《わ》が背《せ》」は、「丹穂《にほ》へる我《わ》が背《せ》」とも「丹付《につ》らふ我《わ》が背《せ》」とも言い換えられる。こうしてみると、この色衣・恋衣を踏まえた恋人賛美の「目に付く我が背」は、同じく恋人賛美の「紫《むらさき》の丹穂《にほ》へる妹《いも》」（一―21）・「垣津《かきつ》幡丹《はたに》付《つ》らふ妹《いも》・君《きみ》」（十―1986、十一―2521）・「茜指《あかねさ》す君」（十六―3857）と同一線上にある、とわかる。

　①〈綜麻条の榛摺りの歌〉の主題は、これらの類型的・典型的な恋人賛美の語句を据えた結句に提示されているけれども、面白さはむしろこの恋人賛美の句が生まれた背景を紡織と榛摺りの生産叙事の上四句で示すところにあろう。

　以上からこの①〈綜麻条の榛摺りの歌〉は、極めて類型的な恋衣の発想と表現をとっている、とわかる。

2　苧環型三輪山神婚譚

「綜麻形」の訓義　この歌の初句の「綜麻条《へそかた》」の原文は、「綜麻形」である。この「綜麻形」の訓義は、古来難解であった。しかし、「〈綜麻形乃〉訓について」〔伊丹末雄〕・『額田王』〔谷馨〕・「蛇聟入の源流―『綜麻形』の解読に関して―」〔佐竹昭広」などで論及され、その訓義は「綜麻条《へそかた》」で、三輪地方の地元の人たちが三輪山を親しんだ異名だ、と考えられている。

「綜麻条《へそかた》」は、紡いだ麻の糸を巻いた輪の糸筋が原義である。すなわち「綜麻《へそ》」とは糸巻きであり、原文の「形《かた》」は「葛葉条《くずはがた》」（葛葉の蔓《つる》）（十四―３４１２）の用例から「条《かた》」のことで、小学館『萬葉集三』が説くように「カタは蔓や細長い糸筋を表わす古語」である。

苧環型三輪山神婚譚　この三輪山の異名である「綜麻条《へそかた》」の背後には、崇神記の三輪山伝承が控えている。その伝承は、およそ次のとおりである。

昔、三輪山の麓に活玉依毘売《いくたまよりひめ》という美人がいた。ここに容姿端麗な立派な男が夜中に通ってくるようになり、二人は気が合い、毘売《ひめ》は身ごもった。父母はその事情を尋ねたところ、姓名も知らない美麗な男が夕ごとに来訪してこうなった、と告げた。そこで男の素姓を知ろうとした親のことばに従い、床《とこ》に赤土《はに》を散らし、綜麻《へそ》＝糸巻きの紡《う》み麻《を》（紡いだ麻糸）を針に貫いて、男の裳裾に縫い付けた。翌朝見ると、針を付けた紡《う》み麻《を》は戸の鍵穴を通り、残った麻《を》は「三勾《みわ》」（三巻）＝三輪《みわ》だけだった。その麻《を》を辿ると三輪山《みわやま》に着き、神の社に留まった。それで、その男が三輪の神であるとわかった。
それ以来、この地方を「三輪《みわ》」といった。

この神婚譚は、三輪山神婚譚として知られたものである。この三輪山神婚譚には⑴苧環《をだまき》型と⑵丹塗矢《にぬりや》型の二つがあり、ここで挙げた崇神記の伝承は前者の典型である。

苧環型三輪山神婚譚の影響　右に挙げた佐竹論は、「綜麻条《へそかた》」がこの苧環《をだまき》型三輪山神婚譚を踏まえ、麻糸を巻く「綜麻《へそ》」の「条《かた》」＝糸筋に由来する、と説く。そして第三句の「さ野《の》榛《はり》」にはこの伝承の「針《はり》」が懸けてあり、第四句の「衣《きぬ》に付《つ》く如《な》す」にも榛《はり》が衣《きぬ》に染み付《つ》くことと針《はり》が衣《きぬ》に付《つ》くことを懸けている、と説く。こうしてみると佐竹論は、この①〈綜麻条の榛摺りの歌〉全体が苧環型三輪山神婚譚を基盤にしている、と説いていることになる。

この佐竹論によって、原文の「綜麻形」の訓義が三輪山伝承を踏まえた「綜麻条《へそかた》」で、三輪山の別称だ、と明確になった。

神衣を作る巫女　『三輪山の古代史』［平林章仁］は、右の佐竹論を承けてこの苧環《をだまき》型三輪山神婚譚の苧環について次のように述べる。

この苧環型三輪山神婚伝承では、夜毎に訪れ来る神の裳裾に女が閉蘇紡麻《へそうみを》を縫いつけることが物語の核になっていて、このことから機織《はたおり》集団や機織文化との関係が推測される。（中略）また、アマテラスをはじめ、（中略）巫女的織姫の神婚伝承が少なくないが、これは神を迎え喜ばせ神衣を織成した織姫が神の妻ともなる巫女的女性であったこと、これらの物語やその背景にある祭儀が機織集団と深い関係にあったことを示すものとして注目される。（中略）

大三輪神に奉献された衣縫の兄媛（雄略紀十四年三月の条）に象徴される織姫たちは、神の衣服を織造することでもって奉仕した巫女的女性であり、神の裳裾に縫い着けたという閉蘇紡麻《へそうみを》は本来、神衣を織り縫うためのものであった。

この論は、苧環型三輪山神婚譚の背後に、大物主の着る神衣《かむみそ》を作成する巫女がおり、その中から神の嫁が選ばれる祭祀儀礼があった、と述べている。

3　紡織・染色叙事

紡織叙事　初句の「綜麻条《へそかた》」は、苧環《をだまき》型三輪山神婚譚を踏まえた三輪山の異名である。すなわちこの「綜麻条《へそかた》」は、三輪山の神の着る神衣《かむみそ》を生産する巫女の織姫が最高の麻《あさ》の糸を紡ぎ、織りなしていることを述べている。

一定の範囲内に限られた共同体では、その内部で知られた伝承などがあれば、その伝承の一部のインデックス・キーワードだけで全体を表現することがある。その言語表現はかなり不完全であり、そのために共同体の外部者にはその表現の意味は理解しがたいけれども、共同体内部では直ちに了解できるものである。今の「綜麻条《へそかた》」の場合もその典型で、この恋歌がうたわれていた古代の三輪地方では、初句の訓義がよく理解されていた。しかし後世の読者や研究者（共同体の外部者）が「綜麻形」の訓義に苦しんでいるのは、その共通理解していた限られた時空と大きく隔てられているためであった。

以上、初句の「綜麻条《へそかた》」は、苧環型三輪山神婚譚を踏まえたインデックスで、紡織・染色叙事のうちの紡織を中心にして述べている。

染色叙事　二句以下の「林の前《さき》のさ野榛《のはり》の衣《きぬ》に付《つ》く」と「目に付く」は、最高の麻の紡織叙事に続く染色の生産叙事である。神山の神域である林の崎にある「さ野榛《のはり》」の実・樹皮は貴重な聖なる摺り料・染料で、この榛が麻の「衣《きぬ》に付《つ》く」ことになる。素よりこの神衣《かむみそ》の榛染めの作業も、巫女・織姫の聖なる仕事であった。

崇神記の苧環型三輪山神婚譚は、神衣《かむみそ》織りを暗示する苧環《をだまき》だけを述べて、神衣の染色を示唆すらしていない。それはこの神婚譚の興味・焦点が麻の緒《を》・条《かた》にあり、この緒《を》・条《かた》によって大物主の神と結ばれたことを熱心に語っているからだろう。けれども神衣の織姫は、その職掌として神山の聖なる榛で神衣を摺ったり染めたりもしていた、と考えるべきである。

こうして作成された神衣は、当然のことながら逸品である。その織りと染めの優秀さを示すのが、結句の「目に付く」

＝目にも鮮やかな印象を与えるという賛美のことばである。

叙事の構造　生産叙事を唱えた嚆矢は、南島（奄美・沖縄）の古謡を研究対象にした「紡織叙事歌考」［小野重朗］である。それによると生産叙事歌は、予祝のみならず、その背後に神話などの聖なる語りがあり、神事芸能として存在する、と述べている。この発想を古代文学に応用したのが、『古日本文学発生論』［藤井貞和］・『古代和歌の発生』［古橋信孝］である。筆者もこれらに倣い、『河内王朝の山海の政―枯野琴と国栖奏―』［畠山］・「琴と静歌(2)―仁徳天皇と石之日売の伝承―」［畠山］で、生産叙事について論じている。

この生産叙事の構造は、由緒あるもの（者・物）・由緒ある所・由緒ある所作（原因）が提示され、それらの威力が発動すると（原因）、理想的な生産物・状況がもたらされる（結果）、というものである。

次に、この生産叙事の構造をもつ紡織・染色の叙事とし、①〈綜麻条《へそかた》の榛摺りの歌〉と南島（奄美《あまみ》・沖縄）の〈芭蕉《ばしゃ》流れ〉・岡山県の〈麻苧《あさお》十七流れ〉を表にすると、次のようになる。

〈紡織・染色の生産叙事の構造〉

作品名	由緒あるもの・所・人	所作	効用
〈綜麻条の榛摺りの歌〉	綜麻条の林の前のさ野榛	衣に付く（摺る・染める）	目に付く（神衣）・恋衣
〈芭蕉流れ〉	芭蕉・窯・鍋・竹管など	植える・煮る・紡ぐ・染めるなど	愛人の晴衣・恋衣・神衣
〈麻苧十七流れ〉	十七歳の乙女・鍬・鍋・灰・機・紺屋	畑を打つ・蒔く・刈る・煮る・織る・染める・仕立てる	殿御の晴衣・恋衣

〈芭蕉流れ〉　〈芭蕉流れ〉の主要部を次に抄出してみる。なおこの歌は現在、奄美のユタ（民間巫者）がマブリヨセ（死

霊を呼んで行ぅ口寄せ）でうたわれている。

〈芭《ば》蕉《しゃ》流れ〉

おてんとぬ　したに
わがうぃたる　ばしゃや
おをば　だらだらとぅ
むぇたる　きょらさ
かまば　とぅりゆしてぃ
とーしゃる　きょらさ
あくとぅなぶぃ　ゐしてぃ
にちゃる　きょらばしゃや
いぇぶぃとぅ　たご　ゐしてぃ
ひちゃる　きょらさ
うんぞけぇぬ　なかに
ちだる　きょらさ
はたとぅ　ちむぃ　ゆしてぃ
ちんじゃる　きょらさ
いぇーずむぃ　なまいぇーずむぃ
すむぃたる　きょらさ
かなしぐゎに　きしてぃ

おてんと（天道）の　下に
私の植えた　芭蕉は
青葉も　垂れだれと
生えて（その）美しいこと
鎌をば　取り寄せて
倒した（その）美しいこと
灰と鍋を　据えて
煮た（その）美しい芭蕉を
竹管と　竹籠を　据えて
引いた（その）美しいこと
績籠の　中に
績《う》んだ（その）美しいこと
糸車と　錘を　引き寄せて
紡いだ（その）美しいこと
藍染めの　生藍染に
染めたる（その）美しいこと
可愛い子（愛人）に　着せて

みすでぃ　ふらそ　　　　　　　　御袖を　振らせよう　　　　　（田畑英勝採集資料）

この生産叙事歌では、立派に育った芭蕉を、鎌・灰汁《あく》・鍋・績籠・糸車・錘などの紡織具を順次用いて、植え・煮・紡ぎ、藍染めにする作業によって（原因）、愛人に着せる見事な衣装・恋衣を仕立て上げている（結果）。

神衣と恋衣　この〈芭蕉流れ〉をユタが口寄せに際してうたうのは、ユタが最高の神衣《かむみそ》（芭蕉布の藍染め）を着ることによって正真正銘のユタになったことを示すからだろう。ユタは、元歌の芭蕉布の生産叙事歌を自らの神衣の由緒正しさを証すために転用した、と考えられる。

こうしてみると、ここでも神衣《かむみそ》と恋衣《こひごろも》の位相の近さが示されている。

〈麻苧十七流れ〉　「紡織叙事歌考」によると、この〈芭蕉流れ〉の代表的な類例として岡山県高梁市《たかはし》の花田植《はなたう》えでうたわれる〈麻苧《あさお》十七流れ〉がある。この歌は、麻苧《あさお》の理想的な生産を叙事する流れ歌である。以下にその主要部を抄出する。

〈麻苧《あさお》十七流れ〉
我殿は裃《かみしも》仕立てに思いつき、心の内はいそいそと
十七が鍬をかついでどこに行く、八反畑を打ちにゆく
十七が八反畑を打ち開く、麻苧《あさお》蒔くとて打ち開く
十七が三日月なりの鎌といでどこに行く、八反畑の麻刈りに
十七が麻煮る釜はなに釜か、白金黄金の釜で煮る
十七が苧を煮る灰はなに灰か、楠木灰で麻を煮る
十七がへ機《ばた》に寄りて何をする、へ機に寄りて糸を経《へ》る

布はさるいたが紺屋はどこへの、大阪天王寺の中の紺屋へ
殿御《とのご》様《さま》裃《かみしも》仕立てはどこがよい、京都の仕立て屋にやりなさい

この麻苧《あさお》の生産叙事は、一七歳の清い乙女が鍬で畑を打って麻を蒔いてから、鎌で麻を刈り取り、釜で煮立て、麻布を織り、さらには染めることによって（原因）、愛人の殿御に着せる見事な裃・恋衣を仕立てる（結果）までを克明に述べている。

4　神衣の生産叙事

〈綜麻条の榛摺りの歌〉の位相　こうしてみると、①〈綜麻条《へそかた》の榛摺りの歌〉の位相が見えてくる。織姫・織《おり》つ女《め》である巫女・霊依姫《たまよりひめ》が聖なる麻衣を紡織し、三輪山の神域にある榛を「衣《きぬ》に付く」＝摺り染めにすると（原因）、鮮やかに「目に付く」神衣が完成する（結果）。このように麻製の榛摺りの神衣を大物主の神に着てもらうという、神衣の理想的な生産叙事が、この歌の基盤にあり、①〈綜麻条《へそかた》の榛摺りの歌〉のあらかたはその簡略形だった、と推定できる。

こうしてみると、この①〈綜麻条《へそかた》の榛摺りの歌〉に与えた苧環型三輪山神婚譚の影響は、正確にはこの神婚譚を裏付ける祭祀のあり方（巫女・織《おり》つ女《め》の神衣の生産）にある、といえる。とすると、歌の三句目の「榛《はり》」を苧環型三輪山神婚譚の神衣の裳裾に貫いた「針《はり》」と掛詞になっているとまで説かなくてもいいのではなかろうか。なぜならば、「針《はり》」は初句の「綜麻条《へそかた》」と同じ麻衣の紡織の段階にあり、二句以下の「榛《はり》」はその次の摺り染めの段階にあるからである。

『延喜式』の神衣・榛摺り　このように①〈綜麻条《へそかた》の榛摺りの歌〉の祖型・骨子が榛摺りの神衣《かむみそ》の生産叙事であるとすると、後世のものながら『延喜式』（九二七年成立）に榛摺りの神衣が存在することに思い至る。『延喜式中』［虎尾俊哉編］の補注によると、この宮廷の定める「榛揩《はりずり》」は、「版木を用いた榛（ハンノキ・カバノキ科の落葉高木）の葉・果の汁で模様を摺った衣で、ハニスリ・ハジスリともいう」とある。この定めによると、四時祭式下（巻

二）48鎮魂祭の条では「伯已下史已上《はくいげさかんいじょう》七人、宮主一人〈已上榛指《いじょうはりずり》の袍《ほう》〉」とあり、中務省（巻十二）33鎮魂祭の条では、「神祇官には榛摺《はりすり》の帛の袍《ほう》十三領、袴十三腰、青摺《あおずり》の布の衫《ひとえぎぬ》三十二領、あらかじめ給え」とあり、縫殿寮（巻十四）6鎮《たま》魂《しずめ》の斎服《さいふく》（新嘗《にいなめ》の祭にも同じく用いよ）では、「神祇官の伯已下《はくいげ》弾琴《みことひき》已上の榛指《はりすり》の帛の袍十三領（下略）」とある。また践《せん》祚《そ》大嘗祭《だいじょうさい》（巻七）30斎服の条では、「凡《およ》そ斎服は十一月の中つ寅の日に給え。神祇官の伯已下《はくいげ》弾琴《みことひき》以上十三人〈伯一人、副二人、祐二人、史二人、宮主一人、卜長上《うらのちょうじょう》二人、巫部《かんなぎべ》一人、琴弾二人〉に榛藍指《はりあいずり》の錦の袍一領、白袴一腰」とある。「榛藍指《はりあいずり》」とは、榛の木の汁と山藍の草の汁によって紋様を摺り出したものである。

このように宮廷の中核的な年末の祭祀儀礼（鎮魂祭・新嘗祭・大嘗祭）では、祭祀に奉仕する男神人が榛摺り・榛藍摺りを着ている。

そしてそれのみならずその祭祀の秘儀では、来臨する神とそれを迎える神女もこれらの神衣・斎服を着用していたろう。この点、『延喜式』は目に見える儀式にだけ注目し、秘儀はやはり秘められたままのようである。

榛藍摺り　右の神衣《かむみそ》のなかに一例ながら「榛藍《はりあゐ》摺り」があるのは、本論にとっては注目すべきことである。すなわち、「榛藍《はりあゐ》摺り」は神衣の代表である「山藍摺り」と「榛摺り」が合体したもので、山藍摺りと榛摺りが同一性格をもつ神衣であることを象徴的に示している、と考えられる。

なお古代中国では、この黒と藍の模様染めは「黼黻《ふふつ》」と称し、天子の着用する礼服である（史記秦本紀献公二十一年の条）。

民間の神衣の榛摺り　こうしてみると、宮廷に神衣・斎服の榛摺り・山藍摺り・榛藍摺りがあるように、民間の大神《おほみわ》神社＝三輪《みわ》神社にも神衣としての榛摺りがあり、また橋の袂で催す河内の〈頭《つめ》の遊びの山藍摺りの娘女《をとめ》の長・反歌〉（九―1742・1743）でこの祭祀に参列する「児《こ》」（娘）が「山藍《やまあゐ》もち摺れる衣《きぬ》」を着ていたのも、基本的には同じ性格の神衣・斎服だった、とわかる。

衣服令の榛摺り　天武紀朱鳥《あけみとり》元年（六八六）の正月の条によると、天武天皇は高市《たけち》の皇子《みこ》への褒美の一つとして、「錦の袴《はかま》」などとともに「蓁指《はりすり》の御衣《おほみそ》」を与えている。すなわち榛摺りは、高い価値を与えられていた。

ところがそれから三〇数年後の養老二年（七一八）に定められたらしい衣服令《いふくりょう》では、榛摺りの衣は公官庁の第十六位の者が着るように定められている。

神事儀礼における斎服や天皇の恩賜品としてかほどに高い格を与えられていた榛摺り・榛染めが、やがては俗的な身分制に基づく衣服令でこのように下位に位置づけられている。そのあり方は、やはり霊性の高い山藍摺りの系譜を引く紫染めが、衣服令の最上位に位置付けられていることと、極めて対照的である。この俗的世界の衣服令《いふくりょう》における榛摺りの地位の下落は、榛《はり》の名所が萩《はぎ》の名所になる前兆だったのかもしれない。

5　神衣に発する恋衣

恋人賛美　以上、このように榛摺りを貴ぶ祭祀世界が下地になっていればこそ、神を迎える方式で恋人を歓待する女人は、榛の神衣の理想的な生産過程をなぞって恋人の着る榛の恋衣を作り上げる。そしてさらには、その恋衣の生産叙事を恋人賛美の恋歌に転用することになる。結句の「目に付く我《わ》が背《せ》」は、その恋人賛美である。このように、理想的な神衣の生産叙事の簡略形に「我《わ》が背《せ》」を付しただけで、急転直下、恋人・夫を三輪山の大物主の男神にも相当すると賛美することになる。

南島の〈芭蕉流れ〉と岡山の〈麻苧《あさお》十七流れ〉の結末も、その理想的な出来の染め衣が恋人の着る恋衣・晴衣になっていた。こうしてみると、理想的な生産叙事から恋人を賛美する恋歌が派生することは、民俗社会では一般的な手法だった、とわかる。

素より①〈綜麻条《へそかた》の榛摺りの歌〉もこの〈芭蕉流れ〉と〈麻苧《あさお》十七流れ〉につながる古形として存在し、三輪地方の神衣の生産を踏まえた恋歌として民間で愛唱され続けていた、と考えられる。

神衣に発する恋衣　以上、今まで挙げた恋衣《こひごろも》を踏まえた榛《はり》の恋歌のうち①〈綜麻条の榛摺りの歌〉を除く一二首には、一見すると神衣《かむみそ》の生産叙事を踏まえた榛の摺り衣・染め衣の印象が薄かった。けれども、この①〈綜麻条《へそかた》の榛摺りの歌〉

が神衣の生産から恋衣の生産に向かう過程を辿れるところを見ると、①〈綜麻条《へそかた》の榛摺りの歌〉以外の榛の恋歌も、地元の特産品の榛（地名＋榛のユニット）による摺り・染めの生産叙事を踏まえているので、やはり神の着る神衣としての榛の衣を恋人の着る恋衣に転用した過程があった、と考えられる。

その転化のし方は、前章で述べたように古式の山藍摺りの神衣から同系統の紫の神衣・恋衣が派生している過程と同じである。したがって、恋人を賛美する時に着ている神衣・恋衣を下地にして恋人を賛美する表現も同一で、「紫《むらさき》の丹《に》穂《ほ》へる妹《いも》」・「垣津幡《かきつはた》丹《に》付《つ》かふ妹《いも》・背《せ》」と「さ野《の》榛《はり》の衣《きぬ》に付《つ》く如《な》す目に付《つ》く我《わ》が背《せ》」も同一線上にある、と改めて確認できる。

先祖返りした神楽歌　ところが、このような榛《はり》の神衣《かむみそ》に発する恋衣《こひごろも》の歌が、方向を逆転させて恋衣の歌が信仰的な神衣の歌に転用されてもいる。前述したようにその例が、次の神楽歌《かぐらうた》の〈榛《さいばり》〉（神楽歌38）である。

（本）榛《さいばり》に　衣《ころも》は染《そ》めむ。雨降れど、
（末）雨降れど、移ろひがたし。深く染めてば。

榛《さいばり》で　衣をば染めよう。雨が降って濡れても、
雨が降って濡れても、色が変わりにくい。色深く染めたならば。
（神楽歌38）

この神楽歌の元歌は、恋する男女が榛で色深く染めた恋衣を着て相逢うことを下地にして、愛の心に変わりがないことを誓っている。その表現のし方は特定の地名を除外して恋の染料の榛を一般化しているので、それだけ広く全国的に愛唱されていた、と想定される。

そこで神楽歌の管理者がこの知れ渡った榛染めの恋歌を神衣の榛染めの神歌に読み替え、神への信仰心の不変を誓う神歌として転用・変容させたのだろう。これは神衣から恋衣へという史的な展開から見ると先祖返り・逆立ちであるけれども、見方を変えればそれだけ神衣と恋衣の関係が本来同根に発していることをも示していよう。この先祖返りは、

神楽歌の管理者の巧みな工夫といえるだろう。

6　恋の謡い物の展開

地元の宴での恋　Ⓐこの三輪地方根生《ねお》いの恋の謡い物は、地元の有力者を客人にした宴でうたわれてもいい。宴の主賓を地元の特産の榛摺りの神衣《かむみそ》・恋衣《こひごろも》に譬え、客人を「お客様は神様です」、「目《め》に付《つ》く我《わ》が背《せ》」と賛美しながら、地元の遊行女婦《うかれめ》がしなだれ掛かっただろう。

旅先の恋　そしてさらにⒶこの恋人賛美の歌が、地元の女性、遊行女婦《うかれめ》によって旅人を迎える宴でもうたわれていいだろう。地方官人が大和の国に上京して三輪地方に宿った折りに、この地方の特産品である榛摺りを紹介し、旅人にその榛摺りを着せて大物主《おほものぬし》の神にも相当する「目に付《つ》く我が背」＝立派な殿方だ、と恋愛気分を高め、その繁栄を祝福していたのかもしれない。

　このように、地元の特産品である染め衣によって旅人を接待する遊行女婦として、前述したように難波の清江《すみのえ》の娘子《をとめ》がいた。彼女は、持統太上天皇《おほきすめらみこと》が難波の宮に行幸した時の宴席で長《なが》の皇子《みこ》にむかって艶っぽく〈住吉の岸の黄土《はにふ》に丹穂《にほ》はす歌〉（一―69）をうたいかけていた。

遊行女婦の歌二首の骨格　この遊行女婦《うかれめ》の二首の謡い物の骨格を改めて整理してみると、次のように軌を一にしている。

ⅰ「綜麻《へそ》条《かた》の林の前《さき》のさ野榛《のはり》」と「岸の黄土《はにふ》」が地名＋特産品の染料・顔料の一式を備えていて、それらが一級品であることを示し、ⅱその染料・顔料を「衣《きぬ》に付く」と「丹穂《にほ》はす」ことによって、ⅲ「目に付く我《わ》が背《せ》」・「旅行く君」はその恋を叶えてあげたいほどの最高の殿方だ、と賛美している。

近江遷都歌への転用　このようにⒶ地元の恋人・夫賛美の謡い物が、地元の女性によって地元の有力者や旅にある官人などを賛美・祝福する宴で用いられるようになる。そうすると、Ⓒ朝廷が大和の国から近江の国へ遷都する際の惜別の儀礼において、地元の三輪側が天智天皇を賛美し、天智朝の将来を祝福する儀礼歌・呪禱歌としてこの恋の謡い物を転用してもおかしくないだろう。

Ⓐこの三輪地方の民間の恋歌が、Ⓒ近江遷都の折りに儀礼歌・国風《くにぶり》として転用された経緯については、第三章で述べる。

九　結び

発想と主題　以上、榛を詠み込む一四首の万葉歌のうち、⑭〈霍公鳥《ほととぎす》を怨恨《うら》むる歌〉を除く一三首に共通する発想法を考察し、そこから歌の主題にうかがわれる傾向とその生成を考えてみた。

地名＋特産品の榛　各歌には、「地名＋特産品の榛」という共通した組み合わせがはめ込まれている。これは、その地域の榛が特産品であることを示している。この特定の地方の特産品の榛が知られるようになったのは、これらが黒色の摺り料・染料として上等だったからである。

神衣　そしてこの榛の摺り染めの古形は、基本的には神祭りに用いる神衣《かむみそ》であり、この榛摺りは祭りの関係者が着るとともに、神とその神を迎える神女の着る神衣《かむみそ》でもあった。

上等な榛の恋衣の歌　そしてこの上等な榛の神衣《かむみそ》が、当然のことながら恋する男女が相逢うときに着る、いわゆる「恋《こひ》衣《ころも》」にも用いられた。その最高の「恋衣」を述べるために、理想的な「地名＋榛《はり》」による摺り染めの型を一様に採っている。すなわち、恋する男女の出会いが神の来訪と神女の出迎えの方式を援用したので、神衣《かむみそ》が恋衣《こひごろも》へと展開していった。

こうしてこれらの地方は、見事な榛による摺り染めを恋衣にする所として有名になる。そしてⒶこれらの最良の榛の恋衣が、お国自慢もあって恋歌にうたわれ、さまざまな意匠のもとに恋歌を彩ることになる。

地元の宴の恋歌　この民間の恋衣をめぐる恋歌は、地元の宴でも遊行女婦《うかれめ》や客人《まろうど》によって愛唱された、と想定される。

旅の記念・旅先の恋　この特産品の榛の摺り染めが榛の恋衣として恋歌とともに世間に知れ渡ると、中央官人を中心にした旅人にも注目される。

まず旅宿での宴でⒶ地元の恋歌が、客人の接待のために地元の名産の紹介もかねて披露されることになろう。するとⒷ旅人も、「地名＋特産品の榛」の基本型を取り込んで土地の地霊に対して挨拶の歌をうたうことになる。すなわち、旅の記念として地元の榛を衣に摺り染めにするとか、榛の枝や実を土産にするとかうたって、その土地の榛を称賛する。

また、Ⓐ地元の女性が地元の恋衣の歌をうたって旅人を恋人として賛美する場合もあった。そしてこれに対して、Ⓑ旅人が地元の榛の恋衣の歌をうたったり、地元の榛を詠み込んだ創作の恋歌をうたったりして、接待する女性を口説く場合もあった。

地元の歌と旅人の歌の交流　こうした宴でⒶ地元の歌とⒷ旅人の歌が交流すれば、旅人の歌が地元に受容されて地元の歌として定着することもあった、と想定される。また旅人も、Ⓐ特定の地方の歌をⒸ他所《よそ》で転用することもあった。

類型的な作者未詳歌　以上、「地名＋榛」の一式をもつ一三首の歌が、榛摺りを神衣《かむみそ》・恋衣《こひごろも》にする習俗から生まれた類型的な歌であることは、奥麻呂の②〈引馬野の榛摺りの歌〉、黒人夫妻の③〈真野の榛を手折る歌〉・④〈真野の榛を見る歌〉を除いて、そのほとんどが作者未詳であることにもよく示されている。

こうしてみると、唯一「地名＋榛」の一式をもたない大伴の家持の⑭〈霍公鳥《ほととぎす》を怨恨《うら》むる歌〉が、神衣・恋衣の習俗に発する類型から脱却した独創的な歌だった、と知られる。

一〇　琴歌譜歌謡の榛（付論）

1　はじめに

二首の琴歌譜歌謡　以上のように、Ⓐ恋衣としての榛の摺り染めを基盤にして発想された恋歌が、全国の各地に流布していた。
　こうしてみると、平安初期に成立したといわれる『琴歌譜《きんかふ》』に所収されている榛を詠み込む二首も、同じ系列にある、と考えられる。すなわち、十一月節の「小歌《こうた》の部」の〈榛《はり》と櫟《くぬぎ》の歌〉（琴歌譜4・高橋振《たかはしぶ》り）と正月三節の「小歌の部」の〈川榛《かははり》と根捩《ねもぢ》の歌〉（琴歌譜15・長埴安振《ながはにやすぶ》り）も、直接的には摺り・染めを述べていないけれども、やはり榛を恋衣にする恋愛習俗を踏まえているようである。

2　榛と櫟

〈榛と櫟の歌〉　まず一首目の〈榛《はり》と櫟《くぬぎ》の歌〉（琴歌譜4）は、次のとおりである。

道の辺《べ》の　榛《はり》と櫟《くぬぎ》と　品《しな》めくも。
言ふなるかもよ。　榛《はり》と櫟《くぬぎ》と。

道のほとりの　榛の木と櫟の木とが　品《しな》めいているよ。
ひそひそと愛を語り合っているそうだよ。榛の木と櫟の木と。
（琴歌譜4）

「しなめく」には、「品《しな》めく」（動詞・上品に振るまう、科《しな》を作る義）と「しなめし」（形容詞・こっそり～している義）の連用形「しなめく」の二説がある。ここでは榛と櫟が恋し合う者で、品を作りながら密かに逢瀬を重ねている場を述べているようである。『上代歌謡集』［高木市之助］が説くように、「歌全体は、他人の情事をみつけてからかったやうな歌謡であるから、シナメクが、特殊な意味をあらはしてをり、当時の人々には、面白かったものであらう」。
　しかし、その面白さが明確に述べられていないのが惜しまれる。

櫟＝橡　今まで述べてきた「榛《はり》」の摺り・染めは、各地方の特産品・一級品であった。これに対して、「櫟《くぬぎ》」の染め物は二級品のようである。
「櫟《くぬぎ》」は「橡《つるはみ》」ともいい、ぶな科落葉高木である。その実すなわちどんぐりを煎じた汁は橡《つるはみ》染めに用いられ、この時に鉄を媒染剤にするので黒ないしは紺黒色を呈する。『琴歌譜』では「櫟《くぬぎ》」を用いているけれども、万葉歌では専ら「橡《つるはみ》」を用い、その六つの用例のすべてが、摺り衣・染め衣としてうたわれている。

普段着　衣服令によると「家人奴婢、橡黒衣」とあり、この衣は身分の低い者が着るように定められている。しかしこれは公官庁の定めであり、それ以外の場では庶民が日常に用いる色衣だった。したがって六首の万葉歌の「橡《つるはみ》」染め＝「櫟《くぬぎ》」染めは、気取らない者の着る普段着で、それはまた男からみて気楽な愛人の着る衣になり、またそのような気さくな恋人をも意味している。

3　橡染めの女人

六首の橡染めの歌　以下に、六首の橡《つるはみ》染めの歌をみてみる。

紅染めと橡染め　まず次の〈紅《くれなゐ》と橡《つるはみ》の衣《きぬ》の歌〉（十八―４１０９）は、紅《くれなゐ》染めと橡《つるはみ》染めを対比し、橡染めをよしとしている。

史生《ししやう》尾張《はり》の少咋《をくひ》を教へ喩《さと》す歌　反歌　大伴の家持

紅《くれなゐ》は　移《うつ》ろふものぞ。橡《つるはみ》の
馴《な》れにし衣《きぬ》に　なほ及《し》かめやも。

紅は　色褪《あ》せるもの。橡染めの
着馴《きな》れた衣に　やはり及ぼうか。
（十八―４１０９）

この歌は、尾張の少咋《をくひ》が左夫流《さぶる》という遊行女婦《うかれめ》に恋して妻を離縁しようとした時、彼の上司である越中の国の国守・大伴の家持が彼を教え諭した歌の一首である。紅花《べにばな》で染めた紅衣《くれなゐころも》は変色しやすいけれども、橡《つるはみ》染めの着馴れた普段着には及ばないと述べ、遊行女婦《うかれめ》の一時的な艶っぽさは糟糠《そうこう》の妻に及ばない、と諭している。素より紅衣《くれなゐころも》は左夫流《さぶる》という遊行女婦《うかれめ》を、橡《つるはみ》染めは妻を譬えている。

「紅の衣」は「紫の衣」と並ぶ典型的な華美な恋衣であり、地味な日常着の「櫟《くぬぎ》」＝「橡《つるはみ》」染めと好対照をなしている。この歌は紅衣《くれなゐころも》を恋衣にして妻訪うことを下地にした発想で、華々しい高嶺の花の恋よりも地味な普段着を着ている妻が優れている、と述べている。

長持ちする橡染め　次の〈橡の衣《きぬと》解き洗ひ打つ歌〉（十二―３００９）は、橡染めの長所は長持ちすることにあるという。

橡《つるはみ》の　衣解《きぬと》き洗ひ　まつち山、
本《もと》つ人には　なほ及《し》かずけり。

橡の　衣を解き洗って　また打《う》ち―真土山《まつちやま》の、
もとの人―昔馴染んだ人には　やはり及ばない。
（十二―３００９）

この歌も前歌と同様に、橡染めが優れている点は「衣を解き洗ってまた打《う》ち」直して長持ちすることだといい、どんなに派手な恋衣もこの地味な橡染めには及ばない。そのように「本《もと》つ人」＝馴染みの人がいい、と述べている。

馴染み深い橡染め　次の〈橡の解き洗ひ衣《きぬ》を着る歌〉（七―１３１４）は、橡染めは馴染み深いと述べる。

橡《つるはみ》の　解き洗ひ衣《きぬ》の、怪《あや》しくも
ことに着欲しき　この夕《ゆふへ》かも。

橡の　解き洗ひ衣が、不思議にも
格別に着たい　この夕方だ。
（七―１３１４）

前の歌と同様、「橡《つるはみ》の解き洗ひ衣《きぬ》」を不思議なほどやたらに着たい＝馴染んだ恋人・妻に逢いたい夕方だという。

裏のない橡染め　次の〈橡の一重《ひとへ》の衣《ころも》の歌〉（十二―２９６８）は、橡染めには裏がないと述べる。

橡《つるはみ》の　一重《ひとへ》の衣《ころも》、裏もなく
あるらむ児故《こゆゑ》、恋ひ渡るかも。

橡の　一重のように、裏もなく―無心で
あるらしいあの娘のことで　恋しつづけることよ。
（十二―２９６８）

橡は粗末ながらも「一重《ひとへ》の衣《ころも》」で「裏もな」いので、そのような衣を着ている素直で無心な娘さんに恋し続けている、と述べている。

橡の袷　次の〈橡の袷《あわせ》の裏《うら》の歌〉（十二―２９６５）は、橡の袷を裏返すように粗末に扱われても気にしない、と述べている。

橡《つるはみ》の　袷《あはせ》の衣《ころも》　裏にせば、

我《われ》強《し》ひめやも。君が来まさぬ。

橡染めの　袷の衣を　裏返して着るように軽んじる気なら、わたしは無理強《むりじ》いしようか。なのにどうして君はいらっしゃらないのだろう。
（十二―２９６５）

橡染めを着る立場の女人が、たとえ自分を軽んじても気位を高くもって迫るつもりもないのに、あの方がさっぱり来訪してくれない、と述べている。

事なしの橡染め　次の〈事なしの橡染めの衣《きぬ》の歌〉（七―１３１１）は、橡染めは気張らないものだ、と述べている。

橡《つるはみ》の　衣《きぬ》は人皆　事なしと言ひし時より、着欲しく思ほゆ。

橡染めの　衣は誰もが　着やすいと言うのを聞いてから、着てみたく思う。
（七―１３１１）

この歌から、橡の一般的な評価が「事なし」＝気張ることなく着やすいことだった、とわかる。そしてこれが恋歌に用いられ、気楽な恋衣を着て、気安く付き合える恋人がほしい、とうたっている。

4　珍妙な組み合わせ

対照的な榛と櫟　このように庶民的な日常着の「櫟《くぬぎ》」染め＝「橡《つるはみ》」染めの歌六首をみてくると、〈榛《はり》と櫟《くぬぎ》の歌〉（琴歌譜4）の歌意が浮き彫りになってくる。

草木などによる摺り・染めを知り尽くしていた古代人にとっては、榛《はり》と櫟《くぬぎ》の原木などをみると直ちに色が連想された、と考えられる。そしてその榛《はり》と櫟《くぬぎ》＝橡《つるはみ》の染色は、黒系統で共通しているけれども、一級品の洒脱な榛《はり》摺り＝恋衣と地味な櫟《くぬぎ》染め＝橡《つるはみ》染めの日常着で対照的であることも知り尽くしていたろう。

釣り合わない二人　してみるとこの二つの染め衣の共通点と相違点のズレが、この歌に統一された調和と珍妙な違和感をもたらしているだろう。色衣が恋衣になり、また恋人同志の譬喩になっているので、その染料の原木も恋人同志の譬喩になる。とすると、榛と櫟は黒系統で統一されているのでペアールックを着るお似合いのカップルになり、「品《しな》めく」＝仇っぽく振る舞うことになる。しかし一級品を着る恋人と日常着を着る恋人ではあまりに不釣り合いで、二人の「品《しな》めく」愛の所作が滑稽に見えてくる。

似た者同士　あるいは、一級品の榛摺りは「地名＋特産品の榛」の組み合わせでその品質を保証していたけれども、ここではただの名もない道端に生える「榛」なので、この榛は櫟とともに二級品だったとも考えられる。とすると、気取って榛摺りを着たとはいえ、二級品の榛摺りの恋衣を着た恋人と、橡染めの平常着を着て気取りようもない恋人が、いかにもそれらしく気取って逢引きをしている図が浮かんでくる。ここには、さらに増幅された「品《しな》めく」愛の所作のちぐはぐさ・おかしさが浮かび上がってくる。

以上から、この歌の「しなめく」は動詞「品めく」で、心を込めて仇っぽく媚びて上品に振る舞う義で、その歌意はこのように気取りようのない二人が気取って逢っていることの珍妙さを面白おかしくからかっている、と考えられる。

5　川榛と根捩

〈川榛と根捩の歌〉　二首目の〈川榛《かははり》と根捩《ねもぢ》の歌〉（琴歌譜15）は、次のとおりである。

川上《かはかみ》の　川榛《かははり》の木の　疎《うと》けども、
付《つ》きし根捩《ねもぢ》は　族《うから》とぞ思《も》ふ。

川上の　川榛は　疎く思われるけれども、
既に衣に染み付いていた根捩《ねもぢ》＝捩摺《もぢず》り草は　一族だと思われる。（琴歌譜15）

「つきしねもぢ」は難解で、『日本歌謡集成巻一—上古編—』〔高野辰之〕は「春米持《つきしねも》ち」と解し、『記紀歌謡集全講』〔武田祐吉〕は「継《つ》ぎし根持《ねも》ち」（継木の根を持ち）と解し、『上代歌謡詳解』〔木本通房〕は「付《つ》きしねもぢ（捩摺《もぢず》り草・ねぢばな）」と解している。上記の説を説く論者は、いずれも要領をえないとして困惑している。

「琴歌譜の構成—「小歌の部」について—」〔神野富一〕は、「継ぎし根持ち」説を採り、歌意を「川上の川榛の木のように、疎遠であるけれども、継いだ根を持つものは同族だと思う」と解している。そしてこの解によって、正月節会の場に集まった諸臣への呼びかけの歌らしくもなる、という。

本論は木本説を採り、染色を扱っている、と解してみる。ただし、木本は「ねもぢ」が捩摺《もぢず》り草・捩花《ねぢばな》だという根拠を示していないので、いささか心もとなくはある。あるいは木本は、「ねもぢ」の「ね」は「根《ね》」、「もぢ」は「捩摺《もぢず》り」の「捩《もぢ》」を想定していたのかもしれない。

捩摺り　この「根捩《ねもぢ》」・「捩摺《もぢず》り草」・「捩花《ねぢばな》」とは、恋人たちがこれを用いて恋衣の「斑《まだら》の衣」・「捩摺《もぢず》り」として愛用していたろう。

この植物による捩摺《もぢず》りの歌としては、次の有名な〈信夫捩摺《しのぶもぢず》りの歌〉（古今十四—724・源の融《とほる》）がある。

陸奥《みちのく》の　信夫捩摺《しのぶもぢずり》り、誰故《たれゆゑ》に
乱れむと思ふ。我《われ》ならなくに。

陸奥の　信夫の郡の捩摺《もぢずり》りの乱れ模様ではないが、いったい誰のせいで
乱れようと思うのか。わたしのせいではないのだが。　（古今十四―724）

「信夫捩摺《しのぶもぢずり》り」は、古来難解である。『古今集全評釈（中）』〔片桐洋二〕によると、「しのぶ草汁で摺ったねじれるような模様」と解している。「信夫捩摺《しのぶもぢずり》り」は「乱れ染め」で有名な福島の特産品で、万葉人の恋衣の習俗を継承して恋する者が愛用した摺り衣だったろう。それでこの「信夫草《しのぶ》」が、「捩摺《もぢずり》り」の「乱れ染《そ》め」から恋心の「乱れ初《そ》め」へ転化する恋詞《れんし》を生んでいる。

川上の榛と身近な根捩　もしこの「信夫草《しのぶ》」が「捩摺《もぢずり》り草・根捩《ねもぢ》・捩花《ねぢばな》」だとすると、〈川榛と根捩の歌〉は恋衣としての色衣の発想で次のように解けることになる。

「川上《かはかみ》の川榛《かははり》」の「川上」が川の上流の意であるとともに地名だろうから、この「地名＋川榛《かははり》」は川上地方の特産品として知られた一級品の榛摺りだった、とわかる。

とすると、この歌の意味は次のようになろう。遠方の評判の川上の川榛で摺り染めした高価な榛摺り＝気位の高い女人には手を出せないけれども、以前から身近にあって自然と恋衣に染み付いた（付《つ》きし）「根捩《ねもぢ》」＝「捩摺《もぢずり》り草・捩花《ねぢばな》」＝親しみやすい女人は、「族《うから》」＝身内・親族だと思う。

成り行きの「付きし」　この歌の「付く」は四段活用動詞で、何気なく自然に色が衣に付くことである。したがってこの「付きし」は、恋愛感情も薄いままに自然に恋衣の色が染まったことを意味していよう。これに対して下二段活用の「付く」は意志的であり、右の伝でいけば「付けし」は強い恋愛感情をもって恋衣を染めたことを意味している。

すなわち、遠くにあって入手しがたい川上の上等な榛摺りの恋衣を気位の高い女人に譬え、これと対照的に身近にあって早々と染め付いた（恋を成就している）「根捩《ねもぢ》」＝「捩摺《もぢずり》り草・捩花《ねぢばな》」の恋衣を気取らない女人に譬えている。そして高嶺の花の榛を自《みずか》ら「摺り付けた」（付けし）恋衣を着る妻訪いは及びもないけれども、近くにある「根捩《ねもぢ》」が自然の

成り行きで自《おの》ずから「摺り付いた」（付きし）気軽な恋衣を着る結婚こそ身の丈に合っている。そういう「出来ちゃった婚《こん》」をする女人をこそ、我が一族の者として迎える、といっているようである。

6　ほどほどの恋

類想歌　この〈川榛と根捩《ねもぢ》の歌〉と似たような発想をする歌として、次の〈橘のなりものぼらぬみの歌〉（『蜻蛉日記』巻末歌集・藤原の道綱）がある。東三条女院詮子《せんし》は、兼家とその正妻・時姫《ときひめ》の娘で円融天皇の后だった。この女院が法華八講を催したところ、兼家の子息で詮子とは腹違いの兄にあたる傅《ふ》の殿＝道綱が捧げもの（供物）として橘の実を差し出した。すると詮子は、道綱に次の〈時鳥《ほととぎす》と花橘の歌〉を贈った。

かばかりも　とひやはしつる。時鳥《ほととぎす》。
花橘の　えにこそありけれ。

今まで　それほど訪ねてくれませんでしたので、恐れ入ります。これも時鳥と
縁《ゆかり》ある　花橘―昔のご縁なのでしょう。

これに対して道綱は、詮子に次の〈橘のなりものぼらぬみの歌〉を返した。

橘の　なりものぼらぬ　みを知れば、
下枝《しづえ》ならでは　訪《と》はぬとぞ聞く。

橘の実《み》は上枝にはならぬとか、わたしは身《み》のほどをよく知っているので、時鳥の
ように　実のなる下枝―気安い下々の者以外とは　付き合いません。
（貴女さまはあまり畏れ多くて）

『蜻蛉日記全注釈（下巻）』［柿本奨］によると、道綱の歌には「女院の前に深々と低頭する道綱の姿」が窺われる。

貴女と下々の女人　さて、〈川榛と根捩《ねもぢ》の歌〉と〈橘のなりものぼらぬみの歌〉を並べてみると、恋の歌と挨拶の歌の

相違はあるものの、〈橘のなりものぼらぬみの歌〉にもいささか恋の気分が混合している。そして恋の対象になる女人が、次の点で大きく類似している。「川上の川榛《かははり》」と「橘の上枝《ほつえ》」が一級品で貴女・貴人を譬え、「付きし根捩《ねもぢ》」と「橘の下枝《しづえ》」が二級品で気安い下々の女人・身分の低い者を譬えている。

諺・地口　この二首の歌の背後には、見栄えのするものと地味なものとを対比する諺《ことわざ》ないしは地口《じぐち》がありそうである。その一つ目の諺・地口は、「川上の川榛《かははり》の木は疎けども、付きし根捩《ねもぢ》は族《うから》」で、「ほどほどの恋」（身分相応の恋）を意味している。

この点、二つ目の諺・地口はいささか込み入っている。時鳥《ほととぎす》は習性として橘が上枝《ほつえ》に実をつけないことを知っているので、実のなる下枝《しづえ》以外は訪ねないという。そこでこの時鳥の習性を踏まえて、「橘のなりものぼらぬみ（実・身）を知れば、下枝《しづえ》ならでは訪はぬ」という諺・地口が下々に流布していた、と想定できる。そして、その諺を道綱が「聞く」といっている。すなわち道綱は、自分を時鳥に譬え、高貴な詮子を橘の上枝に譬えて、下々の者とばかり交際する自分から見ると詮子が高貴すぎる、と恐縮している。

しかしこの二つ目の諺・地口としての本来のあり方は、実利を求める時鳥の生き方を積極的に是認するもので、恋の実りにくい高貴な「恋ひられ人」よりも、恋の実りやすい下々の「恋ひられ人」がいい、「花より団子」がいい、「ほどほどの恋」がいいということではなかったろうか。

橡染めの歌と同一趣旨　こうしてみると、〈川榛と根捩《ねもぢ》の歌〉と〈橘のなりものぼらぬみの歌〉にうかがわれる諺・地口の趣旨は、万葉歌の橡《つるはみ》染めの歌六首の主題と共通している。すなわち、目に付く色衣・恋衣・橘の上枝《ほつえ》＝艶っぽい恋人よりも、目に付かない普段着・橘の下枝《しづえ》＝地味な恋人を大切にしている。

和歌と諺を踏まえた贈答　こうしてみると道綱の歌には、自分の身のほどを知って下々の女性としか交際しない自分を飄逸《ひょういつ》に演じ、そういう自分を苦笑する気分も交じっていよう。すなわち、詮子の歌は古今歌の優雅な「五月《さつき》待つ花橘の香をかげば、昔の人の袖の香ぞする」（古今三―139・読み人知らず）を踏まえているのに対して、道綱の歌には下々の世知《せち》にたけた気の利いた「橘のなりものぼらぬみ（実・身）を知れば、下枝《しづえ》ならでは訪《と》はぬ」諺・地口を踏まえている。そしてその男女の恋・交流の両極を浮き彫りにすることによって、腹違いの妹・女院に対する親近感を示していたろう。

7　結び

珍妙な逢引き　以上、〈榛《はり》と櫟《くぬぎ》の歌〉（琴歌譜4）の主題は、恋衣としての高級な榛の摺り・染めを前提にして、とても気取りながらも気取りようのない珍妙な恋人同士の逢引きを面白おかしくからかうものだった。

庶民の出来ちゃった婚　また〈川榛《かははり》と根捩《ねもぢ》の歌〉（琴歌譜15）の主題も恋衣としての高級な榛の摺り・染めを前提にして、成り行きの婚・出来ちゃった婚が身の丈にあっているというものである。この気取りようのない庶民の本音・知恵は、気取り・優雅さを尊重する宮廷人の真逆を行っている。

笑いに包まれた宮廷の饗宴　『琴歌譜』の琴歌は、十一月新嘗会《しんじやうゑ》・正月元日・同七日・同十六日の四節《よんせち》の饗宴で奏される定めで、大歌所《おほうたどころ》に奉仕する「和琴歌師《わごんうたし》」（唱歌の担当者）と「和琴師《わごんし》」（琴弾き）がこれを担当していた。この琴歌は、「大歌《おほうた》」と「小歌《こうた》」から成り立っている。「大歌」は本格的で重要な歌謡で、伝承・由来譚をもっており、これに対する「小歌」は軽い歌謡で、伝承・由来譚をもっていない。前述したように本節で取り上げた榛の恋衣の歌二首は、このうちの小歌に属している

　この小歌の出自は、本来民間にあった歌謡だといわれている。そしてその通説どおりこの榛の恋衣の歌の主題は、以上に述べたように庶民感覚に溢れていた。この二首が和琴を伴って披露されたとき、その下々の階層にある民の飾らないユーモア・処世訓によって、天皇以下が列席する宮廷の饗宴の場は大いに笑いに包まれたであろう。

中古以後の榛　なお、榛を詠み込む歌の用例はほぼ上代に限られており、中古以降の文学には表れていない。それは前述したように、衣服令《いふくりよう》での榛染めの地位が下落し（ただし神衣としては尊重され続けた）、榛の特産地が萩の名所・歌枕《うたまくら》になって行くことと連動しているようである。

第三章　〈綜麻条の榛摺りの歌〉の位相——近江遷都歌の唱和

一　はじめに

1　本文

近江遷都歌の本文　①〈綜麻条《へそかた》の榛《はり》摺りの歌〉を含む近江遷都歌三首の本文は、次のとおりである。

額田《ぬかた》の王《おほきみ》、近江《あふみ》の国に下《くだ》る時に作る歌　井戸《ゐのへ》の王《おほきみ》の即《すなは》ち和《あは》する歌

味酒《うまさけ》　三輪《みわ》の山。　（味酒《うまさけ》）　三輪の山よ。
あをによし　奈良《なら》の山の、　（あをによし）　奈良の山の、
山のまに　い隠《かく》るまで、　山の端《は》に　隠れるまで、
道の隈《くま》　い積《つ》もるまでに、　道の曲り目が　幾つも重《かさ》なるまで、
つばらにも　見つつ行かむを、　十分に　見続けて行きたいのに、
しばしばも　見放《みさ》けむ山を、　幾たびも　眺《なが》めたい山だのに、
心なく　雲の　隠さふべしや。　つれなくも　雲が　隠してよいものか。

反歌　反歌

三《み》輪《わ》山《やま》を　然《しか》も隠《かく》すか。雲だにも
心あらなも。隠《かく》さふべしや。

三輪山を　そんなにも隠すことか。せめて雲だけでも
思いやりがあってほしい。隠してよいものか。　（18）

右の二首の歌は、山上憶良大夫《やまのうへおくらまへつきみ》の類聚歌林《るいじうかりん》に曰《いは》く、
「都を近江《あふみ》の国に遷《うつ》す時に、三輪山を御覧《みそこなは》す歌なり」といふ。

右の二首の歌は、山上の憶良の類聚歌林《るいじゆうかりん》に、
「近江の国に都を遷《うつ》した時、三輪山をご覧になって天智天皇が詠まれたお歌である」とある。

日本書紀に曰く、「六年丙寅《へいいん》の春三月、
辛酉《しんいう》の朔《つきたち》の己卯《きばう》、都を近江に遷す」といふ。

『日本書紀』には、「天智天皇の六年三月
十九日、近江に都を遷した」とある。

①綜《へ》麻《そ》条《かた》の　林の前《さき》の　さ野榛《のはり》の
衣《きぬ》に付《つ》く如《な》す、目に付《つ》く我《わ》が背《せ》。

綜《へ》麻《そ》条《かた》（三輪山）の　林の端《はな》の　さ野榛《のはり》が
鮮やかに衣に摺り付くように、よく目に付く我が愛《いと》しい人よ。　（19）

右の一首の歌は、今案《かむが》ふるに、
和《あは》する歌に似ず。ただし、旧本に
この次《つぎて》に載《の》せたり。故以《このゆゑ》に猶《なほ》し載《の》す。

右の一首は、今考えてみると、
唱和の歌らしくない。ただし、旧本には
この順序に載せてあるので、やはりここに載せておく。

2　古歌転用の解明

三輪地方の古歌の転用　前述したように①〈綜《へ》麻《そ》条《かた》の榛《はり》摺りの歌〉（一―19）の原形は、(A)榛摺りの恋衣の恋愛習俗を下地にした三輪地方の定番の恋の古歌だった。

異質な歌の合体　ところが、この歌が『万葉集』に所載されているのは、近江遷都歌三首のうちの「和《あは》する歌」としてである。

　この「和《あは》する歌」の①〈綜《へ》麻《そ》条《かた》の榛摺りの歌〉が『万葉集』の編者によってよほど「和《あは》する歌」として落ち着きが悪

いと捉えられ、「和《あは》する歌に似ず」と注記されている。今日の私たちの目から見ても、この感は否めないところである。なぜなら、〈三輪山への惜別の長・反歌〉が宮廷の儀礼歌らしく枕詞や対句を多用して格調が高く、切迫した調子を帯びるのに対して、①〈綜《へ》麻《そ》条《かた》の榛摺りの歌〉は恋人を賛美する悠揚迫らぬ恋の謡い物の様相を呈しているからである。

古歌の転用　この異質な歌の合体について今日ほぼ通説化している説明は、およそ次のとおりである。大和の明日香《あすか》の岡本《をかもと》の宮から近江の大津《おほつ》の宮に遷都する途上、三輪山を見納めにする大和と山代《やましろ》の国境の地・奈良山の山上で、大和の国魂《くにだま》である三輪山（祭神は蛇神の大物主《おほものぬし》の神）に別れを告げる国家的規模の儀礼が執り行われた。

そしてそこで宮廷側がうたった長・反歌に対して、Ⓐこの三輪地方の古歌がⒸ「和《あは》する歌」として転用された。すなわち、天智天皇（称制を採る中大兄《なかのおほえ》の皇子《みこ》）がうたった〈三輪山への惜別の長・反歌〉（額田《ぬかた》の王《おほきみ》の代作）に対して、井戸《ゐのへ》の王《おほきみ》が三輪地方根生いの①〈綜《へ》麻《そ》条《かた》の榛摺りの歌〉で唱和した、とみられている。

榛の歌に限ってみても、Ⓐ榛を詠む古歌がⒸ新たな場を得て転用されていたことは、前述したように⑥〈古人の真野の榛摺りの歌〉（七―１１６６）でも見られた。すなわち、Ⓐ摂津《つ》の国の真野でうたわれた榛の古歌⑥〈古人の真野の榛摺りの歌〉は、Ⓒ旅先の尾張の国の宴席で転用され、現地の風土や女性を賛美していた。

「和する歌」の位相　では、〈三輪山への惜別の長・反歌〉に対する「和《あは》する歌」になったときの①〈綜《へ》麻《そ》条《かた》の榛摺りの歌〉の歌意・意義は、どこにあるのだろうか。また「我が背《せ》」が三輪山の神なのか、天智天皇なのか、判然としない。またこの歌をうたう井戸《ゐのへ》の王《おほきみ》の立場がどこにあるのだろうか。小学館『萬葉集一』は、「井戸王が額田王の立場で、遷都の大移動を指揮している天智天皇の人目を引く風姿を讃美して詠んだものか」と述べるけれども、果たしてこれでいいのだろうか。

本章では、〈三輪山への惜別の長・反歌〉の構造と生成を見定め、この長・反歌に対して①〈綜《へ》麻《そ》条《かた》の榛摺りの歌〉がどのように相呼応することで「和《あは》する歌」として機能しているのか、その位相を見定めてみたい。

近江遷都歌のモデル　また、この近江遷都歌が生成した背後にモデル・祖型があり、それは雄略記の赤猪子《あかゐこ》伝承らしいことも明らかにしてみたい。

儀礼の再現　そしてそれらを踏まえながら、この惜別の儀礼の設定のし方や三首の歌のうたい方が、どのようなものだったかも、わかる範囲で見定めてみたい。

二　行旅・遠征を守護する国魂

1　四つの事例

行旅・遠征を守護する国魂　「近江遷都と三輪山哀別歌」［森朝男］によると、行旅・遠征に際して国魂の神が守護神になっているという。そしてその例として、次の四つの事例を挙げている。

越中の国つ御神　その一は、大伴《おほとも》の坂上《さかのへ》の大郎女《おほいらつめ》が越中の守《かみ》の大伴の家持《やかもち》に贈った次の〈越中の国つ御神《みかみ》の加護の歌〉（十七―３９３０）である。

更に越《こし》の中国《みちのなか》に贈る二首（うち一首）

道の中《なか》　国つ御神《みかみ》は。旅行《たびゆ》きも
し知らぬ君を　恵みたまはな。

越中の　国の神様よ。旅行きも
し馴れない君を　慈《いつく》しんでください。

（十七―３９３０）

これは、旅行く者をその旅先の地の「国つ御神《みかみ》」＝国魂《くにだま》が守護する場合である。

大和の大国御霊　その二は、遣唐使に贈る〈好去好来《かうきよかうらい》の歌〉（五―８９４・山上《やまのうへ》の憶良《おくら》）の次の一節である。

海原《うなはら》の　辺《へ》にも沖にも

海原の　岸にも沖にも

神留《かむづ》まり　領《うしは》きいます、　　留まって　支配なさる、
諸《もろもろ》の　大御《おほみ》神《かみ》たち、　　もろもろの　大御神たちは、
船舳《ふなのへ》に　導《みちび》き申《まを》し、　　船の舳先《へさき》で　案内申し、
天地《あめつち》の　大御神たち、　　天地の　大御神は、
大和《やまと》の　大国御《おほくにみ》霊《たま》、　　ことに大和の　大国御魂の神は、
ひさかたの　天《あま》の御空《みそら》ゆ　　（ひさかたの）　天のみ空を
天翔《あまかけ》り　見渡し給ひ、　　飛び翔《かけ》り、見渡したまい、

（五―８９４）

ここに登場する神々のうち「大和《やまと》の大国御《おほくにみ》霊《たま》」とは、大和の国の大和《おほやまと》神社の祭神である。このように大和の国魂が、異国への行旅の守護神になっている。

高市の事代主・身狭の生霊　その三は天武紀元年七月の条で、高市《たけち》の県主《あがたぬし》・許梅《こめ》が神懸かり、高市の県《あがた》で祭る高市の社《やしろ》の事代主《ことしろぬし》ならびに身狭《むさ》の社《やしろ》の生霊《いくみたま》の二神の下した神託三か条のうちの次の一条が注目される。

吾《われ》は皇御孫《すめみま》の命《みこと》の前後《みさきしり》に立ちて、不破《ふは》に送り奉《まつ》りて還《かへ》る。今も且官軍《またみいくさ》の中に立ちて守護《まも》りまつる。

（天武紀元年七月の条）

ここでは、「吾《われ》」＝大和の国の高市《たけち》の事代主と身狭《むさ》の生霊《いくみたま》が遠征軍を守護し、その行旅を導いている。

大三輪の神　その四は、神功皇后摂政前紀九年九月十日の条の一節で、新羅《しらぎ》遠征中に北九州で神功皇后は「大三《おほみ》輪《わ》の社《やしろ》を立てて、刀矛《たちほこ》を奉《たてまつ》りたまふ。軍衆《いくさびとおの》自づからに聚《あつま》る」とある。これも大神《おほみわ》神社の国魂の神が行旅・遠征を守護している例だ、と森論文は述べる。

祟る神　ただし、これは国魂の加護する側面であり、これらの神々は逆に祟《たた》りをなすこともある。神功皇后の新羅《しらぎ》遠征の伝承は、出征を支持する神々がその神託を信じようとしない仲哀天皇を、祟りによって崩御に追い込んでいる。すなわち⑴仲哀記の神功皇后の神がかりと天皇の崩御の条、⑵仲哀紀九年二月五日の条、⑶神功皇后摂政前紀九年三月一日の条、⑷同年の一書の四つの伝承によると、遠征中の北九州で神降ろしの最中に、神琴を弾いて神々を招いていた仲哀天皇が、神懸かった神功皇后の下した神託に疑義を抱いたので、天照大御《あまてらすおほみ》神《かみ》・住吉三神などが天皇に祟ってその命を絶っている。

2　守護を希う歌と守護を誓う歌

和御霊と荒御霊　こうしてみると、国魂などの神々には「和御《にぎみ》霊《たま》」（温和な徳を備えた神霊）と「荒御《あらみ》霊《たま》」（物事に対して激しく活動する神霊）の両面があり、旅・出征にあたって「和御霊」の発現を希《こいねが》うことになろう。

素より三輪山の神と朝廷の関係には複雑なものがあり、三輪山の神の「荒御霊」はしばしば朝廷に熾烈な祟りをなしている。したがって、都のあった大和の国を去って近江の国に遷都するにあたり、大和の国魂である三輪山の神の顔色を窺うことは、当然ありえることだろう。

このような行旅における国魂の働きによってだけ、近江遷都歌が説ききれないことは、森論文も述べるところである。しかし、以上のことから国魂のあり方やその祭祀のあり方が、かなり浮き彫りになる、と思われる。

守護を希う歌と守護を誓う歌　右のように行旅に際して国魂に守護を祈願する事例があり、国魂がそれを守護するという事例があるので、この遷都に際しての祭式の次第は、基本的に朝廷側が国魂の守護を希う歌をうたい、これに対して国魂が朝廷側を守護すると述べる歌をうたっている、と考えられるのではなかろうか。すなわち、大和を旅立つ朝廷側が、国魂の三輪山の神に愛顧を願って〈三輪山への惜別の長・反歌〉をうたうと、これに対して国魂の三輪山の神の側が①〈綜麻《へそ》条《かた》の榛摺りの歌〉をうたって朝廷を祝福してその前途を守護すると誓った、と想定できよう。このように打てば即座に応える構造こそ、見事に相呼応しているというべきで、朝廷側の求めは題詞にあるように三輪側の「即《すなは》ち」＝直ちに「和《あは》する歌」で見事に「和《あは》せ」られている。

かなり端折った言い方になったけれども、近江遷都歌とその題詞・左注から窺われる儀礼の趣旨と基本的な流れは、およそ右のとおりであろう。

三　神山と里

1　古代の神山と里

「見る」ことの呪性　〈三輪山への惜別の長歌〉は、三輪山を「つばらにも見つつ行かむ」・「しばしばも見放けむ」と、執拗に三輪山を「見る」ことを繰り返している。

「見る」ことの呪性・タマフリ的機能については、『古代歌謡と儀礼の研究』［土橋寛］がかなり的確に指摘している。また「古代的知見」［中西進］と「三輪山と『万葉集』」［中西進］が、古代文学における「見る」ことの意味を広く論じている。近江遷都歌に限定していうと、額田《ぬかた》の王《おほきみ》が巫祝的な立場から、三輪山を「見る」ことによってほめ、ことばによって祝福を獲得しようとしている、と述べる。すなわち、暗雲が除かれた三輪山を「見」て賛美しようとし、「国家安平」のために三輪山の神の加護を期待していた。これに対して①〈綜麻条《へそかた》の榛摺りの歌〉は、それに寄り添うように「我が背《わせ》」＝中大兄《なかのおほえ》の皇子《みこ》がよく見えるといっている、と中西は説く。

土橋にしろ中西にしろ、近江遷都歌の三首は、祭祀的・呪的な場に大きく規制されていることを前提にして論じている。

神山と里　近江遷都歌の祭祀的な構造を解く鍵は、神山と里が基本的にどのような関係にあるかを知ることにありそうである。すなわちここでも山の神には和御霊《にぎみたま》と荒御霊《あらみたま》の両面があり、里人は当然のことながら幸《さち》を与える和御霊の発現を希《こいねが》うことになる。

2　北東北地方の神山と里

岩手の三山伝説　〈三輪山への惜別の長・反歌〉によると、雲が神山を隠している。このように雲が神山を隠す事例として、岩手県の三つの神山をめぐる三角関係の伝説が広く知られている。姫神山《ひめかみさん》は女神で、この女神を恋慕するのが男神の岩手山《いわてさん》と早池峰山《はやちねさん》である。この女神は気が変わりやすく、日によって恋する男神が変わった。それで、姫神山が岩手山に秋波を送る時は岩手山は気をよくして晴れるけれども、早池峰山が不機嫌になって雲によって姿を現さなくなった。そして逆に姫神山が早池峰山に心を向ける時は早池峰山が晴れるけれども、岩手山は雲によって姿を現さなかった。このように岩手県を代表する三つの神山は、同時に晴れることがないという。

　この三山伝説は一見するとたわいない山の恋物語にみえるけれども、これを語ってきた里人にとっては、神山の天候次第で変わる生活を慮《おもんぱか》らざるをえない生活習慣が横たわっていよう。素より、晴天の神山がその里に恵みをもたらし、曇天・雨天・山荒れが里に不毛をもたらす、と考えられていた。

岩木山の伝承　『岩木山の神と鬼』［畠山］によると、青森県津軽《つがる》地方の国魂《くにだま》ともいうべき神山の岩木山《いわきさん》を中心にして同様の伝承が多数語られている。その端的な例としては、津軽では昔から旧六月に至っても岩木山頂が曇るときは、必ず凶作だという言い伝えがある。

「近世津軽領の「天気不正」風説に関する試論」［長谷川成一］によると、岩木山の天気不正＝不順の原因は、山の神への不敬にあるという。すなわち、岩木山の神域から湧き出す温泉に多数の人が入ったり、その温泉に食料の禽獣を持ち込んだり、岩木山の神域で狩猟をしたり、鉱石・山菜・紫根・薬草・雪などを山の神に無断で採取したりすると、山の神の怒りにあい、天気不順になっているという。

　岩木山に限らず、天明期（一七八一～八）の古懸山《こがけやま》（平川《ひらかわ》市碇《いかり》ヶ関《せき》）の巨木伐採の折も、天気不正の風説として伐採を命じた弘前《ひろさき》藩の不敬による山の神の祟りが流布していた。

丹後日和　また「金木屋日記」安政五年（一八五六）六月十三日の条に、次のような記述がある。

白神山《しらかみさん》の南方に白雲が棚引き、大雨が降り続いて、困っている。五年前も五月に雨続きで、土用に入っても大雨になった。この時の天候不順の原因は、大滝股《おおたきまた》の金山を隠れて掘ったことにあった。今回の凶事は、「丹後者《たんごもの》」が領内に入っていることによるのだろうか。

このように、神山の天気不正は里人に被害を与え、その原因を神山の聖域を犯すという禁忌を破ることに求められている。

そのなかで特筆すべきことは、「丹後者《たんごもの》」＝丹後の国出身の者が領内に入ると、岩木山の神が怒って天気不正を引き起こしていることである。このことを「丹後船《たんごぶね》」とも「丹後日和《たんごびより》」ともいい、『日本民俗大辞典下』所収の「丹後船《たんごぶね》」〔酒向伸行〕はそのポイントを次のようにまとめている。

青森県西・北津軽郡の俗信。丹後日和に同じ。山椒大夫伝説を背景とし、岩木山の神としてまつられる安寿（あるいは厨子王姉弟）が丹後由良の山椒大夫のもとで酷使されたがため、岩木山の神は丹後の国の者を嫌うといい、丹後船が津軽の地に入ると天候が崩れ風雨が続き、海上は大荒れになるという。

『津軽編覧日記』〔木立守貞〕の享保二年（一七一七）六月九日の条によると、丹後の国出身の高城《たかぎ》孫四郎《まごしろう》が巡見使《じゅんけんし》として弘前《ひろさき》領に入ると、岩木山の神が「丹後者」を「忌嫌《いみきらひ》、御国巡り之内、天気快晴ニ候得共《さうらへども》、岩木山ハ始終曇り、御山《おやまの》形《かたち》不顕《あらはれず》、御許シ不被成《なされず》」、それで孫四郎は「御廻《みめぐり》中至而御恐《いたつておんおそ》レ御慎之《おんつつしみの》由《よし》」とある。

以上の岩木山などの神山の荒れは、山の神の「荒御《あらみ》霊《たま》」の側面の発現にあり、その発現の原因がさまざまな山の禁忌を犯す里人の側にある、と説かれている。

泣き面山　もう一つ注目すべき山として、岩木山の麓に俗に「泣《な》き面山《つらやま》」という山がある。伝承によると、この山に雲がかかると決まってさらに悪化し、涙雨《なみだあめ》が降るという。この泣き面山の伝承も、山の神の荒御霊の側面の発現だろう。このような泣き面山の伝承は全国的に分布しているようで、里の生活の目安にされている。

神山の保全　こうしてみると、岩手の三山伝説も、神山の天気不順を気まぐれな神々の恋に求めただけで、その背後には山の神の機嫌次第で変わる天候が里の生活に及ぼす影響にこそ、関心が寄せられていたろう。

そして、山の神の機嫌を損ねないように、聖域や禁忌を守り、神山の保全に力を尽くし、神の加護を願っていたろう。このような事例は、博捜すればもっと多く見つかることだろう。例えば気まぐれな暴君の「山の神」が弱い立場の夫からみて恐妻の代名詞になるのも、右のような神山と里との関係を土台にしていよう。

四　〈国見歌〉と〈山見歌〉

1　理想を描く歌

〈国見歌〉　近世や近代の一地域の伝承を古代文学にそのまま援用することは、控えなければならない。けれども古代的な発想は民俗に根差すことが多いので、後世の民俗の発想を古代的な発想を知る手掛かりにすることは、それなりに許されてもいいだろう。

例えば、〈国の真秀《まほ》ろばの国見歌〉（記30）は、神山と里（国）のあるべき円満な関係として国見儀礼でうたわれていた。

大和《やまと》は　国の真秀《まほ》ろば。　　大和の国は　国々の中で最も優れている。
畳《たた》なづく　青垣《あをかき》。　　重なりあった　青い垣根の山だ。

山籠《やまごも》れる　大和《やまと》し美《うるは》し。　　その山々の中に籠っている　大和は美しい。（記30）

「畳《たた》なづく青垣《あをかき》」とは、大和の国を取り巻く青々とした十全の神山の姿である。したがって、この神の群山《むらやま》に囲まれた大和の国土（里々）は、豊饒に恵まれて「美《うるは》し」くあり、「国の真秀《まほ》ろば」だ、と賛美している。この独立歌謡としての〈国の真秀ろばの国見歌〉は、初春の国見儀礼で大和の国の里々が神山の恩恵を蒙って繁栄することを予祝した神歌・儀礼歌である。

このように初春に神山と国（里）の理想的なあり方をうたうのは、気まぐれな神山が常に十全であるとは限らなかったからである。すなわち山の神は、和御霊《にぎみたま》のみならず荒御霊《あらみたま》をも発現して里人に祟っていた。

〈山見歌〉　次のような〈山見歌〉（紀77）もまた、右の神山と里の理想的なあり方を描いている。

隠国《こもりく》の　泊瀬《はつせ》の山は、　　（隠国《こもりく》の）泊瀬の山は、
出《い》で立《た》ちの　宜《よろ》しき山。　　出で立つように　美しい山だ。
走《わし》り出《で》の　宜しき山の、　　走り出すように　美しい山、
隠国《こもりく》の　泊瀬《はつせ》の山は、　　その（隠り国）泊瀬の山は、
あやにうら妙《ぐは》し。　　本当に美しい。
あやにうら妙し。　　本当に美しい。（紀77）

これは単に泊瀬山の美しさを賛美したものでなく、その山の草花を繁らす十全の美しい山の神から里に恩恵を与えてもらおうとする呪歌・儀礼歌だろう。

右の〈山見歌〉について『全注釈―紀編―』［土橋寛］は、次のように述べる。「花や青葉を見ることによって人はそ

の生命力を強化することができるというタマフリの信仰があり、花見・山見が集団的にも、個人的にも行われたところから、花讃め、山讃め、国讃めの歌は生まれてきたのである。そして同時に、見る人と見られる花や青葉ないし山との間には、「見る」ということを通じて霊魂または心の交流が成立し、両者は恋人同士のような関係で結ばれている」。

2　荒れも描く歌

〈山見歌の挽歌〉への転用　ところがこの山見歌・山讃めの歌が、万葉歌で若干の句を付加されて次のように〈山見歌の挽歌〉（十三―３３３１）に転用されている。

隠国《こもりく》の　泊瀬《はつせ》の山、　（隠り国）泊瀬の山は、
青幡《あをはた》の　忍坂《おさか》の山は、　（青幡の）忍坂の山は、
走《はし》り出《で》の　宜《よろ》しき山の、　走り出すように　美しい山、
出《い》で立ちの　妙《くは》しき山ぞ。　出で立つように　美しい山だ。
可惜《あた》らしき　山の　もったいない　この山の
荒れまく惜《を》しも。　荒れてゆくのが惜しい。　（十三―３３３１）

生前に縁があった初瀬の山　「讃歌と挽歌の景物―讃美と哀惜―」［津田大樹］によると、〈山見歌の挽歌〉（３３３１）の「可惜《あた》らしき山の荒れまく惜《を》しも」の「可惜《あた》らしき山」＝「泊瀬《はつせ》の山」には、⑴葬地とみる説と⑵生前に縁《ゆかり》があった山とする説に二分されており、現在では⑴が優勢である、という。

しかし挽歌において、「荒れまく惜《を》しも」といって荒廃を嘆く同類の全用例（二―１６８・１７２・１７３・１８０・２３２・２３４、三―４４０・４７９の八例）を挙げ、それらは専ら死者の生前に縁《ゆかり》があった事物なので、⑴葬地説には妥当

性がない、と説く。

⑵初瀬の山を死者の生前に縁があった山とする代表的な説は、以下に挙げる土橋説である。『全注釈―紀編―』〔土橋〕は、この〈山見歌の挽歌〉の「可惜《あた》らしき山の荒れまく惜しも」について次のように述べる。「せっかく花や青葉の美しい、生命力に満ちた山であるのに、「見る」ことを通じて魂を通わせ合った人が死んでしまったために、このちは生命力を失って、花や青葉をつけることも少なくなってしまうのではないか、それが惜しいという意味である。山が「荒れる」とは、山が生命力を失って衰えることで、具体的には木が枯れたり、花が咲かなくなることである」。

神山と里人の関係の破綻　しかし朝夕、神山を見ていた人が死んだために、神山が生命力を失ってしまう、と古代人は本当に考えていただろうか。神山と里人の因果関係は、むしろその逆ではなかろうか。すなわち、この挽歌がうたわれた背景には、この挽歌の主役（死者）が神山＝泊瀬の山・忍坂の山の禁忌を犯して祟られて死去した事情があるのではなかろうか。それで山の神の不興が神山の荒れを本格的に招くだろう、それが惜しい、と述べているのではなかろうか。

人の死を悼む挽歌としては熟した表現になっていないけれども、巻十三にはしばしば古体を帯びる五・三・七止めが見られ、万葉歌より古層に位置する記紀歌謡に通じていて、いささか不合理で稚拙な表現をとっている。こうしてみると、理想的な神山の荒れを惜しむことで、神山と人の関係に破綻が生じたことを示し、その破綻によって人が死に、その死をこの〈山見歌の挽歌〉によって惜しみ悼んだのではなかろうか。

このように神山はしばしば荒御霊の側面を発揮する絶対的な存在なので、神山と人との関係は恋人同士のような関係などでは決してなかったろう。

東歌の〈守る山の歌〉　右の〈山見歌〉の系列にある歌として、次の東歌《あづまうた》の〈守《も》る山の歌〉（十四―３４３６・上野《かみつけの》の国の歌・譬喩歌）がある。

しらとほふ　小《を》新田《にひた》山《やま》の　守《も》る山の、　（しらとほふ）小新田山の　人が守っている山、末枯《うらが》れせなな。 常葉《とこは》にもがも。

その山のように末枯れしないでほしい。そのようにいつもうら若くあってほしい。

（十四―３４３６）

この「しらとほふ」という枕詞で賛美された「小新田山」は神山で、人が心して「守《も》る山」なので、山は枝や葉の先まで枯れることなく、常に瑞々しくありたい、という。ここでは里人がこの神山の保全を図って山の荒れることを極力避け、常緑であらせたい、と願っている。

そしてこの理想的な保全された神山のあり方が恋の譬喩歌に転化され、そのように恋人がいつもうら若くあってほしい、と述べている。

しかしこの神の山は里に恵みを与えながらも、山の神が何らかのことを切っ掛けにしていつ「末枯《うらが》れ」して荒れるかもしれないものだった。

3　山の神への機嫌取り

〈泣く児守る山の歌〉 そこで神山を整った十全の山にするために、やたらに泣きわめく子をあやすように里人が心配りすることになる。そのことをうたったのが、次の〈泣く児守《こも》る山の歌〉（十三―３２２２）である。

三諸《みもろ》は　人の守《も》る山。
本辺《もとへ》には　馬酔木《あしび》花咲き、
末辺《すゑへ》には　椿《つばき》花咲く。
うら妙《くは》し　山ぞ。
泣く児守《も》る山。

三諸は　人が見守る山。
本のあたりには　馬酔木の花が咲き、
上のあたりには、椿の花が咲いている。
まことに美しい　山だ。
泣く児を見守るように人が見守るこの山は。

（十三―３２２２）

「三諸《みもろ》」は神山のことで、その麓から頂きにかけて全山が花で彩られ、「うら妙《くは》し」＝整った美しさに満たされている、と賛美している。そしてこの「三諸《みもろ》」＝神山は、「人の守《も》る山」＝里人の保全する山であり、それが「泣く児守《も》る山」＝泣く児をあやすように里人が保全する山だ、とも言い換えられている。

須佐之男の「啼きいさち」　「三輪山と『万葉集』」〔中西〕によると、「泣く児守《も》る山」の「泣く児」として速須佐之男《はやすさのを》の命《みこと》を想定している。神代記によると、この山海の神は生まれて以来、大人になるまで「啼《な》きいさちき。其の泣く状《さま》は青山《あをやま》は枯山如《からやまな》す泣き枯らし、河海《かはうみ》は悉《ことごと》に泣き乾《ほ》しき」といった状態だった。すなわち、速須佐之男の神は巨大なエネルギーをもつ海の神であると同時に山の神でもあり、山そのものでもあった。そのあり方は、時には「うら妙《くは》し」＝霊妙でありながらも、「泣く児」のごとき荒ぶるものでもあった。

素より機嫌がよくて笑う状態でも桁違いのエネルギーを発し、「枯山《からやま》は青山如《な》す笑ひ繁らせ、河海《かはうみ》は悉《ことごと》に笑ひ満たす」ことになる。そこで里人は「泣く児」を見守るように山海の神を大切に見守り、その機嫌のよさ、十全の美しさによって里に幸《さち》をもたらそうとしている。

それでも里人が気を許して何らかの禁忌を犯すと、山の神は泣く児のように機嫌を損ね、直ちに馬酔木《あしび》や椿の花の咲く「青山」を「枯山《からやま》」にさせ、「荒れまく惜し」の状態にしてしまう。

こうしてみると前述した「泣《な》き面山《つらやま》」の伝承は、この古代以来の「泣く児守《も》る山」の考え方を揺曳しているかもしれない。気難しい山の神は恐るべき赤子・幼児とみられ、その笑い方や泣き方の程度が、「青山」から「枯山《からやま》」に至る山の栄えと荒れに反映し、それはそのまま里の生活を左右することだった。

またこうしてみると、〈守《も》る山の歌〉と〈泣く児守《も》る山の歌〉は、山の神の和御霊の発現を願って慶びつつも、荒御霊の荒れすさぶことを惜しんでいるという点で、〈山見歌の挽歌〉（十三―３３３１）と同位相にある、とわかる。

両面をもつ三諸山　このように三諸《みもろ》の山・神山は、正＝和御霊と負＝荒御霊の両面をもっており、里人は児が「泣く」

という負の面を避けるように神の機嫌取りにひたすら努め、理想的な青山になることを願っていた。

五　山を隠す雲

1　秀麗を見放く

加護と祟りの前兆　以上のように、旅に出るにしろ、里で住み続けるにしろ、神と里（国）の関係をみてくると、〈三輪山への惜別の長・反歌〉の位相が見えてくる。すなわち、神山・国魂が麗姿を里人に見せながら、人々を加護・守護するように求められていた。

しかしその反面、人々が禁忌を破ったりした時は、神山・国魂の祟りがあり、人々はこの祟りを恐れてもいた。そしてその祟りの前兆の一つが、雲によって神山が姿を見せないことだった。

「見る」・「見放く」に集中　〈三輪山への惜別の長歌〉の前半部の句のあらかたは、「見《み》」「見放《みさ》く」に懸かっている。まず三輪山に呼びかけて賛美した「味酒《うまさけ》三輪の山」は、この山を「見《み》」「見放《みさ》く」に懸かっている。また、奈良の山を賛美した「あをによし奈良の山」を承ける「山の際《ま》に」と「道の隈《くま》」は、「い隠《かく》るまで」と「い積もるまでに」に懸かり、そしてこの両句も結局は「見」「見放く」に懸かっている。

またこの長歌の後半部と反歌では、三輪山を「隠《かく》す」が一度、反復・継続の「ふ」を伴った「隠《かく》さふ」が二度も用いられているので、明日香の旧都＝岡本《をかもと》の宮を出立してから大和を見納めにする奈良山に至るまで、三輪山は終始雲に覆われていた、とわかる。したがって、この三輪山を「つばらにも」「しばしばも」「見つつ」「見放けむ」＝見晴るかしたいということになる。

「初期万葉と額田王」［橋本］が指摘するように、〈三輪山への惜別の長・反歌〉の主題は、左注が「都を近江の国に移す時に、三輪山を御覧《みそこなは》す御歌なり」と述べて、「三輪山を御覧《みそこなは》す」に力点を置いていることとも、よく符号している。

秀麗な山の賛美と加護　とするとこの長歌の前半部は、秀麗な山容を誇る三輪山を「見《み》」「見放《みさ》く」ことを願うものだった。それは晴天の下にその十全の姿を望んで賛美することであり、三輪山の和御霊の加護を熱望することだった。

2　大物主の加護

山を隠す雲＝山の神の不興　しかし長歌の後半部は、二つの逆接の接続助詞「を」を境にして雲が山容を隠している、と述べている。今までの例では山の曇りは山の神の荒御霊の発現・山の神の祟りの前兆であり、神の不興を示すものだった。そこでその雲を必死になって払おうとする。

雲を操る山の神　この雲を払おうとする後半部は、反歌で改めて反復され、神格（?）をもつ「雲」に異議申し立てをしている構造になっている。長歌の前半部は三輪山に焦点を当てて「見」「見放けむ」と賛美しているものの、その後半部と反歌ではその三輪山を隠す雲に焦点を当てている。

前述したように、明日香の旧都＝岡本の宮を出立してから奈良山に至るまで、三輪山は一貫して雲に隠されていた。この神格（?）をもつ「雲」と大物主を祭る三輪山の関係は、元々別のものだったろうか。ここには、在来の伝統的な考え方とは異なる発想法がうかがわれそうである。山の神と雲は本来一体のもので、雲で山容を隠したり、雲を払ったりすることは、水の神でもある山の神の意のままだった。とくに三輪山の神・大物主の神は蛇神なので、雲霧を起こし、雨を降らすことは自在だった。

山と雲の分離　ではどうして長・反歌では、山と雲を分離して一体のものでないように述べるのだろうか。そこには三輪山の神は和御霊そのものの青山であり、雲で青山を隠して不興を示すことはしないだろう、という前提があるようである。すなわちそれは、三輪山の美麗さを隠すのは山の神と無縁な雲の意地の悪い行為で、三輪山はむしろ迷惑しているという論法のようである。神山と雲が別の存在であると言いなすことで、雲を自在に動かせる山の神の責務を解き放ち、山容が見えないことの一切を雲の責任にしている。そしてこの論法を用いて、三輪山の荒御霊の発現から和御霊の発現へと逆転しようというのだろう。

　この負から正への転換が、まず長歌の前半部での周到な構文に示されている。すなわち、「味酒《うまさけ》三輪の山」と賛美しながら呼びかけ、その山の秀麗な青山を対句の「山のまにい隠《かく》るまで」・「道の隈《くま》い積《つ》もるまでに」と並べて承け、さらにもう一度対句の「つばらにも見《み》つつ行かむ」・「しばしばも見放《みさ》けむ」で承け、慎重に構えている。

　そしてこれに続く後半部と反歌では、三輪山の神と雲を分離して雲に向かって山から離れてほしい、と一気に直線的・激情的に呼びかけている。

大物主の加護　以上、三輪山を覆う雲を払ってその青山を「見《み》つつ」・「見放《みさ》けむ」＝見晴るかすことを熱望するのは、三輪山の大物主の和御霊を崇めることであり、その発現・加護を希《こいねが》うことだった。

六　古歌謡と〈三輪山への惜別の歌〉

1　二つの系統

和御霊と荒御霊の働き　以上のように、神山・国魂と里（国）の関係をみ、そのことをうたう歌を並べてみると、一定の型があるとわかる。それは神の和御霊と荒御霊の働きを軸にし、和御霊の恩恵に浴し、荒御霊の顕現を極力避けようとするものである。そのことを一覧にすると、次のように〈山の神（和御霊と荒御霊）の働きの一覧表〉になる。

〈山の神（和御霊・荒御霊）の働きの一覧表〉

作品名	和御霊	荒御霊
〈国の真秀ろばの国見歌〉（記30）	大和は　国の真秀ろば。畳なづく　青垣。山籠れる　大和し美し。	
〈山見歌〉（紀77）	隠国の　泊瀬の山は、出で立ちの　宜しき山。	

	走り出の　宜しき山の 隠国の　泊瀬の山は、 あやにうら妙し。 あやにうら妙し。	
〈山見歌の挽歌〉（十三―３３３１）	隠国の　泊瀬の山、 青幡の　忍坂の山は、 走り出の　宜しき山の、 出で立ちの　妙しき山ぞ。	可惜らしき　山の　荒れまく惜しも。
〈守る山の歌〉（十四―３４３６）	しらとほふ　小新田山の 守る山の、 常葉にもがも。	末枯れせなな。
〈泣く児守る山の歌〉（十三―３２２２）	三諸は　人の守る山。 本辺には　馬酔木花咲く。 末辺には　椿花咲く。 うら妙し　山ぞ。	泣く児守る山。
〈三輪山への惜別の長歌〉（一―17）	味酒　三輪の山。 あをによし　奈良の山の、 山のまに　い隠るまで 道の隈　い積もるまでに、 つばらにも　見つつ行かむを、 しばしばも　見放けむ山を、	心なく　雲の　隠さふべしや。
〈三輪山への惜別の反歌〉（18）		三輪山を　然も隠すか。 雲だにも　心あらなも。　隠さふべしや。

二つの系統　この一覧表を一目してわかることは、これらの歌に二つの系統があることである。その一は山の神の和御霊の働きによって里（国）の繁栄を述べる歌であり、その二は山の神の和御霊の働きを前半に出しながらも、後半で荒御霊の発現を恐れ、防ごうとする歌である。

　一つ目の系統は、和御霊の活動する理想像をうたうことで、里・国に幸をもたらそうというもので、初春の国見儀礼などでうたわれた呪禱歌である。

　これ対して、荒御霊の発現を後半部に付加するのは、現実の神山の裏面を示すもので、そういう負の側面を惜しみ、補正して正の状態を回復しようという派生部である。〈山見歌の挽歌〉（十三―３３３１）は巻十三の表記どおりに挽歌としてうたわれたろうけれども、〈泣く児守る山の歌〉（十三―３２２２）はどんな場でうたわれただろうか。子守歌とする説もあるけれども、これも初春の山見儀礼でうたわれた呪禱歌ではなかろうか。

2　〈三輪山への惜別の歌〉の祖形

〈三輪山への惜別の長・反歌〉の祖形　またこの一覧表から、二つ目の系統に入る〈三輪山への惜別の長・反歌〉の雛形・祖形として、大和の国の〈山見歌の挽歌〉と〈泣く児守る山の歌〉がある、と考えられる。

五・三・七止め　まず〈山見歌の挽歌〉〈泣く児守る山の歌〉〈三輪山への惜別の長歌〉の三首は、いずれも五・三・七止めの古体をとっている。

酷似する位相　また〈山見歌の挽歌〉の場合は、「隠国《こもりく》の泊瀬《はつせ》の山、青幡《あをはた》の忍坂《おさか》の山は」の箇所に「味酒《うまさけ》三輪の山」をはめ込むと、〈三輪山への惜別の長・反歌〉と近い位相に立つ。この挽歌は山の荒れを認識した状態で終えているものの、これに「心なく雲の隠さふべしや」に相当する青山への回復の文言があれば、〈三輪山への惜別の長・反歌〉とほぼ同じ形になる。

　また〈泣く児守る山の歌〉の場合にしても、〈三輪山への惜別の長・反歌〉にそのまま適用できるほどに酷似している。

「三諸の山」は神山なので、大和の国の代表的な神山である三輪山を指しているともいえる。その見事な山容が雲に隠れて泣《な》き面山《つらやま》状態になり、そして本格的に「泣く児」のように悪化して三輪の大物主が荒御霊を発揮しないように「守《も》る」ことをしている。

子守り役の発想　こうした視点に立ってこの長歌の後半部と反歌を読み直してみると、三輪山と雲を分離し、山の見えない現象の原因を雲に転化しているのは、例えていえば石に躓《つまづ》いて泣く児をあやす時に、躓いた児に責任がなくて、石に責任があるように言いなす子守り役に似ている。〈泣く児守る山の歌〉の「守《も》る」とは、この子守り役のように泣く児をあやして笑顔を取り戻してもらい、その結果、晴天のもとに青山を回復させることである。

〈山見歌〉の天智朝版　こうしてみると、天智天皇の代作者として額田《ぬかた》の王《おほきみ》が詠んだ〈三輪山への惜別の長・反歌〉には、大和の国の〈山見歌〉という呪禱歌・古歌が雛形・祖形としてあった、とわかる。すなわち基本的には、〈三輪山への惜別の長・反歌〉は、このような伝承的な〈山見歌〉の天智朝版の衣替えであり、一回生起的な新作の呪歌・儀礼歌だったことになる。

七　三輪氏の祝福

1　三輪氏の祝福

三輪氏の祝福　三輪山が賛美すべき十全の姿を見せて祝福してほしいとこれほど熱望する朝廷側の意向を、三輪氏側は無視できるだろうか。このように三輪の神が丁重に扱われ、その荒御霊の祟りを恐れ、その和御霊の発動を願う天皇の低姿勢が功を奏し、三輪氏側は大いに感動して気をよくしたはずである。当然のこととして、三輪氏側は予めこの長・反歌を知らされているだろうから、朝廷側の意向を尊重し、それに見合った「和《あは》する歌」を用意していたろう。それは、⒜三輪山に縁《ゆかり》ある「綜麻条《へそかた》」を詠み込む三輪地方の定番の恋人賛美の恋歌を⒞天皇賛美に転用することだった。

前述したように、この①〈綜麻条《へそかた》の榛摺りの歌〉は、Ⓐ三輪地方の女性が恋人・夫を賛美した恋歌がその原形だったけれども、地元で催す宴で客人を歓待して艶っぽく賛美しつつ、その繁栄を予祝する歌にも用いられていたろう。してみると、Ⓒこの宴席の延長線上に近江遷都の儀礼を位置づけて①〈綜麻条の榛摺りの歌〉を転用し、天智天皇を賛美しつつ、その御代《みよ》を予祝する歌に用いたとしてもおかしくない。

　こうしてみると、この反復・応用のきく定番の恋歌①〈綜麻条《へそかた》の榛摺りの歌〉は、呪歌の〈山見歌〉を淵源にしながらも一回生起的な新作と化した〈三輪山への惜別の歌〉と対になり、その生成に落差があることになる。

天智天皇の英姿　長・反歌との対応からみると、この「和《あは》する歌」の歌意は奈良山からは三輪山の麗姿が雲に邪魔されて見えないというけれども、三輪山からは雲は何の障害でもないし、それどころか奈良山の天智天皇の素晴らしい英姿すら鮮明に見える、といっている。

国風の奏上　そしてこの地方持有の国風《くにぶり》の奏上はまた、天智天皇への服属をも意味していた。

2　吉備・常陸の祝福

吉備の黒日売の恋歌　このように、Ⓐ地方の根生いの定番の恋歌が、Ⓒ天皇を恋慕し、その地方の服属を示すことに転用されることは、万葉歌よりも古層にある記紀歌謡のあり方にしばしば見られる。

　例えば仁徳記における吉備《きび》の黒日売《くろひめ》の天皇恋慕の歌は、その典型である。仁徳天皇は、石之日売《いはのひめ》皇后の嫉妬ゆえに、吉備の海部《あまべ》の直《あたひ》の娘・黒日売《くろひめ》を妃《きさき》にしながらも、実家に帰さざるをえなかった。しかし、色好みの王として夫婦の関係をそれなりに保ち、吉備《きび》の海部《あまべ》の直《あたひ》との関係も修復しなければならず、密かに吉備を訪れる。そして夫婦のみならず朝廷と吉備が和楽の関係を結んだ時、日売は次のような〈倭方《やまとへ》に吹き上げの歌〉（記55）と〈倭方《やまとへ》に往《ゆ》くは誰《た》が夫《つま》の歌〉（記56）を天皇に献上した。

倭方《やまとへ》に　西風《にし》吹き上げて、雲離《ばな》れ。
退《そ》き居《を》りとも、我《われ》忘れめや。

大和の方に向かって　西風が吹き上げて、雲は遠くに離れて行く。その雲のようにあなたから遠のいていているけれども、わたしはあなたのことを忘れようか。決して忘れない。（記55）

倭方《やまとへ》に　往《ゆ》くは誰《た》が夫《つま》。隠処《こもりづ》の
下よ延《は》へつつ　往《ゆ》くは誰《た》が夫《つま》。

大和の方に　通って行くのはどなたの夫か。（隠処《こもりづ》の）密かに思いを大和の女に馳せて、通って行くのはどなたの夫か。（記56）

宴での遊女の歌　『日本歌謡の研究』［藤田徳太郎］は、Ⓐこの二首の元歌を瀬戸内海の遊女の宴席での歌だと推定し、今日では定説化している。吉備の国などの港々の酒席で遊行女婦《うかれめ》たちが風待ち、潮待ちする旅人を歓待し、その別れに際して右のように別れがたいことを述べ、旅人の大和の本妻に嫉妬する素振りまで見せて、客人の歓心を買っている。

服属を誓う歌　Ⓐこの遊女たちの代表的な二首の独立歌謡は、Ⓒ大和の天皇との別れに際して転用されている。そしてこの二首によって天皇への深い愛情を示し、同時に吉備の海部《あまべ》の直《あたひ》が仁徳天皇に改めて服属することを誓っている。

〈筑波嶺のかげの歌〉　平安時代にもこの種の手法は継続され、古今集の東歌《あづまうた》にその典型例として〈筑波嶺《つくばね》のかげの歌〉（二十―1095・常陸《ひたち》歌）が見られる。

筑波嶺《つくばね》の　此《こ》の面《も》も彼《か》の面《も》に　かげはあれど、
君がみかげに　増すかげはなし。

筑波嶺の　こちら側にもあちら側にも　見事な影・景色（木陰《こかげ》とも）があるけれども、あなた（天皇とも）の影・姿（御庇護とも）に　増す影・姿（御庇護とも）はない。（古今二十―1095）

常陸の恋人賛美の歌　(A)この歌の元歌・素性は、常陸の国の定番の恋人賛美の歌謡だったろう。この山の「此《こ》の面《も》・彼《か》の面《も》」は〈山見歌〉よろしく「走《はし》り出《で》の宜《よろ》しき山」（走り出すように美しい山）、「出《い》で立ちの妙《くは》しき山」（出で立つように美しい山）のような十全の美しい「影」＝景色をもっており、それが恋人の凛々しい完璧な「影」＝英姿を導いている。

なお、「かげ」を木陰《こかげ》と解する説もあり、むしろこちらが通説化している。

賓客賛美の歌　これが地元で催す宴で遊行女婦《うかれめ》によってうたわれると、主賓を艶っぽく賛美することになる。

服属を誓う歌　ところが『古今和歌集全評釈（下）』［片桐洋一］が説くように、この恋歌が風俗歌《ふぞくうた》として朝廷の歌集に収録されると、仮名序において歌集の編纂を命じた醍醐天皇の「あまねき御《おほむ》うつくしみの浪、八島《やしま》の外まで流れ、広き御恵みの蔭《かげ》、筑波山の麓よりも繁くおはしまして」（至らぬくまなき天皇の御慈愛は、国外にまで及び、その広いお恵みの蔭《かげ》＝庇護は、筑波山の麓の木陰《こかげ》よりも多くあられて）と位置づけられる。すなわち、〈筑波嶺のかげの歌〉の下二句の「君が御蔭《みかげ》に増す蔭《かげ》はなし」の「君」は醍醐天皇以外には考えられなくなり、「蔭《かげ》」はこの天皇のもたらす御恩恵・御庇護と確定されることになる。

こうして常陸の国は、(A)地元の国風《くにぶり》の恋歌を(C)転用して醍醐天皇の徳を賛美し、服属を誓っている。

3　寿歌の奏上

天皇賛美と地名・特産品　こうしてみると、〈筑波嶺のかげの歌〉の下二句の「君が御影《みかげ》（御蔭）に増す影《かげ》（蔭）はなし」に相当するのが、①〈綜麻《へそ》条《かた》の榛摺りの歌〉の結句の「目に付《つ》く我《わ》が背《せ》」に酷似していることに気づく。

この二首における上三句の筑波山の麗姿（あるいは木陰）と上四句の綜麻《へそ》条《かた》の榛摺りは、民謡でいういわゆる「出《だ》し」であり、下二句の「君が御影《みかげ》（御蔭）に増す影（蔭）はなし」、と結句の「目に付く我が背」は「付《つ》け」である。そして歌の主題からいえば、この付けの人物・恋人賛美をこそ、天皇への服属の証しとして為政者・権力者が地方の被支配者たちに求めるものだった。

しかし「出し」の方にも、それなりに意味がある。国魂の籠もる地名・神山ならびにその地の特産物をうたうことも、地方が中央に服属する証しにされている。

即座にうたわれた「和する歌」　しかもこのような条件を備えた①〈綜《へ》麻《そ》条《かた》の榛摺りの歌〉は「即《すなは》ち和《あは》する歌」と記されているので、この歌は長・反歌に対して「即《すなは》ち」＝即座に「和《あは》せ」られている。これは三輪側が一も二もなく、直ちに諸手を挙げて朝廷を支持すると表明していることを意味していよう。

寿歌の奏上　「歌の転用」［伊藤博］と全注一［伊藤］によると、①〈綜《へ》麻《そ》条《かた》の榛摺りの歌〉は(C)近江遷都の歌に転用された三輪地方に伝わる恋の古歌で、三輪山が見えないとした〈三輪山への惜別の長・反歌〉に和《あは》せて、三輪の神がよく見えると賛美した、と解する。するとこの近江遷都歌の三首は、ひたすら三輪山を凝視していることになる。

しかし朝廷としては、日本全体の統治者という立場があり、三輪の神に全面的にひれ伏しているわけではない。また朝廷としては三輪側の反応を知りたいからこそ、三輪山を見つめて祀っていた。してみると、①〈綜《へ》麻《そ》条《かた》の榛摺りの歌〉の「我《わ》が背《せ》」は三輪の神ではなく、天智天皇であり、その趣旨は天皇への賛美でなければならないだろう。

宮廷では、機会ある毎に天皇を寿《ことほ》ぐ伝統がある。その寿歌・寿詞のあり方をみると、被支配者が支配者に奏上するもので、いわゆる服属儀礼の一要素である。してみると(A)三輪地方の特産物の榛摺りで恋人を賛美する古歌を(C)天智天皇賛美に転用したのも、国風《くにぶり》・風俗歌《ふぞくうた》を支配者に献上することによって支配者に忠誠を誓わせることをねらっていたろう。

時代の転換期にあたって、旧都のあった地の国魂を静めてその災いを絶とうとした長・反歌に対して、三輪側は今上天皇を賛美して来《きた》るべき新時代の繁栄を予祝した、と考えられる。

4　井戸の王の立ち位置

井戸の王の立ち位置　こうして見てくると、①〈綜《へ》麻《そ》条《かた》の榛摺りの歌〉を披歴した井戸《ゐのへ》の王《おほきみ》の立ち位置が見えてくる。井戸《ゐのへ》の王《おほきみ》は、遷都にあたって地方扱いされる大和の国の国魂を祀る三輪側に立つことになる。そして井戸の王は、朝廷側の天智天皇を「目に付く我が背《せ》」と賛美しているので、女性ということになろう。

とすると、三輪山への惜別の儀礼は、天皇一行が三輪山のある南方を向き、これに対して井戸の工を先頭にした三輪氏側が北向きに対座していただろう。

三輪と朝廷の複雑な関係　縷々述べるまでもなく、起源のわからないほどの昔から大和の国に勢力を誇る三輪氏と、後からこの地に進出してきて支配者になった朝廷の関係は、複雑を極めている。例えば神武天皇と三輪山の大物主の娘・伊須気余理比売《いすけよりひめ》との婚姻による有和関係を築く一方で、崇神朝においては大物主の祟りによって朝廷の「人民《おほみたから》尽きなむ」としている。このような朝廷と三輪山の神との関係は、記紀の至るところに散見される。

不安定な国情　こうしてみると、新羅《しらぎ》出兵に際して斉明女帝が斉明六年（六六一）に北九州で薨去し、次いで天智二年（六六三）に白村江で大敗し、国際情勢も国内情勢も極めて不安定化している。そこで天智六年（六六七）に心機一転して明日香の岡本の宮から近江の大津の宮へ遷都しようとしても、反対の機運が根強く、「天《あめ》の下《した》の百姓《おほみたから》都遷《うつ》すことを願はずして、諷《そ》へ諫《あざむ》く者多し。童謡亦衆《わざうたまたおほ》し。日日《ひる》夜夜《よる》、失火《みづなかれ》の所多し」（天智紀六年三月の条）という有り様だった。

してみると、この国情の不安定さは積年の三輪の神の恨み・祟りに発しているという風説や童謡《わざうた》が執拗に流布してもおかしくなかろう。また、近江の国に遷都すれば大和の国魂としての三輪山の地位は地方レベルになり、三輪側にしても不満の意志を神託の形で表明してもいいところである。

こうしてみると、国情不安な遷都にあたって天皇を賛美してその御代《みよ》の繁栄を祝福することは、単なる儀礼以上の意義があっただろう。国内の不安・不満が最も結集して朝廷に祟りやすい三輪の神の側に、天智朝を賛美させて服属を誓わせることは、朝廷にとって欠かせない施策だったろう。

朝廷主導の演出　そして果せるかな、そのような周辺のざわめきは、惜別の儀礼において三輪側の「和《あは》する歌」でかき消されている。確かに長歌の後半部と反歌では、三輪山の荒御霊の荒れる兆候をとても気にしており、そこに国情の不安定さが反映されている。しかし、三輪側がその不安を即座に否定し、それどころか天智天皇の御代の繁栄まで約束していた。このように、三輪山への惜別の儀礼は、明らかに朝廷側によって有利になるように仕組まれ、それに三輪側が加担した演出だった、といえよう。

世論と為政者の乖離は、しばしばあからさまに露呈するものである。この朝廷主導の演出はあざといともいえるだろうけれども、このような演出をせざるをえないほどに事態は切迫していた、ともいえよう。

ともかくこうして三輪山への惜別の儀礼を催した天智天皇は、祟りの風説や文武百官の蟠《わだかま》りを封じ込め、安堵の胸を撫で下ろす形で山代《やましろ》の国に入り、近江の国へと旅立った、と考えられる。

八　赤猪子伝承

1　近江遷都歌の構想のモデル

近江遷都歌の構想のモデル　以上、〈三輪山への惜別の長・反歌〉の雛形・祖形が大和の〈山見歌〉にあり、これに「和《あは》する歌」の①〈綜麻条《へそかた》の榛摺りの歌〉の元歌がⒶ三輪地方の定番の古い恋歌だった。

しかしこの異質な歌を組み合わせて三輪山への別れの儀式を構築した構想は、どこから生まれたのだろうか。これらの歌を組み立てた儀礼の構想には、何らかのモデル・雛形・祖形があるのではなかろうか。

赤猪子伝承　筆者はそのモデルが雄略記の赤猪子《あかゐこ》伝承に求められる、と考える。

確かに『古事記』の成立は和銅五年（七一二）であり、近江遷都歌の成立は天智六年（六六七）なので、『古事記』の伝承を踏まえて近江遷都歌を構想したとすると、そこには半世紀近くの時代的な逆転がある。しかし『古事記』は古事《ふるごと》の記《ふみ》なので、『古事記』成立以前であってもその内容は知る人ぞ知る古伝承だったろう。

『古事記の世界』［西郷信綱］が説くように、古事記は「推古朝あたりから大化改新（六四五年）を経て、安万侶がこれを撰録した和銅五年（七一二年）ころまで、つまりほぼ七世紀の全体を蔽う時代と見て」よく、「今あるがままの古事記はすぐれて七世紀を表現したもの」であった。

宮廷歌人の額田の王　この点、宮廷歌人は宮廷の由緒ある古伝承を知った上で歌を作るだろうから、それなりにその古伝承を知りうる立場にあった。そうだとすると、いささか大胆な推測ながら、この惜別の儀礼を組み立てた者は、宮廷歌人の額田《ぬかた》の王《おほきみ》かもしれない。現に彼女は天智天皇作として〈三輪山への惜別の長・反歌〉を代作している。すなわち額田は、前述した大和の国の古来の〈山見歌〉を下敷きにしたのみならず、古伝承の赤猪子《あかゐこ》伝承も下敷きにして、この異質の二系統の歌を並べたのではなろうか。

2　本文

赤猪子伝承の本文　雄略記の赤猪子《あかゐこ》伝承の本文は、次のとおりである。

亦一時《またあるとき》、天皇《すめらみこと》（雄略天皇）遊び行《い》でまして、美和河《みわがは》に到《いた》りましし時、河の辺《へ》に衣《きぬ》洗へる童女《をとめ》有り。其《そ》の容姿甚麗《かたちいとうるは》しかりき。天皇、其の童女《をとめ》に問ひたまはく、「汝《いまし》は誰《た》が子ぞ」ととひたまへば、答へて白《まを》さく、「己《おの》が名は引田部《ひけたべ》の赤《あか》猪子《ゐこ》と謂《まを》す」とまをしき。爾《ここ》に詔《の》らしめたまはく、「汝《いまし》は夫《を》に嫁《とつ》がずてあれ。今喚《め》さむ」とのらしめたまひて、宮に還《かへ》り坐《ま》しき。故《かれ》、其《そ》の赤猪子、天皇の命《みこと》を仰ぎ待ちて、既に八十歳《やそとせ》を経《へ》たり。是《ここ》に赤猪子以為《おも》へらく、「命《みこと》を望《あふ》ぎし間に、已《すで》に多《ここだ》くの年を経て、姿体《すがた》痩《や》せ萎《な》えて、更に恃《たの》む所無し。然《しか》れども待《ま》ちつる情《こころ》を顕《あらは》さずては、悒《いぶせ》きに忍びず」とおもひて、百取《ももとり》の机代《つくゑしろ》の物を持たしめて、参出《まゐで》て貢献《たてまつ》りき。然《しか》るに天皇、既《はや》く先に命《の》らしし事を忘らして、其の赤猪子に問ひて曰《の》りたまはく、「汝《いまし》は誰《た》が老女《おみな》ぞ。何《なに》の由以《ゆゑ》に参来《まゐき》つる」とのりたまひき。爾《ここ》に赤猪子答へて白《まを》さく、「其の年其の月、天皇の命《みこと》を被《かがふ》り、大命《おほみこと》を仰ぎ待ちて、今《け》日《ふ》に至るまで八十歳《やそとせ》を経ぬ。今は容姿《かたち》既に耄《お》いて、更に恃《たの》む所無し。然《しか》れども己《おの》が志《こころざし》を顕《あらは》し白《まを》さむとして参出《まゐで》つるにこそ」とまをしき。

是《ここ》に天皇大《いた》く驚かして、「吾《あ》は既に先の事を忘れたり。然るに汝《いまし》は志を守り命《みこと》を待ちて、徒《いたづら》に盛《さかり》の年を過《すぐ》しつること、是《こ》れ甚愛悲《いといとほ》し」とのたまひて、心の裏《うち》には婚《め》さむと欲《おも》ほせど、其の極《いた》く老いて、得婚《えまぐは》ひ成《し》たまはぬを悼《いた》みて、御歌《みうた》を賜ひき。其の歌に曰《の》りたまはく、

御諸《みもろ》の　厳白檮《いつかし》が下《もと》。厳白檮《いつかし》が下《もと》、
斎斎《ゆゆ》しきかも。白檮原童女《かしはらをとめ》。

御諸の社《やしろ》にある、神聖な白檮《かし》の木の下《もと》。その白檮《かし》の木の下《もと》は、
聖なるところであるよ。そしてそこにいる聖なる白檮原《かしはら》の童女《をとめ》よ。（記92）

とうたひたまひき。又歌曰《うたひ》たまはく、

引田《ひけた》の　若栗栖原《わかくるすばら》。若くへに
率寝《ゐね》てましもの。老《お》いにけるかも。

引田の　若い栗林。あなたが若いうちに
共寝したらよかったのに。今はこんなに老いてしまって惜しいよ。（記93）

とうたひたまひき。

爾《ここ》に赤猪子の泣く涙、悉《ことごと》に其の服《け》せる丹摺《にず》りの袖を湿《ぬ》らしぬ。
その大御歌《おほみうた》に答へて歌ひて曰《い》はく、

御諸《みもろ》に　斎《つ》くや霊籬《たまがき》。斎《つ》き残《あま》し、
誰《た》にかも依《よ》らむ。神の宮人《みやひと》。

御諸の社に　斎《いつ》く神木。その神木に斎《いつ》き足りなくて（神・天皇に斎き足りなくて）、
（だから）誰に頼ろうか。わたしはあくまでも神の宮人だ（神・天皇にだけ頼る）。（記94）

とうたひき。又歌ひて曰はく、

日下江《くさかえ》の　入江《いりえ》の蓮《はちす》。花蓮《はなばちす》。　日下江の　入江の蓮。見事に咲いている蓮の花。
身の盛《さか》り人《びと》　羨《とも》しきろかも。　そのように身の若い盛りの人が　羨ましいよ。（記95）

とうたひき。
爾《ここ》に其の老女《おみな》に多《あまた》の禄《もの》を給ひて、返し遣《や》りたまひき。
故《かれ》、此の四つの歌は志都歌《しつうた》なり。（雄略記）

3　赤猪子伝承の骨子

赤猪子《あかゐこ》伝承の解釈には諸説があるけれども、筆者の理解した大筋は次のとおりである。

赤猪子伝承の梗概

ある時、雄略天皇が三輪山の辺りで衣を洗う美しい童女《をとめ》に会った。名を尋ねると、「引田部《ひけたべ》の赤猪子《あかゐこ》」と答えた。そこで天皇は「そのうちに召すから、他の男に嫁がないでいるように」と言い残し、宮（三輪山の近くにある長谷《はつせ》の朝倉《あさくら》の宮）に帰った。しかし八〇年間もお召しがなかった。

赤猪子は、あまり老いて痩せ衰えたので結婚するあてはないけれども、お召しを待ち続けた心情を表さなくては鬱々として我慢できないと思い、たくさんの献上物を持って参上した。

ところが天皇は先の婚約をすっかり忘れていたのでひどく驚き、彼女がお召しを待って女盛りを無駄に過ごしてしまったことを「愛悲《いとほ》し」として結婚しようとした。しかしそのあまりの老いのために結婚できないことを「悼《いた》み」、〈白檮原童女《かしはらをとめ》賛美の歌〉（記92）と〈引田の嘆老歌〉（記93）の二首の歌をうたった。すなわち、彼女の若い時の美質を賛嘆し、彼女の若い時に共寝しなかったことを悔やむ。

すると赤猪子は、この労《いたわ》りの「大御歌《おほみうた》」に感涙を流し、〈終生の愛を誓う宮人の歌〉（記94）と「日下《くさか》の嘆老歌」（記95）の二首の歌を返した。すなわち、彼女は鬱情を晴らすどころか、これから先も天皇のために独身を守ると誓い、また自分の老いを認めながら雄略天皇の皇后・若日下《わかくさか》の王《みこ》の美麗さまで称える。そこで天皇は彼女に禄を賜って帰ってもらった。

以上の四首の歌は、「志都歌《しつうた》」＝静歌《しつうた》である。

赤猪子伝承の骨子　こうしてみると、赤猪子伝承の骨子・構造は、次のようにまとめられよう。

朝廷側は自らの失策によって、大和の国魂・三輪山を祀る三輪氏側に多大な負い目を負っている。三輪山の神女の怒り・憂慮は、三輪の神の祟りを招くほどに蓄積され、頂点に達していた。

しかし朝廷側は三輪山の神女を賛美し、自らの失策によって美麗な赤猪子と結婚できないことを悔やむと、事態は一変した。三輪山の神女は祟りに連動する怒りを収めるどころか、天皇に以前にも増す愛情を示し、さらには天皇に連れ添う若い皇后まで賛美して、その御代《みよ》の繁栄を祝福している。こうして朝廷のピンチは一気にチャンスに好転し、動乱含みの事態は「静《しづ》」まっている。

近江遷都歌との共通性　とすると、何と近江遷都歌の構造に似ていることか。すなわち、赤猪子伝承の構想を換骨奪胎し、雄略天皇を天智天皇に、三輪山の神を祀る最高神女の赤猪子を井戸《ゐのへ》の王《おほきみ》の祀る三輪山に置き換えれば、近江遷都歌の基本構造は赤猪子伝承の基本構想とほとんど同じである。

九　赤猪子伝承の生成

1　三輪山神婚説話の構想

赤猪子伝承の生成　この赤猪子伝承をもっと正確に知るために、その生成を考えてみたい。すなわち、この赤猪子伝承は三輪山神婚説話と歌垣を下敷きにしているので、その視点からこの伝承のポイントを次のように考えてみた。

三輪山神婚説話の構想　赤猪子伝承の前身として三輪山神婚説話の構想があり、その基盤に大神《おほみわ》神社の神女生活がある。すなわちこの大物主の神を祀る大神《おほみわ》神社の神女の一生のあり方が、三輪山神婚説話に反映しており、その神と神女が神婚する説話はほぼそのまま雄略天皇と赤猪子の関係にすり替わって服属伝承になっている。

聖なる水辺の神女を神の嫁にする、いわゆる神人遊幸の信仰は、かなり一般的にみられる。三輪山神婚説話はその一類で、例えば勢夜陀多良比売《せやだたらひめ》（神武記）と玉依日売《たまよりひめ》（山城国風土記逸文）は主神を水辺で迎えて聖婚に至っている。三輪氏の支族である引田部《ひけたべ》出自の童女《をとめ》・赤猪子《あかゐこ》が、三輪河の辺《へ》で衣を洗っていたのもその典型で、本来は大物主の来臨を待っていた神女である。

なお、引田部《ひけたべ》の本貫は三輪山の麓の白河《しらか》にあり、そこには式内社《しきないしゃ》の曳田《ひきた》神社（現秉田《ひきた》神社）がある。

この神迎えの祭場に雄略天皇が登場して彼女に求婚しているのは、天皇が三輪一族の神迎えの方式で歓待されたことを意味している。こうしてみると赤猪子伝承は、祭りの正儀における神迎えの方式をよく残している、といえる。

「赤猪子の話―三輪伝承考―」〔守屋俊彦〕は、このように「赤猪子に求愛する天皇の背後に、三輪山の神を見透かし」、「三輪山の神が天皇にすり替わっているところに」注目した論考である。

2　大神神社の神女の生涯

神域の若神女　雄略天皇に求愛された、「其《そ》の容姿甚麗《かたちいとうるは》し」くあった神の「童女《をとめ》」は、一首目の〈白檮原童女《かしはらをとめ》賛美の歌〉（記92）をうたって三輪山の聖なる白檮林《かしばやし》で成巫式を挙げた神女である。

この歌謡は大神神社に伝わる神歌で、三輪山の神木の生える聖域を賛美するとともに、そこで神遊びをする若い神女をも賛美している。神に愛される神女の理想は、「賢《さか》し女《め》」であるとともに「麗《くは》し女《め》」である。赤猪子もまたその賢《さか》し女《め》ぶりが「斎斎《ゆゆ》しきかも」と賛美され、またその肉体的に若い麗《くは》し女《め》ぶりも「童女《をとめ》」と賛美されている。この神歌のうたわれた大神神社の成巫式の具体的な祭式は無論わからないけれども、神前でこの神歌をうたって、大物主と神の嫁との聖婚を促したものか、と思われる。

天皇の色好み(1)　伝承ではこの聖婚を促す神歌の歌い手を天皇とするのは、どういうことだろうか。その最大の理由は、この神歌が王の色好みの論理に合致していたことによる。神に愛される理想的な神女が「賢《さか》し女《め》」であり「麗《くは》し女《め》」であるなら、その神女を娶ることで支配権を拡大していく王の好逑《こうきゅう》もまた「賢《さか》し女《め》」・「麗《くは》し女《め》」である。このように服属を誓う部族の最高神女を色好みの好逑であると王自ら認めることは、色好みの王の嗜みである。

してみると、大物主を迎える方式・祭式で迎えられた雄略天皇が、赤猪子を「賢《さか》し女《め》」・「麗《くは》し女《め》」だと賛美することは、彼女の仕える大物主、ならびにその氏子である三輪一族への手厚い配慮を意味することになる。

神女の引退式＝老神女の誓い　大物主の声を一度は聞く神女であっても、神の嫁が神の子を生むのは僥倖で、たいていの神女は単調な神への奉仕生活を余儀なくされたままその信仰生活は終焉を迎えた、と思われる。赤猪子の口上の「今は容姿《かたち》既に耈《お》いて、更に恃《たの》む所無し。然《しか》れども己《おの》が志《こころざし》を顕《あらは》し白《まを》さむとして参出《まゐで》つるにこそ」は、神女の引退式に臨んだ大方の神女の真情だろう。

そして三首目の〈終生の愛を誓ふ宮人の歌〉（記94）の元歌は、大神神社の神女の引退式でうたわれた神歌だったろう。老齢のあまり奉仕できないけれども、神前を去っても他神あるいは俗界の男に依らないと誓ったもので、神への義理立てが主題になっている。単調ながらも神への一方的な奉仕を強いられる神女の一生があるので、儀礼的な神歌とはいいながらも、感動的な神女生活の終わり方になる。「其《そ》の老女《おみな》に多《あまた》の禄《もの》を給ひて、返し遣《や》りたまひき」という赤猪子伝承の結末は、神の嫁として務め上げながらも報われることの皆無だった老神女へのせめてもの勲章だったろう。

天皇の色好み(2)　右のような陰の女の極北をいく生き方を背景にした大神神社の神歌は、王の色好みによってまた換骨奪胎される。愛の誓いの対象が神から天皇に変わっただけで、その様相は一変する。神女が神に絶対的に帰依すると誓う神歌のあり方は、天皇への絶対的な服属を誓う寿歌に変質する。服属儀礼の要素に、支配者に対する寿歌・誓詞の奏上がある。その点この〈終生の愛を誓ふ宮人の歌〉こそ、王権に対する寿歌・誓詞そのものである。

大和王権が最もほしかったのは、大物主に一生愛を捧げるという絶対的な帰依の神歌をそのまま転用して、王権に絶対的な服従を誓わせるところにある。天皇との共寝がまったくなくても性的従属がなされるほどの絶対的な誓いが、服属者側の自発的な心情から生まれたという構想を、王権は立てたかったろう。

大物主の威力は桁外れて、和御霊を発現して豊饒をもたらす時は「大和成《やまとな》す大物主《おほものぬし》」（大和の国を作り成す大物主《おほものぬし》）（紀15）の神である。しかしそれだけに荒御霊を発現する時も、猛威を振るっている。したがってこの神に仕える神女の信仰生活も苛酷で、大物主への絶対的な帰依は常に求められていたろう。そして祭祀におけるこのような神と氏子集団との絶対的な関係が、王権に巧みに利用されることになる。こうして、この徹底して神に篤い帰依を誓う神歌は、形を変えないまま一転し、王権への絶対的な服属を誓うという性格を帯びる。

神と天皇の忘却　大物主が一度は神の嫁として神女を認証しておきながら忘却することは、神なればこそ許されることである。それでもその神も引退式では神女の労苦を認めて、「老女《おみな》に多《あまた》の禄《もの》を給ひ」ている。

王権側もまた赤猪子に対して同じ態度を取ったのは、「待ちつる情《こころ》を顕《あらは》さずては、悒《いぶせ》きに忍びず」という赤猪子の「悒《いぶせ》さ」に、すなわち三輪の神の荒御霊《あらみたま》の発現に王権が脅威を覚えたからである。王権は三輪氏の伝承を利用しながらも、このように時にはその毒をそれなりに身に受けている。

3　歌垣の嘆老歌

引田の嘆老歌＝赤猪子賛美　被支配者の祭りや文化は、徹底的に服属伝承に利用される。神祭りの周縁部に位置する歌垣でうたわれた嘆老歌もまた、王の色好みの論理で染め上げられている。

　二首目の〈引田の嘆老歌〉（記93）の本来のあり方は、精気盛んな若者が老女の老いを揶揄する歌で、三輪山の信仰圏にある引田《ひけた》の歌垣での歌である。この〈引田の嘆老歌〉のなかの「引田《ひけた》」という地名から、この嘆老歌が引田の歌垣の歌だ、とわかる。そして赤猪子の出身は三輪氏の支族の「引田部《ひけたべ》」であり、その本貫は白河《しらか》であった。

　三輪の信仰圏にあるこの地の歌垣の歌も、色好みの王の歌になると様相を一変する。天皇によってうたわれた一首目の〈白檮《かし》原童女《はらをとめ》賛美の歌〉で麗《くは》し女《め》ぶりと賢《さか》し女《め》ぶりを称賛された赤猪子は、天皇によってうたわれた二首目の〈引田の嘆老歌〉で彼女と「若くへに率寝《ゐね》」なかったことを「悼《いた》」まれている。このように年老いたので麗《くは》し女《め》ぶりを失った赤猪子に同情し、早く共寝しなかったと天皇が悔やんでみせることは、赤猪子の美質を賛美することである。

日下江の嘆老歌＝皇后賛美　二首目の〈引田の嘆老歌〉に呼応する四首目の〈日下《くさか》の嘆老歌〉（記95）も、その元歌は河内の国の日下《くさか》地方の歌垣における嘆老歌である。すなわちこの歌の「日下江《くさかえ》」から、この歌が河内の国の日下《くさか》地方の歌垣の歌だとわかる。そしてこの歌は、老女が自らの老いを嘆くことで、恋は青春の特権だと述べ、それによって若者に性の解放を媒介・促進する機能をもっていた。

　これが赤猪子の歌になると、やはり様相が一変する。彼女の肉体的美質・若さを惜しみ、その老いを敬遠した天皇に対して、赤猪子は自らの老いを嘆いてみせ、王の色好みの論理を納得している。しかしこの場でのこの歌の主眼は、嘆老にはない。彼女の老醜は説話部で三度も語られ、彼女自身も今となっては結婚を望まないといっている。したがってこの歌の主眼は、雄略天皇に従う皇后の若日下部《わかくさかべ》の王《みこ》を賛美していることにある。

　この解釈を導く鍵は、雄略記では河内の国日下《くさか》出自の若日下部《わかくさかべ》の王《みこ》への求婚説話が赤猪子伝承の前に位置していることと、三輪信仰圏の伝承に河内の国の日下《くさか》地方の歌垣の歌〈日下《くさか》の嘆老歌〉が割り込んでいることの二点にあり、この二点は連動している。すなわち、河内の国日下《くさか》地方の歌垣の嘆老歌を転用して、三輪《みわ》出自の自分は老いたので身を退き、日下《くさか》出自の若々しい「身の盛り人」＝若日下部《わかくさかべ》の王《みこ》が皇后としてふさわしいと推奨していることになろう。これを逆からいえば、赤猪子が婚を待ち続けた本意は、神武天皇の皇后になった三輪氏の伊須気余理比売《いすけよりひめ》のように皇后の座に就くことだったけれども、若日下部《わかくさかべ》の王《みこ》の登場もあり、その望みを自らの老いを理由に放念して、日下《くさか》出自の「身の盛り人」＝若日下部《わかくさかべ》の王《みこ》を天皇に勧める、と表明していよう。このように自らの嘆老を交えていささか複雑な感情ながら、ともかく若い皇后を賛美している。そしてそれは同時に、若日下部《わかくさかべ》の王《みこ》を皇后に据える天皇への賛美にも通じるものだった。

　このように地の文と歌は、徹底して王権の論理が優先するように仕組まれている。その手法は、(A)地元の伝承を(C)巧みに王権賛美に転用することで一貫している。

換骨奪胎の反復　赤猪子伝承の骨子・構造を知るために、(A)大物主を遇する神女の一生を基盤にした神婚説話の構想を中核にして、(C)王権の立場から王の色好み譚に組み換え、一族の祭式や文化を服属伝承に作り上げていくという過程を辿ってみた。赤猪子伝承の生成という面からみると、三輪側の伝承は王権側によって見事に切り刻まれ、換骨奪胎されている。

一〇　赤猪子伝承と近江遷都歌

赤猪子賛美と三輪山賛美　そして、その(A)から(C)への換骨奪胎の手法・転用の手法は天智朝にも反復され、赤猪子伝承の骨子・構想が近江遷都歌にも適用されている。

　赤猪子伝承の歌謡と近江遷都歌は次の点で共通・類似し、その換骨奪胎の状況が浮き彫りになる。朝廷側が三輪側に贈った歌は、赤猪子伝承の一首目の〈白檮《かし》原童女《はらをとめ》賛美の歌〉では、三輪の最高神女で麗《くは》し女《め》・賢《さか》し女《め》の赤猪子が賛美されている。これに対して、近江遷都歌の長歌の前半では、十全の三輪山の麗姿が「見つつ」「見放《さ》けむ」ものとして賛美されている。ここに両者は対応している。

また赤猪子伝承の二首目の〈引田の嘆老歌〉では、麗《くは》し女《め》ぶりを欠いた赤猪子が惜しいといわれている。これに対して、近江遷都歌の長歌の後半と反歌では、雲に隠されて三輪山の青山ぶりが見られないのは惜しいといわれている。ここでも両者は対応している。

雄略朝賛美と天智朝賛美　また、三輪氏側が朝廷側に応えた歌は、赤猪子伝承の三首目の〈終生の愛を誓ふ宮人の歌〉では、雄略天皇への究極の愛を誓い、四首目の〈日下の嘆老歌〉では若々しい皇后を賛美して雄略天皇の将来を祝福している。これに対して、近江遷都歌の「和《あは》する歌」の①〈綜麻《へそ》条《かた》の榛摺りの歌〉では、天智天皇を賛美して愛を誓うとともに、その将来を祝福している。ここでも両者は対応している。

丹摺りの恋衣と榛摺りの恋衣　そしていささか付録めくけれども、赤猪子伝承では赤猪子が赤い「丹《に》摺《ず》り」の恋衣を着て雄略天皇に逢っているのに対して、近江遷都歌の天智天皇は黒い「榛摺《はりず》り」の恋衣を着て井戸《ゐのへ》の王《おほきみ》に逢っているように設定されている。これなどはあるいは偶然の符合かもしれないけれども、二つの作品（赤猪子伝承と〈綜麻条の榛摺りの歌〉）の根幹部が恋歌仕立てになっているという合致・符合を考えると、この恋衣の色までが構想上で対応しているように見えてくる。

ただし、雄略天皇と井戸《ゐのへ》の王《おほきみ》には恋衣の記述がない。

赤猪子伝承と近江遷都歌　こうしてみると、天智天皇が古伝承の典型的な偉大なる大王《おほきみ》の雄略天皇になぞらえられ、井《ゐ》戸《へ》の王《おほきみ》が恐るべき大物主を祀る三輪側の代表的な最高神女の赤猪子になぞらえられ、近江遷都の折の暗雲が払われて、将来に光明を見出そうとしたことが明瞭になるだろう。

そして大和の国魂を静めてその災いを絶とうと願う朝廷に対して、三輪方は来《きた》るべき新時代の繁栄を予祝することで和《あは》せている。

本歌取りの手法　このように二つの作品には和歌でいえば本歌取りの手法が認められ、このことは知る人ぞ知ることだったろう。

なお赤猪子伝承と三輪山にまつわる拙論として、「赤猪子の復権―陰の女の極北―」・「赤猪子伝承の基層―三輪の神の嫁」・「赤猪子伝承の形成―王権の論理―」があるので、参照されたい。

二　琴を伴う静歌の効用

1　琴と静歌

琴歌を伴う静歌　以上、赤猪子伝承も近江遷都歌も三輪の神女・三輪の神の荒れを歌の「言霊《ことだま》」によって静め、朝廷・天皇の繁栄を祝福している。

そしてこの歌詞に宿る「言霊《ことだま》」と相挨って、静かに弾く琴に統御されながら静かにうたわれる「静歌《しつうた》」の「音霊《おとだま》」によっても、朝廷側が三輪の荒御《あらみ》霊《たま》を静め、三輪側が朝廷を祝福しているだろう。そのことを示すのが、赤猪子伝承の「此《こ》の四つの歌は志都歌《しつうた》なり」である。「志都歌《しつうた》」には、「下《し》つ歌」＝調子を下げてうたう歌、「賤歌《しつうた》」＝庶民風にうたう歌など諸説あるけれども、ここでは「静歌《しつうた》」という説、すなわち宣長が『古事記伝三十六巻』でいうように「徐《シヅカ》に歌ふ」ことによって、折口信夫が「日本文学の発生」でいうように荒れる魂・動乱を静める歌という説を採る。

琴と静歌の伝承　「琴と静歌(1)（再稿）―荒れるものの静め―」［畠山］によると、古代歌謡の「静歌《しつうた》」・「静歌の歌返《しつうたうたひかへし》」には静かな弾琴が伴っており、荒れるものを静めている。その古代における琴と静歌の伝承のあり方を表にすると、次の〈琴と静歌の伝承一覧〉のようになる。

〈琴と静歌の伝承の一覧〉

出典	番号	伝承	歌謡名	弾琴の記述	歌謡
琴歌譜	(1)	雄略天皇と赤猪子《あかゐこ》の伝承	静歌《しつうた》	あり	〈終生の愛を誓ふ宮人の歌〉（琴歌譜1）
	(2)	大物主《おほものぬし》の神と豊次入日売《とよすきいりひめ》の伝承			
	(3)	仁徳天皇と八田《やた》の皇女《ひめみこ》の伝承	静歌《しつうた》の歌返《うたひかへし》	あり	〈朝妻《あさづま》の御井《みゐ》の歌〉（琴歌譜2）
	(4)	神功《じんぐう》皇后の伝承			
	(5)	応神天皇の遊猟伝承			
古事記	(6)	仁徳天皇の枯野《からの》伝承	静歌の歌返	あり	〈枯野《からの》琴《こと》の歌〉（記75）
	(7)	仁徳天皇と石之日売《いはのひめ》の伝承	静歌の歌返	なし	〈仁徳天皇と石之日売の歌〉 〈斎《ゆ》つ真椿《まつばき》の歌〉（記58） 〈葛城高宮《かつらきたかみや》の歌〉（記59） 〈い及《し》け鳥山《とりやま》の歌〉（記60） 〈肝向《きもむ》かふ心の歌〉（記61） 〈根白《ねじろ》の白腕《しろただむき》の歌〉（記62） 〈大根《おほね》騒々《さわさわ》の歌〉（記64）
	(8)	雄略天皇と赤猪子《あかゐこ》の伝承	静歌	なし	〈雄略天皇と赤猪子の歌〉 〈白檮《かし》原童女《はらをとめ》賛美の歌〉（記92） 〈引田《ひけた》の嘆老歌〉（記93） 〈終生の愛を誓ふ宮人の歌〉（記94） 〈日下《くさか》の嘆老歌〉（記95）
	(9)	雄略天皇と袁杼比売《をどひめ》の伝承	静歌	なし	〈袁杼比売の歌〉（記104）

2　三輪山の神女と静歌

雄略天皇と赤猪子の歌　右の九つの伝承のうち、三輪山に関係する伝承は、⑴雄略天皇と赤猪子《あかゐこ》の伝承、⑵大物主《おほものぬし》の神と豊次入日売《とよすきいりひめ》の伝承、⑻雄略天皇と赤猪子の伝承の三つである。このうちの⑴は⑻と同じ縁起をもち、次に挙げる⑴の〈終生の愛を誓ふ宮人の歌〉も⑻の〈終生の愛を誓ふ宮人の歌〉とほぼ共通している。

御諸《みもろ》に　斎《つ》くや霊籬《たまがき》。斎《つ》き残《あま》す。　御諸の社に　斎《いつ》く神木。その神木に斎き足りない（神・天皇に斎き足りない）。
誰《た》にかも依《よ》らむ。神の宮人《みやひと》。　（だから）誰に頼ろうか。わたしはあくまでも神の宮人だ（神・天皇にだけ頼る）。

（琴歌譜1）

とすると、⑴と⑻が〈終生の愛を誓ふ宮人の歌〉を共有しているので、弾琴の表記のない⑻も、弾琴を伴う⑴とともに静かな弾琴を伴っていた、と類推できる。してみると、〈雄略天皇と赤猪子の歌〉は、破綻しかけた雄略天皇の色好み生活・動乱（動乱含み）が、これらの歌の言霊《ことだま》と静かな弾琴を伴う「静歌《しつうた》」の音霊《おとだま》によって鎮静化したことを示していよう。

「琴歌譜歌謡の構成—「大歌の部」について—」［神野富一］は、「崇神記・紀にみるように御諸—三輪山は天皇家がまず丁重に祀るべき山であったので、それは天皇霊の更新という意義をもつ新嘗祭の宴にはふさわしい歌詞と歌い方であったろう」と説く。この指摘は、祟りやすい三輪の神を祀る最高神女＝赤猪子が雄略天皇に終生の愛と奉仕を誓っていると解してこそ、その真価が発揮される。

大物主の神と豊次入日売の伝承　また⑴雄略天皇と赤猪子伝承と〈終生の愛を誓ふ宮人の歌〉を共通にする⑵大物主の神と豊次入日売《とよすきいりひめ》の伝承は、次のような縁起をもっている。

> 弥麻貴《みまき》入日子《いりひこ》の天皇（崇神天皇）の皇子、巻向《まきむく》の玉城《たまき》の宮に御宇《あめのしたしらしめしし》伊久米《いくめ》入日子《いりひこ》伊佐知《いさち》の天皇《すめらみこと》（垂仁天皇）、妹《いも》豊次入日売《とよすきいりひめ》の命《みこと》と大神《おほみわ》の美望呂山《みもろやま》に登りまし、神の前《みまえ》を拝み祭りたまひて作れる歌、此の縁起は正しき説に似たり。

すなわち、崇神天皇の皇子でその皇位を継承した垂仁天皇が、異母妹の豊次入日売と共に三輪の大物主の神前で拝んで祭りをした時に〈終生の愛を誓ふ宮人の歌〉（琴歌譜1）を作ったという。素よりこの歌も、静かな弾琴に合わせて「静歌」の調子でうたわれていた。

大物主の神の静まり　崇神朝は神権の著しく強い王朝で、神々の祟りが多かった。崇神紀七年の条によると、天照大《あまてらすおほ》御神《みかみ》と倭大国魂《やまとおほくにたま》の神にはそれぞれに豊鍬入姫《とよすきいりひめ》の命《みこと》と渟名城入姫《ぬなしろいりひめ》の命《みこと》が最高神女として奉仕し、大物主の神にはその子孫の大田田根子《おほたたねこ》が奉仕したところ、国内は治まったという。

次の垂仁朝は「神祇《あまつかみ》を礼祭《ゐやま》」う方針を継承し、二十五年に豊鍬入姫《とよすきいりひめ》の任を解いて倭姫《やまとひめ》の命《みこと》に天照大御神を祀らせている。紀の年代を信じると、豊鍬入姫は八六年間も天照大御神に仕えたことになる。

豊鍬入姫と大神《おほみわ》神社との関係は、右に挙げた『琴歌譜』の⑵別伝にだけ伝わるものである。しかし三輪の神はしばしば大和朝廷を脅かし、朝廷もその慰撫に努めているので、倭迹迹日百襲姫《やまととひももそひめ》の命《みこと》と同様に豊鍬入姫が大物主の御杖代《みつゑしろ》として長らく仕えたと伝えられてもおかしくない。⑵別伝で最高神女の豊次入姫の奉仕がわざわざ崇神天皇の子の垂仁天皇の時代のことと記すのは、これが崇神朝以来の奉仕であることを意識しているからだろう。祟りやすい大物主の御心を静めるために、この老神女が引退式に臨んで三輪の神の前で更なる奉仕を誓う〈終生の愛を誓ふ宮人の歌〉を静かな弾琴に合わせてうたうことは大いにありえることである。

こうして静かな弾琴に合わせて「静歌」の調子でこの誓い歌をうたうことによって、豊次入日売が三輪山の神の荒御霊を静めえたのみならず、大和王権と三輪氏の間に横たわる蟠《わだかま》り・動乱（動乱含み）をも見事に収めている。

このように⑵大物主の神と豊次入日売の伝承の〈終生の愛を誓ふ宮人の歌〉（琴歌譜1）も、三輪の神の荒御霊を王権側の垂仁天皇とその妹の最高神女・豊次入日売が静め得ている由来をもっているので、やはり⑴雄略天皇と赤猪子の伝承の場合と同様に新嘗祭の宴に相応しい静歌・琴歌であった。

由来譚の正否の基準　なお前述したように、⑴の琴歌譜歌謡〈終生の愛を誓ふ宮人の歌〉と⑻の記歌謡〈終生の愛を誓ふ宮人の歌〉はほぼ共通し、その両者の由来譚も共通している。しかし『琴歌譜』の編者は、⑻雄略記とほぼ共通する⑴琴歌譜の縁起を「此の縁記、歌と異なれり」（この縁起は、歌と合わない）としてその由来を否定し、次の⑵「一説」としての大物主の神と豊次入日売の伝承を挙げ、「この縁記は正しき説に似たり」（この縁起の方が正しい説のようだ）としている。

この二つの由来譚の正否の判断の基準について、「琴歌譜の縁記について」［島田晴子］は、〈終生の愛を誓ふ宮人の歌〉は由緒ある大歌《おほうた》なので、その作者が天皇・皇后・皇太子などの身分の高い者にしているのとは違って、一部族の女にすぎない赤猪子を作者にする⑴の伝承を否定し、⑵垂仁天皇の妹の豊次入日売を歌の作者にする「一説」を採用したろう、と説く。そのとおりだろう、

3　残りの六つの伝承と静歌

仁徳天皇の枯野伝承　なお、残りの六つの伝承にも一応触れておく。

⑹仁徳天皇の枯野《からの》伝承は、由緒ある枯野琴《からのこと》を静かに弾きながらこれに合わせて静かにうたう〈枯野琴の歌〉によって、海上の荒れ＝時化《しけ》を静め、同時に河内王朝の首都圏の動乱（動乱含み）を静め、さらには仁徳朝の治世を謳歌している。詳しくは、『河内王朝の山海の政―枯野琴と国栖奏―』［畠山］を参照されたい。

仁徳天皇と石之日売の伝承　⑺仁徳天皇と石之日売《いはのひめ》の伝承は、大后《おほきさき》＝皇后の座をめぐって石之日売と八田《やた》の若郎女《わきいらつめ》が争うものの、静かに弾く琴に弾く合わせて静かにうたう〈仁徳天皇と石之日売の歌〉六首によって石之日売の怒りが静ま

り、この動乱（動乱含み）がめでたく収まっている。詳しくは、「琴と静歌⑵—仁徳天皇と石之日売の伝承—」［畠山］を参照されたい。

雄略天皇と袁杼比売の伝承　⑼雄略天皇と袁杼比売《をどひめ》の伝承は、静かに弾く琴に合わせて静かにうたう〈袁杼比売の歌〉によって何かと怒りやすい雄略天皇の心を静め、天皇の怒りに発する動乱（動乱含み）を静めている。

〈朝妻の御井の歌〉の伝承　⑶⑷⑸の伝承をもつ〈朝妻の御井の歌〉は、この歌の縁起を説く⑶⑷⑸の伝承と無縁らしい。この歌の本来のあり方は、静かに弾く琴に合わせてこの歌を静かにうたうことによって、淡路の国の三原《みはら》の御井《みゐ》の篠《しの》＝水神の座を大和の国の葛城の朝妻の御井に移植して豊かな水をもたらすことにあるようである。そしてこの水乞いの神歌によって、水不足からくる葛城地方あるいは葛城王朝に起こりそうな動乱（動乱含み）を静めているようである。詳しくは、「朝妻の御井の歌の伝承—琴と静歌⑶—」［畠山］を参照されたい。

4　静かな弾琴を伴う近江遷都歌

静かな弾琴を伴う近江遷都歌　こうしてみると、近江遷都歌は赤猪子伝承をモデル・下敷きにしているので、近江遷都歌も静かな弾琴を伴って「静歌」の調子でうたわれていた、と考えられる。こうしてこの三首の歌の「言霊《ことだま》」と静かな弾琴を伴う「静歌《しつうた》」の「音霊《おとだま》」を用いて、大和王権と三輪山の神の間にある動乱含みを払拭している。

長歌のはじめは対句を用いて左右対称の荘重さ、緩やかな調子で進むけれども、その後半と反歌は一直線に進んで切迫している。これを琴と声調に乗せれば、当初は静かながらも途中から速いリズムの激しい調子になりそうに思ってしまう。しかし動乱含みを静めるという儀礼の趣旨からみると、三首ともはじめから終わりまで静かな調子でうたわれていたことになろう。素より三首目の①〈綜麻条《へそかた》の榛摺りの歌〉は、当初からまったりとした恋人賛美の恋歌で、悠揚迫らぬ調子の歌であった。

弾琴者　この三輪山への惜別の儀礼における歌い手は、王権の最高位にある天智天皇と三輪の最高神女の井戸《ゐのへ》の王《おほきみ》だとしても、弾琴者は誰だったろうか。「日の御子の誕生⑴⑵―秘儀から顕儀へ―」［畠山］によると、それは天智天皇の側近の男性で、冬至の鎮魂祭で審神者《さには》を務めた者である。その代表的な例は古くは歴代の天皇の側近として審神者でもあった建内《たけしうち》の宿禰《すくね》であり、そのあり方は古墳から発掘される弾琴埴輪に具象化されている。『埴輪群像の考古学』［大阪府立近つ飛鳥博物館］によると、その基本的な形態は、天皇（豪族）・皇后（最高神女）・側近の弾琴者の三点セットで、埴輪群像の中核に位置している。してみると、おそらく天智天皇の側近として審神者《さには》を務めるほどの琴弾きが、遷都の儀礼の音楽・琴を担当していた、と考えられる。

新嘗祭の饗宴でのめでたい演目　平安初期に成立した『琴歌譜』は、宮廷の四節（十一月節・正月元日節・七日節・十六日節）の饗宴の場で演じられた歌謡の楽書である。

この琴歌のなかに〈朝妻の御井の歌〉（琴歌譜2）が、宮廷の十一月節（新嘗祭）の饗宴の場で琴歌として「静歌《しつうた》」でうたわれている。すなわちこの神歌によって安定した水を確保し、水不足からくる葛城地方の動乱を静めている。してみると、この〈朝妻の御井の歌〉と同系統にある〈藤原の宮の御井の歌〉（一―52）も、宮廷の十一月節（新嘗祭）の饗宴で藤原の宮に安定した清水をもたらすめでたい神歌として、琴を伴った「静歌」の調子でうたわれてもよかった。

また『琴歌譜』のなかに赤猪子伝承中の一首〈終生の愛を誓ふ宮人の歌〉（琴歌譜1）が、宮廷の十一月節（新嘗祭）の饗宴の場で琴歌として「静歌《しつうた》」の調子でうたわれている。してみると、この〈終生の愛を誓ふ宮人の歌〉を含む四首の〈雄略天皇と赤猪子の歌〉（記92～95）も、宮廷の十一月節（新嘗祭）の饗宴で、天皇の色好み生活の安定をもたらしためでたい歌として、琴を伴った「静歌《しつうた》」の調子でうたわれていた、と想定できる。

そしてこの伝でいくと、近江遷都歌三首もこの〈雄略天皇と赤猪子の歌〉の四首を下地にしているので、宮廷の十一月節（新嘗祭）の饗宴で、危機的な状況にあった遷都を見事に切り抜けためでたい歌として、琴を伴った「静歌《しつうた》」の調子でうたわれていた、と想定できる。すなわち、三輪山は天皇家が丁重に祀るべき神山だったので、〈近江遷都歌三首〉は、そのうち特に三輪の最高神女＝井戸《ゐのへ》の王《おほきみ》が天智天皇に愛と奉仕を誓う三首目の①〈綜麻形の榛摺りの歌〉は、天皇が「日《ひ》の御子《みこ》」として諸氏族や文武百官の前でお披露目《ひろめ》をする新嘗祭の宴でうたうに相応しい琴歌だった。

一二 結び

「和する歌」の位相 本章の主題は、近江遷都の儀礼における〈三輪山への惜別の長・反歌〉に「和《あは》する歌」として①〈綜《へ》麻《そ》条《かた》の榛《はり》摺りの歌〉がどのように相呼応するかを見定めることだった。

三輪山の神の加護祈願 大和の国の明日香の岡本《をかもと》の宮から近江の国の大津《おほつ》の宮へ遷都するにあたって、大和の国魂《くにだま》の三輪山の神の加護・祝福が求められていた。しかし、この遷都は大和の国魂が一地方の国魂に格下げされることであり、また遷都に反対する機運も強くて国情は動乱含みだったので、三輪山の神の不興が予想されたろう。それまでの朝廷と三輪の神の関係には愛憎の両面があり、三輪の神の和御《にぎみ》霊《たま》と荒御《あらみ》霊《たま》の発現は熾烈を極めている。

そこで朝廷・天皇側は、雲で姿を隠して不興を示す三輪山へ向けて、十全の青山を誇る山の神が里人に幸をもたらすという大和の〈山見歌〉を踏まえた〈三輪山への惜別の長・反歌〉をうたった。その歌の趣旨は、三輪山の神が雲に隠された青山を見せてその和御霊を発現し、天智朝を祝福してもらうことだった。

地元の恋衣の歌による天皇賛美 すると三輪側を代表した大神《おほみわ》神社の最高神女の井戸《ゐのへ》の王《おほきみ》が、Ⓐ三輪地方で知られた榛《はり》摺《ず》りの恋衣から発想された定番の恋人賛美の古歌①〈綜《へ》麻《そ》条《かた》の榛《はり》摺りの歌〉を、Ⓒそのまま天皇賛美の歌に転用した。すなわち、そちらから雲によって三輪山が見えないといって憂慮しているけれども、三輪山からは愛《いと》しい天皇の英姿が鮮明にみえる、と即座に「和《あは》」せた。こうして、三輪山の神はその和御霊を発現し、天智朝を祝福した。

別系統の歌の唱和 長・反歌とそれに「和《あは》する歌」は、それぞれに別系統の歌である。長・反歌は宮廷歌人の額田《ぬかた》の王《おほきみ》が大和の〈山見歌〉を踏まえて代作した新作の荘重な宮廷儀礼歌で、遷都の儀礼では天智天皇がうたったものである。これに対して「和《あは》する歌」はⒶ三輪地方に伝わる恋衣の恋愛習俗を踏まえたまったりとした恋の古歌そのもので、Ⓒ遷都の儀礼では三輪氏の最高神女の井戸《ゐのへ》の王《おほきみ》がうたったものである。

そこで、本格的に万葉の時代に入った後世からみると、長・反歌は宮廷における初期万葉の歌風に合致するものの、「和《あは》する歌」の本来のあり方がⒶ民間の古色蒼然たる恋の歌謡レベルにあったので、Ⓐからⓒへの転用の論理を理解しきれなかった『万葉集』の編者によって「和《あは》するに似ず」と注された、と考えられる。とするとこの左注を付したのは、この三首の詠まれた第一期よりもよほど後の時代の編者だということになろう。

赤猪子伝承の構想　このように系統の異なる歌が組み合わされて唱和する形態は、万葉以前の古代歌謡ではふんだんに見られることである。記紀の歌物語のほとんどは、この事例で溢れている。

その典型例として構想上この近江遷都歌と同型をもつ例を挙げると、雄略記の赤猪子《あかゐこ》伝承がそれである。赤猪子伝承は、Ⓐ大神《おほみわ》神社の神女の成巫式と引退式における神歌、ならびに三輪地方（大和の国）と日下《くさか》地方（河内の国）の歌垣におけるⓑ嘆老歌を組み合わせて構成され、ⓒその本来の場とは異なる世界を構築している。

これらの系統の異なる歌を朝廷側の雄略天皇と三輪側の神女・赤猪子に唱和させる構想の主軸は、朝廷側に三輪の神・神女の荒御霊を抑えて和御霊の発現を願い、その朝廷の熱望に感動した三輪の神・神女が和御霊を発現して朝廷を加護する、という展開である。

したがってこの伝承の歌謡は、動乱（動乱含み）を静める効用を発揮する弾琴を伴った「静歌《しつうた》」でうたわれていた。

向き合う両座　近江遷都歌は、この赤猪子伝承の構想を踏まえている。まず三輪山への惜別の儀礼は、朝廷側の座を南方の三輪山に向けて設定し、三輪側の座は北方の朝廷側に向けて設定したろう。

静かな調子の琴歌　そして儀礼を主催する天智天皇の側近が弾く静かな調子の琴歌に合わせて三首の歌が唱和されたろう。すなわち三首の歌の「言霊《ことだま》」と静かな琴歌の「音霊《おとたま》」によってこの遷都に付きまとう動乱含みが沈静化され、それのみならず朝廷の繁栄まで祝福されている。

時代の転換　時代の転換期は、後ろを振り返って過去を清算しようとし、同時に前を向いて明るい将来を展望しようとする。近江遷都歌の長・反歌と「和《あは》する歌」は、この時代の交差を見事に浮き彫りにしている。

新嘗祭の饗宴の演目　そしてこの大和王権の記念すべき遷都の儀礼歌は、その後の宮廷の十一月節（新嘗祭）の饗宴でも演じられるに相応しい演目だった。

古典の教科書の掲載　高校の教科書の多くは、長年にわたってこの近江遷都歌を取り上げていた。しかし決まって〈三輪山への惜別の長・反歌〉の二首だけを掲載し、「和《あは》する歌」の①〈綜《へ》麻《そ》条《かた》の榛《はり》摺《ず》りの歌〉が削除されていた。これでは三首で完結する世界の半分しか提示しておらず、一方的で未完というべきである。左注も含めてこの三首が提示され、そこに構築されている両者（大和朝廷と三輪氏）のコミュニケーションの世界が浮き彫りになるようにすべきであったように思う。

テキスト・引用文献・参照文献

青木和夫・稲岡耕二・笹山春生・白藤禮幸　一九九五『続日本紀四』岩波書店
青木生子・井手至・伊藤博・清水克彦・橋本四郎　一九八二『萬葉集二・四』新潮社
あかね会　一九七五『平安朝服飾百科事典』講談社
秋本吉郎　一九六八『風土記』岩波書店
阿部秋生・秋山虔・今井源衛　一九七〇『源氏物語一』小学館
石田譲二・清水好子　一九九八『源氏物語一』新潮社
伊丹末雄　一九七〇「〈綜麻形乃〉の訓について」『万葉集難訓考』国書刊行会
伊藤　博　一九七五「歌の転用」『萬葉集の表現と方法（上）』塙書房
　一九八三『万葉集全注一』有斐閣
　一九九五『萬葉集釈注一』集英社
　一九九六『萬葉集釈注二・三・四・五』集英社
　一九九七『萬葉集釈注七』集英社
　一九九八『萬葉集釈注八』集英社
犬養　廉　二〇一七『蜻蛉日記』新潮社
伊原　昭　一九六五「万葉集の紫とその背景」『語文21輯』日本大学国文学会
　一九八〇『日本文学色彩用語集成―上代一―』笠間書院
　一九八六『日本文学色彩用語集成―上代二―』笠間書院
井村哲夫　一九八六『万葉の歌―人と風土―⑤大阪』保育社
上野　誠　二〇一八「「橡の解き洗ひ衣」という表現」『万葉文化論』ミネルヴァ書房
上村六郎　一九八〇『上村六郎染色著作集2』思文閣出版
上村六郎・辰巳利文　一九三〇『万葉染色考』古今書院
大久間喜一郎・居駒永幸　二〇〇八『日本書紀【歌】全注釈』笠間書院
大阪府立近つ飛鳥博物館　二〇〇八『埴輪群像の考古学』青木書店

荻原浅男・鴻巣隼雄　一九七九『古事記・上代歌謡』小学館
奥村恒哉　一九七八『古今和歌集』新潮社
尾崎富義　一九九三「衣と装飾の民俗」『万葉集の民俗学』桜楓社
小沢正夫　一九七一『古今和歌集』小学館
小野重朗　一九七七「紡織叙事考」『南島の古歌謡』ジャパン・パブリッシャー
折口信夫　一九七六「日本文学の発生」『折口信夫全集第七巻』中央公論社
　「萬葉びとの生活」『折口信夫全集第九巻』中央公論社
　「額田女王」『折口信夫全集第九巻』中央公論社
　一九七八「民俗学上からみた節供」『折口信夫全集第十五巻』中央公論社
柿本　奨　一九六九『蜻蛉日記全注釈（下巻）』角川書店
梶川信行　二〇〇〇『創られた万葉の歌人　額田王』塙書房
片桐洋一　一九九〇『後撰和歌集』岩波書店
　一九九八『古今和歌集評釈（上・中・下）』講談社
金子　晋　二〇一三『よみがえった古代の塩と染』アド・ポポロ
川口勝康　一九七七「舒明御製と国見歌の源流」『万葉集を学ぶ第一集』有斐閣
神野富一　二〇一九「琴歌譜歌謡の構成―「太歌の部」について―」『ヨム・ウタフ・琴歌―万葉歌古代歌謡論攷―』翰林書房
　「琴歌譜歌謡の構成―「小歌の部」について―」『ヨム・ウタフ・琴歌―万葉歌古代歌謡論攷―』翰林書房
菊池威雄　一九九六『むらさきのにおえる妹　額田王』新典社
木本通房　一九四六『上代歌謡詳解』東京武蔵野書院
神野志隆光　一九七七「中皇命」『万葉集を学ぶ第一集』有斐閣
小島憲之・木下正俊・佐竹昭広　一九七一『萬葉集一』小学館
　一九七二『萬葉集二』小学館
　一九七九『萬葉集三』小学館
　一九七六『萬葉集四』小学館
小町屋照彦　一九九〇『拾遺和歌集』岩波書店
小村昭雲　一九六八『原色万葉植物図鑑』桜楓社

近藤嘉博　一九八五「催馬楽新考―さいはりに衣は染めむ―」『古代歌謡』有精堂
西郷信綱　一九六七『古事記の世界』岩波書店
阪倉篤義・大津有一・築島裕・阿部俊子・今井源衛　一九六八『竹取物語・伊勢物語・大和物語』岩波書店
　一九八六『古事記注釈第四巻』平凡社
坂本太郎・家永三郎・井上光貞・大野晋『日本書紀上・下』一九六八　岩波書店
酒匂伸行　二〇〇〇「丹後船」『日本民俗大辞典下』吉川弘文堂
桜井　満　一九九五『万葉集の民俗学的研究』おうふう
　二〇〇八『花の民俗学』講談社
佐竹昭広　一九五四「蛇聟入の源流―『綜麻形』の解読に関して―」『国語国文』23巻9号
「新編国歌大観」編集委員会　一九八四「古今和歌六帖」『新編国歌大観第二巻』角川書店
　一九八五「業平集」『新編国歌大観第三巻』角川書店
島田晴子　一九七三「琴歌譜の縁記について」『学習院大学国語国文学会誌』16
関根真隆　一九七四『奈良朝服飾の研究（本文編）』吉川弘文堂
高岡市万葉歴史館　二〇〇四『色の万葉集』笠間書院
高木市之助　一九六七『上代歌謡集』朝日新聞社
高野辰之　一九八〇『日本歌謡集成巻一―上古編―』東京堂出版
武井邦彦　一九七三『日本色彩事典』笠間書院
武田祐吉　一九七一『記紀歌謡集全講』明治書院
多田一臣　二〇〇一『額田王論―万葉論集―』若草書房
谷　馨　一九七一『額田王』早稲田大学出版部
玉上琢弥　一九七六『源氏物語評釈第二巻』角川書店
津田大樹　二〇一六「讃歌と挽歌の景物―讃美と愛惜―」『古代和歌表現の機構と展開』新典社
土橋　寛　一九六五『古代歌謡と儀礼の研究』岩波書店
　一九七一『古代歌謡論』三一書房
　一九七六『古代歌謡全注釈―日本書紀編―』角川書店
　一九七八『万葉開眼（下）』日本放送出版会

一九八六『古代歌謡をひらく』大阪書籍
一九八九『古代歌謡全注釈―古事記編―』角川書店
土橋寛・池田弥三郎　一九七五『歌謡Ⅰ』角川書店
土橋寛・小西甚一　一九六八『古代歌謡集』岩波書店
東京国立博物館　一九七『日本の染色』東京国立博物館
虎尾俊哉　二〇一七『延喜式上』集英社
二〇〇七『延喜式中・下』集英社
中西　進　一九七六「古代的知見」『万葉集原論』桜楓社
『万葉集』角川書店
二〇一二「三輪山と『万葉集』」『中西進著作集35古代文学の生成一』四季社
中村幸彦・岡見正雄・阪倉篤義　一九八四『角川古語大辞典第二巻』角川書店
一九九四『角川古語大辞典第四巻』角川書店
西角井正慶・新間進一・志田延義　一九五九『日本の歌謡』角川書店
西宮一民　一九七九『古事記』新潮社
萩谷　朴　一九七七『枕草子上』新潮社
橋本達雄　一九七五「初期万葉と額田王」『万葉宮廷歌人の研究』笠間書院
長谷川成一　二〇〇八「近世津軽領の「天気不正」風説に関する試論」『弘前大学大学院地域社会研究科年報』5
畠山　篤　一九八六「赤猪子の復権―陰の女の極北―」『国学院雑誌』87巻9号
一九八七「赤猪子の基層―三輪の神の嫁―」『上代文学』59号
「赤猪子伝承の基層―王権の論理―」『弘前学院大学文学部紀要』23号
二〇一四『河内王朝の山海の政―枯野琴と国栖奏―』白地社
二〇一五「日の御子の誕生(1)―秘儀から顕儀へ―」『弘学大語文』41号
二〇一六「日の御子の誕生(2)―秘儀から顕儀へ―」『弘前学院大学文学部紀要』52号
『岩木山の神と鬼』北方新社
二〇一八「琴と静歌(2)―仁徳天皇と石之日売の伝承―」弘前学院大学文学部紀要54号』
「朝妻の御井の歌の伝承―琴と静歌(3)―」『弘学大語文』44号

二〇一九「琴と静歌(1)（再稿）―荒れるものの静め―」『弘学大語文』45号
身崎　壽　一九九〇「三輪山のうた―長歌と和歌と―」『稲岡耕二先生還暦記念日本文学論集』塙書房
八田亮三　一九七五「ムラサキの自生と栽培」『季刊染色と生活第11号』染色と生活社
平林章仁　二〇〇〇『三輪山の古代史』白水社
藤井貞和　一九七八『古日本文学発生論』思潮社
藤田徳太郎　一九四〇『日本歌謡の研究』厚生閣
藤原茂樹　二〇一一『催馬楽研究』笠間書院
古橋信孝　一九八八『古代和歌の発生』東京大学出版会
外間守善　一九七九『南島歌謡大成―奄美篇―』角川書店
前田雨情　一九七五『日本古代の色彩と染』河出書房新社
一九八六『色―染と色彩―』法政大学出版会
前田千寸　一九五六『むらさきくさ』河出書房
一九八三『復刻版日本色彩文化史』岩波書店
増田美子　一九九五『古代服飾の研究―縄文から奈良時代―』源流社
松田　修　一九七〇『萬葉植物新考』社会思想社
三品彰英　一九七四『日本の歴史2　神話の世界』集英社
森　朝男　一九九三「近江遷都と三輪山哀別歌」『古代文学の成立』勉誠社
森本治吉　一九五二・三「榛の木考一～五」『白路』
守屋俊彦　一九七五「赤猪子の話―三輪伝承考―」『古事記研究―古代伝承と歌謡―』三弥井書店
山口佳紀　二〇〇五「『古事記』赤猪子物語における歌謡の解釈」『古事記の表現と解釈』風間書房
山本健吉・池田弥三郎　一九七九『萬葉百話』中央公論社
若浜汐子　一九六五『萬葉植物原色図譜』高陽書院
渡瀬昌忠　一九八五『萬葉集全注巻第七』有斐閣
渡辺和雄　一九八一「伊香保ろの沿ひの榛原」『国語国文研究』66号
渡辺　実　一九九六『伊勢物語』新潮社

あとがき

前著『万葉の紫の発想―恋衣の系譜―』が上梓されてから、ほぼ一〇年が経った。その間に恋衣《こひごろも》の考察もそれなりに深まってきた。たまたま前著が完売したので、これを機に紫《むらさき》の恋衣の稿を書き直し、さらに榛《はり》の恋衣の稿を増補し、量的にも二倍にした。

この書において、恋衣の前身が小忌衣《をみごろも》・神衣《かむみそ》であることをより明らかにした。すなわち、恋の場に登場する紫衣の前身が山藍《やまあゐ》摺りなどの小忌衣《をみごろも》にあり、恋衣の榛《はり》摺りをうたう恋歌の前身も理想的な榛摺りの神衣《かむみそ》の生産叙事歌に基づいている、と述べた。

一般的には、これらの色衣の万葉歌には、衣服令などに定められた王侯貴族の高度な染色文化が反映されている、とみられてきた。しかしその実態はそうではなく、概ね民間の一般庶民を中心にした私的な妻訪いや公的な年中行事（春秋の歌垣・夏の薬狩りなど）に付随する恋の場に横たわる分厚い信仰と恋愛の習俗が反映されている。

いわれるように万葉集の巻一・巻二はひとまとまりになり、両巻で万葉集の基本的な部立て（雑歌・相聞・挽歌）が整っている。しかもそこには、宮廷関係の格調高い歌が多い。その巻一に限ってみると、その全八四首中、摺り衣・染め衣の歌は、〈綜麻《へそ》条《かた》の榛《はり》摺りの歌〉（19・井戸《ゐのへ》の王《おほきみ》）・〈茜指《あかねさ》す紫野《むらさきの》の歌〉（20・額田《ぬかた》の王《おほきみ》）・〈紫の丹穂《にほ》へる妹《いも》の歌〉（21・大海人《おほあま》の皇太子《ひつぎのみこ》）・〈引《ひく》馬野《まの》の榛摺りの歌〉（57・長《なが》の忌寸《いみき》奥麻呂《おきまろ》）・〈住吉《すみのえ》の岸の黄土《はにふ》に丹穂《にほ》はす歌〉（69・清江《すみのえ》の娘子《をとめ》）の五首に及んでいる。そしてこれらの摺り衣・染め衣の歌の発想にも、神衣《かむみそ》を下地にした恋衣の恋愛習俗が見え隠れしている。ここからだけでも、恋衣が恋歌に及ぼした影響力のほどを知りえよう。

以上のように本書は、万葉集などにふんだんに見られる古代の恋衣の習俗に基づいた発想に注目し、これらの恋衣を詠んだ恋歌の諸相を解釈し直してみた。

本書を出版するにあたり、アーツアンドクラフツ社の小島雄社長から特段の便宜を図っていただいた。心から感謝申し上げます。

二〇二〇年一月

畠山　篤

94　御諸《みもろ》に　斎《つ》くや霊籬《たまがき》〈終生の愛を誓ふ宮人の歌〉　211
95　日下江《くさかえ》の　入江の蓮《はちす》〈日下の嘆老歌〉　212
98　やすみしし　我《わ》が大君《おほきみ》の〈榛の木の枝《えだ》の歌〉　137

●日本書紀歌謡

66　細紋形《ささらがた》　錦の紐を〈錦の紐を解き放けて寝《ね》ぬ歌〉　47
76　やすみしし　我《わ》が大君《おほきみ》の〈榛が枝《えだ》の歌〉　137
77　隠国《こもりく》の　泊瀬《はつせ》の山は〈山見歌〉　193, 200
93　大君《おほきみ》の　御帯《みおび》の倭文服《しつはた》〈倭文服結び垂れの歌〉　66
111　小林《をばやし》に　我《われ》を引き入《れ》て〈姧《せ》し人の面《おもて》も家《いへ》も知らぬ歌〉　73
124　打橋《うちはし》の　頭《つめ》の遊びに〈打橋の頭の遊びの歌〉　75

●続日本紀歌謡

6　乙女《をとめ》らに　男《をとこ》立ち添ひ〈乙女らに男立ち添ふ歌〉　68

●風土記歌謡

2　筑波峰《つくばね》に　逢はむと言ひし子《こ》は〈子《こ》はみ寝《ね》逢《あ》はぬ歌〉　70
3　筑波峰《つくばね》に　廬《いほ》りて〈妻なしに寝《ね》む夜の歌〉　71

●神楽歌

38・榛《さいばり》　榛《さいばり》に　衣《ころも》は染《そ》めむ　46, 136, 138, 169

●催馬楽

21・更衣　更衣《ころもがへ》せむや　さきむだちや　35
33・紀の国　紀《き》の国《くに》の　白良《しらら》の浜に　115
35・竹河　竹河《たけかは》の　橋の頭《つめ》なるや　77
58・石川　石川《いしかは》の　高麗人《こまうど》に　28

●風俗歌

43・たたらめ　たたらめの花の如《ごと》　掻練好《かいねりこの》むや　61

●雑歌

50・鳥名子舞《となこまひ》　いよよとぞ言《い》ふ　君が代《よ》は　69

●琴歌譜

1　御諸《みもろ》に　斎《つ》くや霊籬《たまがき》〈終生の愛を誓ふ宮人の歌〉　222
4　道《みち》の辺《べ》の　榛《はり》と櫟《くぬぎ》と〈榛と櫟の歌〉　136, 173
15　川上《かはかみ》の　川榛《かははり》の木の〈川榛と根捩《ねもぢ》の歌〉　136, 178

●拾遺和歌集

巻五　・272　結《ゆ》ひ初《そ》むる　初元結《はつもとゆひ》の〈初元結の濃紫が衣に移る歌〉　127
巻十八・1170　濃紫《こむらさき》　棚引く雲を〈濃紫棚引く雲の歌〉　127

●古今和歌六帖

巻五　・3507　知らねども　武蔵野《むさしの》といへば〈紫草の故の歌〉　59

●続古今和歌集

巻五　・467　真萩散る　遠里小野の　156

●新千載和歌集

巻五　・527　住吉の　遠里小野の　155

●伊勢物語

初段　春日野《かすがの》の　若紫草《わかむらさき》の〈春日野の若紫草《わかむらさき》の摺り衣の歌〉　92
九段　唐衣《からころも》　着つつ馴《な》れにし〈唐衣着つつ馴れにし妻の歌〉　42
四十一段　紫草《むらさき》の　色濃き時は〈紫草の色濃き時の歌〉　109
五十二段　菖蒲《あやめ》刈り　君は沼にぞ〈菖蒲と雉をかる歌〉　95

●大和物語

百六十四段　菖蒲《あやめ》刈り　君は沼にぞ〈菖蒲と雉をかる歌〉　95

●源氏物語

桐壺の巻　稚《いとき》なき　初元結《はつもとゆひ》に〈初元結に契る心の歌〉　93
結びつる　心も深き〈元結の濃き紫の色の歌〉　94, 114
若紫の巻　手に摘みて　いつしかも見む〈紫草のねに通ひける若草の歌〉　58
ねは見ねど　あはれとぞ思ふ〈ねはみねどあはれと思ふ草の歌〉　58

●蜻蛉日記

かばかりも　とひやはしつる〈時鳥と花橘の歌〉　180
橘の　なりものぼらぬ〈橘のなりものぼらぬみの歌〉　180

●古事記歌謡

30　大和《やまと》は　国の真秀《まほ》ろば〈国の真秀ろばの国見歌〉　192, 200
55　倭方《やまとへ》に　西風《にし》吹き上げ〈倭方に吹き上げの歌〉　205
56　倭方《やまとへ》に　往《ゆ》くは誰《た》が夫《つま》〈倭方に往くは誰が夫の歌〉　205
92　御諸《みもろ》の　厳白檮《いつかし》が下《もと》〈白檮原童女《かしはらをとめ》賛美の歌〉　211
93　引田《ひけた》の　若栗栖原《わかくるすばら》〈引田の嘆老歌〉　211

・3436　しらとほふ　小新田山《をにひたやま》の〈守る山の歌〉　195, 201
・3465　高麗錦《こまにしき》　紐解き放《さ》けて〈高麗錦紐解き放けて寝《ぬ》る歌〉　47
・3500　紫草《むらさき》は　根《ね》をかも終《を》ふる〈紫の根《ね》と寝《ね》の歌〉　11, 53
・3576　苗代《なはしろ》の　小水葱《こなぎ》が花を〈小水葱を衣に摺り馴る歌〉　32, 40
巻十五・3656　秋萩《あきはぎ》に　丹穂《にほ》へる我《わ》が裳《も》〈秋萩に丹穂へる裳の歌〉　33
巻十六・3791　みどり子の　若子髪《わきごがみ》には〈竹取の翁の長歌〉　12, 26, 44, 135, 156
・3792　死なばこそ　相見ずあらめ〈竹取の翁の反歌〉　51
・3793　白髪《しらかみ》し　児《こ》らも生ひなば〈竹取の翁の反歌〉　51
・3801　住吉《すみのえ》の　岸野の榛《はり》に〈住吉の岸野の榛摺りの歌〉　51, 135, 157
・3808　住吉《すみのえ》の　小集楽《をづめ》に出《い》でて〈住吉の小集楽の歌〉　76
・3829　醤酢《ひしほす》に　蒜搗《ひるつ》き合《か》てて〈酢醤・蒜・鯛・水葱の歌〉　31
・3857　飯食《いひは》めど　うまくもあらず〈茜指す君の歌〉　89
・3870　紫の　粉潟《こがた》の海に〈紫の粉潟の海の鳥と玉の歌〉　15, 112
・3885　いとこ　汝背《なせ》の君〈鹿の痛みの長歌〉　82
巻十七・3921　垣津幡《かきつはた》　衣《きぬ》に摺り付け〈薬狩りの垣津幡摺りの歌〉　25, 82
・3930　道の中　国つ御神《みかみ》は〈越中の国つ御神《みかみ》の加護の歌〉　186
巻十八・4109　紅は　移ろふものそ〈紅と橡の衣の歌〉　174
巻十九・4189　天離《あまざか》る　鄙《ひな》にしあれば　99
・4207　ここにして　そがひに見ゆる〈霍公鳥《ほととぎす》を怨《うら》恨むる歌〉　135

●古今和歌集

巻三　・ 139　五月《さつき》待つ　花橘の　181
巻四　・ 247　月草《つきくさ》に　衣《ころも》は摺らむ〈月草を衣に摺る歌〉　29
巻九　・ 410　唐衣《からころも》　着つつ馴《な》れにし〈唐衣着つつ馴れにし妻の歌〉　42
巻十一・ 515　唐衣《からころも》　日も夕暮れに〈唐衣日も夕暮れの歌〉　43
巻十三・ 652　恋しくば　下にを思へ〈紫草の根摺りの歌〉　55
巻十四・ 693　君来《こ》ずは　閨《ねや》へも入《い》らじ〈濃紫の元結の霜の歌〉　54, 114
・ 711　いで人は　言《こと》のみぞよき〈月草の移し心は色ことにの歌〉　31
・ 724　陸奥《みちのく》の　信夫振摺《しのぶもぢず》り〈信夫振摺りの歌〉　38, 92, 179
巻十五・ 786　唐衣《からころも》　馴れば身にこそ〈唐衣馴れば身に纏はる歌〉　43
巻十七・ 867　紫草《むらさき》の　一本故《ひともとゆゑ》に〈紫草の一本故の歌〉　59, 109
・ 868　紫草《むらさき》の　色濃き時は〈紫草の色濃き時の歌〉　109, 114
巻二十・1095　筑波嶺《つくばね》の　此《こ》の面《も》彼《か》の面《も》に〈筑波嶺のかげの歌〉　205

●後撰和歌集

巻十五・1111　思ひきや　君が衣を〈濃き紫の衣を着る歌〉　128
巻十六・1177　武蔵野《むさしの》は　袖漬《ひ》つばかり〈若紫草《わかむらさき》は尋ねわびの歌〉　60
巻十八・1277　まだきから　思ひ濃《こ》き色に〈思ひ濃き色の若紫草《わかむらさき》の根の歌〉　60, 114

・1987　片搓《よ》りに　糸をそ我《あ》が搓《よ》る〈片搓りに糸を搓る歌〉 100
・2014　我《あ》が待ちし　秋萩《あきはぎ》咲きぬ〈秋萩に丹穂ふ歌〉 33
・2101　我《あ》が衣《ころも》　摺《す》れるにはあらず〈萩の摺れる衣の歌〉 34
・2107　殊更《ことさら》に　衣《ころも》は摺らじ〈佐紀野の萩に丹穂ふ歌〉 34
巻十一・2356　高麗錦《こまにしき》　紐の片方《かたへ》ぞ〈高麗錦紐の片方の歌〉 47
・2482　水底《みなそこ》に　生《お》ふる玉藻《たまも》の〈水底の玉藻の靡きの歌〉 122
・2521　垣津幡《かきつはた》　丹付《につ》らふ君を〈垣津幡丹付《につ》らふ君の歌〉 26, 88
・2621　摺《す》り衣《ころも》　着《け》りと夢《いめ》に見つ〈摺り衣を着る夢の歌〉 36
・2623　紅《くれなゐ》の　八入《やしほ》の衣《ころも》〈紅の八入の衣馴る歌〉 40
・2624　紅《くれなゐ》の　深染《ふかそ》めの衣《きぬ》〈紅の深染めの衣の歌〉 113
・2627　葉根縵《はねかづら》　今する妹《いも》が〈葉根縵《はねかづら》今する妹《いも》の紐を解く歌〉 102
・2628　古《いにしへ》の　倭文機帯《しつはたおび》を〈倭文機《しつはた》・狭織《さおり》の帯を結び垂れの歌〉 67
・2682　韓衣《からころも》　君に打ち着せ〈韓衣を君に着せる歌〉 42
・2725　白砂《しらまなご》　三津の黄土《はにふ》の〈三津の黄土の歌〉 149
・2780　紫の　名高《なたか》の浦の〈紫の名高の靡き藻の歌〉 10, 119
巻十二・2951　海石榴市《つばきち》の　八十《やそ》の衢《ちまた》に〈海石榴市で結びし紐の歌〉 66
・2965　橡《つるはみ》の　袷《あはせ》の衣《ころも》〈橡の袷の裏の歌〉 176
・2966　紅《くれなゐ》の　薄染《うすぞ》め衣《ごろも》〈紅の薄染め衣の歌〉 113
・2968　橡《つるはみ》の　一重《ひとへ》の衣《ころも》〈橡の一重の衣の歌〉 175
・2970　桃花染《つきそ》めの　浅《あさ》らの衣《ころも》〈桃花染めの浅らの衣の歌〉 113
・2974　紫の　帯の結びも〈紫の帯の歌〉 10, 52
・2976　紫の　我《わ》が下紐《したびも》の〈紫の下紐の歌〉 10, 55
・2993　紫の　斑《まだら》の縵〈紫の斑《まだら》の縵の歌〉 11, 101
・3009　橡《つるはみ》の　衣《きぬ》解き洗ひ〈橡の衣解き洗ひ打つ歌〉 175
・3058　打ち日さす　宮にはあれど〈宮にはあれど月草の移ろはぬ心の歌〉 30
・3059　百《もも》に千《ち》に　人は言ふとも〈人は言ふとも月草の移ろはぬ心の歌〉 30
・3078　波のむた　靡く玉藻《たまも》の〈波のむた靡く玉藻の歌〉 123
・3088　恋衣《こひごろも》　着奈良《きなら》の山に〈恋衣着奈良の山の鳥の歌〉 39, 111
・3099　紫草《むらさき》を　草と別《わ》く別《わ》く〈紫草を草と別《わ》く鹿の歌〉 11, 108
・3101　紫は　灰指《はひさ》すものそ〈灰指す紫の歌〉 11, 64
・3102　たらちねの　母が呼ぶ名を〈道行き人は誰の歌〉 64
・3168　衣手《ころもで》の　真若《まわか》の浦の〈真若の砂地《まなごつち》の歌〉 39, 121
巻十三・3222　三諸《みもろ》は　人の守《も》る山〈泣く児守る山の歌〉 196, 201
・3267　明日香川《あすかがは》　瀬々《せぜ》の玉藻《たまも》の〈明日香川の玉藻の靡きの歌〉 122
・3331　隠国《こもりく》の　泊瀬《はつせ》の山〈山見歌の挽歌〉 194, 201
巻十四・3354　寸戸人《きへひと》の　斑衾《まだらぶすま》に〈寸戸人の斑衾の歌〉 37
・3410　伊香保《いかほ》ろの　沿ひの榛原《はりはら》〈伊香保の榛のねもころの歌〉 134, 144
・3415　上野《かみつけの》　伊香保《いかほ》の沼に〈伊香保の沼に植ゑ小水葱の歌〉 32
・3435　伊香保《いかほ》ろの　沿ひの榛原《はりはら》〈伊香保の榛摺りの歌〉 135, 143

・952 韓衣《からころも》 着奈良《きなら》の里の〈韓衣着奈良の里の松の歌〉 41, 117
・953 さ雄鹿《をしか》の 鳴くなる山を〈さ雄鹿の鳴く山の歌〉 117
・1001 丈夫《ますらを》は 御狩《みか》りに立たし〈丈夫《ますらを》の狩りと娘子《をとめ》の浜遊びの歌〉 86
・1002 馬の歩み 押へ留めよ〈住吉の黄土《はにふ》に丹穂ひて行く歌〉 150
・1044 紅《くれなゐ》に 深く染《し》みにし〈紅に染《し》みにし心の歌〉 126
・1112 葉根縵《はねかづら》 今する妹《いも》を〈葉根縵《はねかづら》今する妹《いも》を誘ふ歌〉 103
巻七 ・1146 めづらしき 人を我家《わぎへ》に〈住吉の黄土《はにふ》を見る歌〉 151
・1148 駒並《こまな》めて 今日我《わ》が見つる〈住吉の黄土《はにふ》を万代《よろづよ》に見る歌〉 152
・1156 住吉《すみのえ》の 遠里小野《とほさとをの》の〈遠里小野の榛摺りの歌〉 46, 134, 154
・1166 古《いにしへ》に ありけむ人の〈古人の真野の榛摺りの歌〉 134, 147
・1167 あさりすと 磯に我が見し〈名告藻《なのりそ》の歌〉 149
・1168 今日《けふ》もかも 沖つ玉藻は〈沖つ玉藻の歌〉 149
・1255 月草《つきくさ》に 衣《ころも》そ染《そ》むる〈月草の斑《まだら》の衣《ころも》の歌〉 28, 49
・1260 時ならぬ 斑《まだら》の衣《ころも》〈島の榛摺りの歌〉 36, 134, 142
・1281 君がため 手力疲《たぢからつか》れ〈手力疲れ織り摺る衣《きぬ》の歌〉 49
・1296 今作る 斑《まだら》の衣《ころも》〈今作る斑の衣の歌〉 37
・1311 橡《つるはみ》の 衣《きぬ》は人皆〈事なしの橡染めの衣の歌〉 176
・1314 橡《つるはみ》の 解き洗ひ衣《きぬ》の〈橡の解き洗ひ衣を着る歌〉 175
・1317 海《わた》の底 沈《しづ》く白玉《しらたま》〈海の底沈く白玉の歌〉 116
・1338 我《わ》が宿《やど》に 生《お》ふる土針《つちはり》〈土針摺りの歌〉 35, 144
・1339 月草《つきくさ》に 衣《ころも》色どり〈月草に衣色どり摺る歌〉 29
・1340 紫の 糸をそ我《あ》が搓《よ》る〈紫の糸の歌〉 9, 100
・1345 常ならぬ 人国山《ひとくにやま》の〈人国山の垣津幡の歌〉 27
・1351 月草《つきくさ》に 衣《ころも》は摺《す》らむ〈月草を衣に摺る歌〉 29
・1354 白菅《しらすげ》の 真野《まの》の榛原《はりはら》〈真野の榛摺りの歌〉 134, 145
・1361 住吉《すみのえ》の 浅沢小野《あさきはをの》の〈住吉の垣津幡摺りの歌〉 25
・1392 紫の 名高《なたか》の浦の〈紫の名高の砂地《まなごつち》の歌〉 10, 119, 123
・1396 紫の 名高《なたか》の浦の〈紫の名高の名告藻《なのりそ》の歌〉 10, 119
巻八 ・1490 霍公鳥《ほととぎす》 待てど来鳴かず 99
・1532 草枕《くさまくら》 旅行く人も〈旅衣を丹穂はす萩の歌〉 34, 121
巻九 ・1742 しなでる 片足羽川《かたしはがは》の〈頭《つめ》の遊びの山藍摺りの娘女《をとめ》の長歌〉 77
・1743 大橋《おほはし》の 頭《つめ》に家あらば〈頭《つめ》の遊びの山藍摺りの娘女《をとめ》の反歌〉 78
・1759 鷲《わし》の住む 筑波の山の〈筑波の山の歌垣の長歌〉 72
・1760 男神《ひこかみ》に 雲立ち登り〈筑波の山の歌垣の反歌〉 73
・1799 玉津島《たまつしま》 磯の浦廻《うらみ》の〈玉津島の砂《まなご》に丹穂ふ歌〉 120
巻十 ・1825 紫草《むらさき》の 根延《ねば》ふ横野《よこの》の〈紫草《むらさき》の根延《ねば》ふ春野の鶯の歌〉 10, 110
・1955 霍公鳥《ほととぎす》 厭《いと》ふ時なし 99
・1965 思ふ子が 衣摺《ころもす》らむに〈思ふ子の島の榛摺りの歌〉 134, 140
・1986 我《あれ》みや かく恋すらむ〈垣津幡丹付《につ》らふ妹《いも》の歌〉 26, 88

和歌・歌謡索引

万葉集・古今和歌集・後撰和歌集・拾遺和歌集・古今和歌六帖・
続古今和歌集・新千載和歌集
伊勢物語・大和物語・源氏物語・蜻蛉日記
古事記歌謡・日本書紀歌謡・続日本紀歌謡・風土記歌謡・神楽歌・
催馬楽・風俗歌・雑歌・琴歌譜

＊〈　〉は文中の略称、ない場合もある。

●万葉集

巻一	・1	籠《こ》もよ　み籠《こ》持ち〈雄略天皇の求婚の歌〉	74
	・3	やすみしし　我《わ》が大君《おほきみ》の〈薬狩りの長歌〉	84
	・4	たまきはる　宇智《うち》の大野《おほの》に〈薬狩りの反歌〉	85
	・17	味酒《うまさけ》　三輪《みわ》の山《やま》〈三輪山への惜別の長歌〉	183, 201
	・18	三輪山《みわやま》を　然《しか》も隠すか〈三輪山への惜別の反歌〉	184, 201
	・19	綜麻条《へそかた》の　林の前《さき》の〈綜麻条《へそかた》の榛摺りの歌〉	133, 158, 184
	・20	茜指《あかねさ》す　紫野《むらさきの》 行き〈茜指《あかねさ》す紫野《むらさきの》の歌〉	9, 81
	・21	紫の　丹穂《にほ》へる妹《いも》を〈紫の丹穂へる妹の歌〉	9, 81
	・57	引馬野《ひくまの》に　丹穂《にほ》ふ榛原《はりはら》〈引馬野の榛摺りの歌〉	26, 133, 153
	・69	草枕《くさまくら》　旅行く君と〈住吉の岸の黄土《はにふ》に丹穂はす歌〉	120, 123, 148
巻三	・280	いざ子ども　大和《やまと》へ早く〈真野の榛を手折る歌〉	133, 146
	・281	白菅《しらすげ》の　真野《まの》の榛原《はりはら》〈真野の榛を見る歌〉	134, 146
	・395	託馬野《つくまの》に　生《お》ふる紫草《むらさき》〈託馬野の紫草《むらさき》の歌〉	9, 56
	・407	春霞《はるがすみ》　春日《かすが》の里の〈春日の里の植ゑ小水葱《こなぎ》の歌〉	32, 143
	・423	つのさはふ　磐余《いはれ》の道を	99
巻四	・569	韓人《からひと》の　衣《ころも》染《そ》むといふ〈韓人の衣に染《そ》むる紫の歌〉	9, 125
	・583	月草《つきくさ》の　移ろひやすく〈月草の移ろひやすく思ふ歌〉	30
	・705	葉根縵《はねかづら》　今する妹《いも》を〈葉根縵今する妹を夢に見る歌〉	103
	・706	葉根縵《はねかづら》　今する妹は〈葉根縵今する妹はなしの歌〉	103
	・760	うち渡す　竹田《たけた》の原に〈竹田の原に鳴く鶴《たづ》の歌〉	39
巻五	・894	神代《かみよ》より　言ひ伝《つ》て来《く》らく〈好去好来の歌〉	186
巻六	・932	白波の　千重《ちへ》に来寄する〈住吉の岸の黄土《はにふ》に丹穂ふ歌〉	151
	・950	大君《おほきみ》の　境《さか》ひたまふと〈山守の歌〉	117
	・951	見渡せば　近きものから〈岩隠《いはがく》りかがよふ玉の歌〉	41, 117

畠山　篤（はたけやま・あつし）
1946年、秋田県生まれ。国学院大学大学院文学研究科（日本文学専攻）博士課程満期退学。沖縄国際大学短大部国文科教授を経て、現在は弘前学院大学大学院文学研究科教授、同文学部教授。博士（民俗学）。

著書
『沖縄の祭祀伝承の研究―儀礼・神歌・語り―』（瑞木書房、2006年、日本学術振興会科学研究費補助金〈研究成果公開促進費〉交付）。『河内王朝の山海の政―枯野琴と国栖奏―』（白地社、2010年）、『能舞〈鐘巻〉の復原』（弘前学院出版会、2015年）、『岩木山の神と鬼』（北方新社、2016年）。

万葉《まんよう》の紫《むらさき》と榛《はり》の発想《はつそう》
恋衣《こいごろも》の系譜《けいふ》

2020年2月28日　第1版第1刷発行

著者◆畠山《はたけやま》　篤《あつし》
発行人◆小島　雄
発行所◆有限会社アーツアンドクラフツ
東京都千代田区神田神保町2-7-17
〒101-0051
TEL. 03-6272-5207　FAX. 03-6272-5208
http://www.webarts.co.jp/
印刷　シナノ書籍印刷株式会社

落丁・乱丁本はお取り替えいたします。
ISBN978-4-908028-46-5　C0090